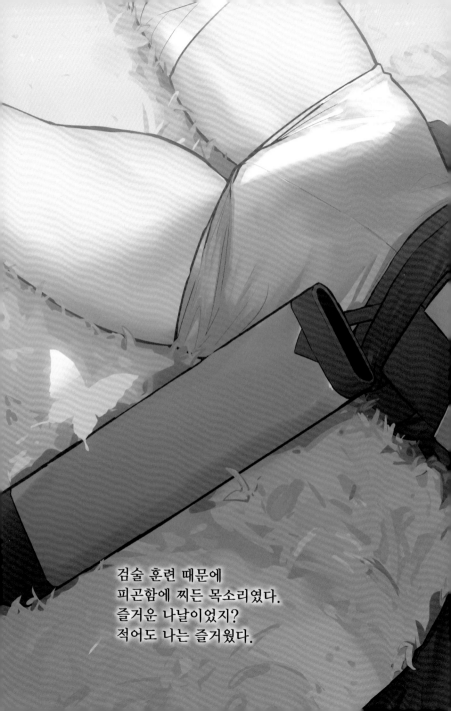

검술 훈련 때문에
피곤함에 찌든 목소리였다.
즐거운 나날이었지?
적어도 나는 즐거웠다.

안할트 왕국 여왕
리젠로테

파우스트

마음에 든 것 같아
무척 기쁘구나.

아름답군!

안할트 왕국 제2왕녀
발리에르

빌렌도르프 왕국 여왕

카타리나

Virgin Knight who is the Frontier Lord in the Gender Switched World

2
Author 미치조
Illustrator 메론22
정조 역전세계의 동정 변경영주 기사
Virgin Knight
who is the Frontier Lord
in the Gender Switched World

일러스트 — 메론22

안할트 왕국에는 보셀 령이라고 불리는 작은 마을 수준의 봉건 영지가 있었다.

지금은 어디에도 없다.

영지 자체는 남아있지만, 그 이름은 한 달 전에 사라지고 말았다.

왕의 직할령이 되면서 반역을 저지른 가문의 이름을 쓰는 건 좋지 않다는 이유였다.

이 마르티나의 어머니, 카롤리느가 본가인 보셀 가를 파멸시킨 것이 한 달 전.

보셀 가에 증오와 원한을 휘두르며 아무런 죄도 없고 상관도 없는 다른 영지의 영지민을 학살하기까지 하면서.

약탈하고, 재화를 훔쳐 적국으로 도망치면서 마지막 순간까지 업화의 불꽃을 흩뿌리고.

어머니 카롤리느 본인도, 그녀를 따른 영지민도, 그리고 본가인 보셀 가를 포함한 모든 것이 증오의 불꽃으로 타버렸다.

그렇게 나도 죽는다고 생각했다.

나는 죄인 카롤리느의 딸이다.

법으로서 범죄를 억제하기 위해, 그리고 무엇보다 피해자들을 위로하기 위해.

연좌제로 친족이나 주종관계까지 형벌을 내리는 안할트 왕국에서 명확한 죄인의 딸에 불과한 마르티나 폰 보셀의 사형을 요구하는 건 당연했다.

따라서 나는 교수형이 되든, 최소한의 자비로 참수형이 되든 사형을 당할 처지였는데.

지금 이렇게 여기에 있다.

태평하게 아침 햇살을 받으며 침대에 누워있다. 쥐를 구제하기 위해 기르는 듯한 고양이들도 야옹야옹 울면서 옆에 누워있고, 그 아이를 쓰다듬는 것도 가능했다.

고양이의 이름은 아직 모르지만 그건 별로 중요하지 않다.

무의미하게 고양이의 배를 쓰다듬었다.

별다른 이유도 없이 고양이를 들어 올려 가랑이를 확인했다.

암컷이었다.

아무튼, 이 마르티나는 왕가의 자비로 목숨을 건졌다.

그 자비를 얻어낸 사람은 내가 아니라 '분노의 기사'라고 불리는 폴리도로 경.

왕국 최강의 기사이면서 남자와 여자의 성비가 1:9인 이 세상에서 유일한 남기사로 경이적인 전공을 자랑하는 영웅이었다.

그가 이 목숨을 구해주었다.

"……이 결말은 옳은 걸까. 아니면 틀린 걸까."

나는, 마르티나 폰 보셀은 판단할 수 없었다.

싫지는 않다.

나를 살려달라고 간청한 파우스트 폰 폴리도로 경을 싫어하는 건 절대 아니다.

내가 받은 은혜를 잊어버린 듯한 소릴 지껄이려고 한다면 그 자리에서 죽어도 괜찮다.

파우스트 님은 심지어 여왕 폐하 안전에서 나를 살려달라고 간청했다.

안할트 왕국의 최대 권력자이자 지도자인 리젠로테 여왕 폐하의 왕명에 공공연히 거역하면서까지 나를 구하려고 해주었다.

이마를 바닥에 찧으면서, 피부가 찢어져 피가 흐를 때까지 머리를 숙이며.

지옥 같은 전장에서 죽기 살기로 얻어낸 영예일, 감사장마저 반납하겠다고 하면서까지 나를 살려달라고 했다.

그렇게 해준 이유를 나는 모른다.

하지만 파우스트 님이 손해를 보면서까지 내 목숨을 구해준 것만큼은 이해하고 있다.

그래서 그걸 비웃는 사람이 있다면 나는 그분의 명예를 위해 죽기 살기로 그 어리석은 자를 죽여야만 한다.

내 목숨은 그분이 주워준 셈이니까, 그분이 죽으라고 하면 언제든 죽어도 괜찮다.

어리석은 자를 죽이기 위해, 여차할 때 자해하기 위해, 어떤 용도로도 쓸 수 있도록 단도를 지니고 있다.

지금은 영지를 잃어버리고, 더럽다면서 내거는 것조차 허락되지 않는 문장이 각인된 단도다.

단순한 세습 기사 가문으로 몰락한 보셀 가의 문장이 각인된, 내 몇 없는 사유재산 중 하나.

침대에 누울 때도 지니고 있는 그 단도에 손을 뻗어 칼집을 쥐었다.

나는 언제든 어디서든 나의 맹세를 행사할 수 있다.

귀족으로서, 블루 블러드로서의 각오다.

그건 어머니에게 받은 교육의 산물이자 나의 자긍심이었다.

그런 훌륭한 교육을 해준 어머니가, 지켜야 하는 가문도 모든 것도 다 증오의 업화로 불태워버린 것은 웃음이 나오는 일이지만.

"웃을 수 없나."

적어도 파우스트 님은 웃지 않았다.

어쩐지 내 어머니 이야기가 나오면 눈썹을 찌푸린다.

파우스트 님은 내가 어머니를 깎아내리는 게 마음에 들지 않는 모양이었다.

내가 어머니를 욕하면 아무래도 상처를 건드리는 것처럼 싫어한다.

눈썹을 찡그리고, 정말로 어린아이처럼 거부한다.

나는 이전에 대놓고 들은 적이 있다.

"그녀는, 네 어머니는 사랑해주지 않은 거니. 가혹하게 대했던 거니."

몹시 괴롭다는 듯 파우스트 님이 물었다.

물어보기 불편한 듯, 믿어지지 않는다는 듯 물었다.

그래서 나는 솔직하게 대답했다.

"그런 적은 없습니다. 아마 제 어머니는 저를 진심으로 사랑하셨을 겁니다. 가혹한 대우는 한 번도 받은 적이 없습니다. 하지만 제 느낌과 세간의 평가는 다릅니다. 설령 제가 얼마나 어머니의 장점을 외친다고 해도 다른 사람들이 보았을 때 악당이고 광인이라면 그런 사람인 거죠."

나는 입술을 삐죽이며 그렇게 대답했다.

당신이 가장 잘 이해하고 있을 텐데.

그렇게 내뱉었지만.

'그런가' 하고 무언가를 슬퍼하듯 중얼거리고는.

모든 걸 다 이해했다는 양 파우스트 님은 느릿하게 고개를 끄덕였다.

아득한 눈빛이 되어선 그 이상은 아무 말도 하지 않았다.

그래서 나도 그 이상은 아무 말도 하지 않는다.

어머니를 깎아내리는 악담도, 그리고 파우스트 님에게 물어보고 싶은 말도.

"파우스트 님의 어머니는 어떤 분이셨습니까?"

그렇게 물어볼 수는 없었다.

두 손으로 고양이를 들어 올렸다.

아무래도 피하고 싶은 화제인 것 같으니 파우스트 님에게 물어보는 건 어려웠다.

그래서 대신 파우스트 님이 기르는 고양이에게 물었다.

고양이는 나에게 덜렁 들려 올라가 저항하지도 않고 울었다.

대답은 '야옹'이었다.

그런 귀여운 고양이를 바닥에 내려놓고 일어났다.

주인인 기사가 일어나기 전에 일어나 있어야만 한다.

지금 나는 보셀 가의 후계자도 아니고 연좌로 사형당하는 소녀도 아니다.

파우스트 님을 모시는 기사 견습생 마르티나에 불과했다.

　제2왕녀 발리에르 님의 첫 출진, 세간에는 '카롤리느의 반역'이라고 불리는 소란으로부터 한 달이 지났다.

　이 파우스트 폰 폴리도로는 무사히 군역을 마치고 영지민들과 함께 폴리도로 령으로 돌아와 건전한 나날을 보내고 있었다.

　지극히 개인적인 내 명예 때문에 살려달라고 한 마르티나도 데리고 돌아와, 지금은 견습 기사로서 교육받고 있다. 앞으로 마방(馬房)에서 애마 플뤼겔을 돌보는 일을 담당할 수 있도록 가르치는 중이다.

　나는 말을 돌보는 걸 좋아하니까 내 손으로도 하지만.

　그런 생각을 하면서 애마의 머리를 쓰다듬었다.

　"이 녀석이 내 애마 플뤼겔이다."

　키가 크고 엄숙하며 위대한 파워를 지닌 그레이트 호스이자, 사랑하는 어머니 마리안느가 오직 나를 위해 어디선가 입수해온 군마이다.

　체고가 2m가 넘는다.

　체중은 잘 모르지만 1톤은 가볍게 넘어가겠지.

　내 식견은 좁지만, 그래도 군역을 수행하러 안할트 왕국 내를 돌아다니면서 온갖 기사의 말을 보았다.

　하지만 이 플뤼겔을 뛰어넘는 말은 어디에 가도 본 적이 없다.

　"굉장히 큰 말이네요. 역시 안할트 왕국 최강 기사의 말답습니다."

"15살 때 받은 플뤼겔은 당시 3살이었지. 그 무렵부터 거구였던 나를 잘 받쳐주었다."

내 몇 없는 보물이다.

머리핀이나 반지 같은 건 전부 영지민에게 줘버렸기 때문에 돌아가신 어머니에게 받은 것 중 유일하게 남아있는 것이기도 하다.

아니, 내 애마 플뤼겔을 장신구처럼 말하는 건 나도 싫지만, 말이 그렇다는 거다.

뭐라고 부르면 좋을까. 친애를 담아서 불러야 할 이 녀석을.

빌렌도르프 전장 때 플뤼겔이 우수하지 않았다면 나는 레켄베르 기사단장과 치른 일대일 대결에서 졌을 것이다.

내 2m의 키와 130kg의 체중을 넘기는 근육질 체격, 그리고 무장까지 갖춘 중량도 아랑곳하지 않으며 펄쩍펄쩍 뛰어다니는 게 눈앞에 있는 이 말이다.

말 그대로 애마(愛馬).

그렇게 부르는 게 적합하다.

내 얼굴에 플뤼겔이 코를 비볐고, 나도 뺨을 비벼 서로 감촉을 즐겼다.

"……똑똑한 말이네요."

"그래, 정말 똑똑하지. 말은 똑똑한 생물이다."

마르티나가 우리를 보면서 말했다.

플뤼겔을 칭찬해주면 내 칭찬을 받은 것처럼 기쁘다.

아아, 그나저나 플뤼겔도 벌써 10살이 되었구나.

솔직히 아직 더 활약해주리라는 건 알고 있다.

플뤼겔은 특별하다.

이 세계의 인간에는 초인이라고 불리는 이례적인 존재가 있는데, 거기서 따와 초마(超馬)라고 불리는 존재일 것이다.

하자만.

"앞으로 기꺼이 관리를 담당하겠습니다. 하지만 이 말, 플뤼겔은 나이가 꽤 들지 않았나요?"

"그렇지."

마르티나가 내 마음을 꿰뚫어 본 것처럼 물었다.

슬슬 플뤼겔에게도 짝을 마련해줘야만 한다.

가능하면 새 말을 키우는 게 아니라 이 폴리도로 령에서 핏줄을 이어줬으면 한다.

내 목숨이 위태로울 때 줄타기를 해가며 붙여준 애마다.

그렇다면 그 핏줄을 남기는 건 파트너의 의무라고 할 수 있다.

하지만 내 재정으로 새 암말을 살 여유는── 아니, 카롤리느의 반역으로 받은 보수를 쓴다면.

아니지. 그건 영지민의 감세를 위해 쓰겠다고 정해버렸으니까.

고민된다.

"슬슬 새 말을 마련해야 한다고 말씀드리고 싶은데요."

마르티나가 머뭇거렸다.

뭐, 이 똑똑한 아이라면 내 대답 정도는 알겠지.

"우리 폴리도로 령의 재정 상태로는 좀. 무엇보다 플뤼겔이 많이 먹으니까."

말은 구매하는 비용도 비싸지만, 그보다 유지비가 많이 들어
간다.

이 판타지 중세 시대에서는 엥겔지수가 높다 보니 말을 부리려
면 사람보다 몇 배는 더 먹여야 한다.

내 애마 플뤼겔은 유능하게 일해주고 있으니까 그만큼 먹을 권
리는 당연히 있지만, 아무리 그래도 너무 잘 먹는다. 평범한 말의
세 배는 태연히 먹는다.

플뤼겔이 먹이를 잘 먹는 광경은 흐뭇하기도 하지만 재정적으
로는 타격이다.

여기에 추가로 새 말을 유지하려면 우리 영지의 재정이…….

"어떻게든 해야지."

전부터 생각하고 있는 일이기는 하다.

고민거리다.

제2왕녀 전하인 발리에르 님에게 부탁해도 어떻게 되는 문제
가 아니다.

말을 새로 키우는 게 가장 빠르다는 건 이해하고 있지만, 애마
플뤼겔이 어떻게든 피를 잇게 해주고 싶다.

어찌해야 하나.

옆에 있는 마르티나와 함께 끙끙 고민하고 있을 때——.

"파우스트 님, 사자가 왔습니다."

"또 왔나. 편지지?"

종사장 헬가가 찾아와 사자의 방문을 전달했다.

끊임없이 보내는 아스타테 공작의 변명 편지다.

왕도에서 떠나 영지로 돌아온 뒤, 아스타테 공이 무슨 생각이었는지 솔직하게 적은 편지는 이미 받았다.

공연한 거짓말은 하지 않고 솔직하게 말하는 게 나에게 이미지가 좋을 거라 판단한 거겠지.

감상은?

솔직하게 말한다. 그 사람, 진짜 바보지?

아니, 내 이 성격은 잘 이해하고 있을 테고, 내가 이 세계의 평범한 남자 같은 감수성을 지니고 있다면 이 작전으로 넘어갔을지도 모르니까.

그냥 단순한 바보라고 단정하기는 어렵긴 하지만.

내가 마르티나를 살리기 위해 폭주해서 넙죽 머리를 박는 것까지 읽었다면 그건 지략가가 아니다.

그냥 광인이라고 불러야 한다.

그러니까 뭐, 솔직하게 말한 건 감탄했다.

폭주도 머리 박기도 내가 한 일이니까 그 부분을 원망하는 것도 화풀이다.

하지만 용서할 수 없다.

"아스타테 공의 편지는 일단 개봉해서 읽겠다. 하지만 답장은 하지 않고 그대로 돌려보내도록 하지."

"괜찮으신 겁니까?"

"그래."

내 정조를 노린 건 대충 괜찮다.

그걸 위해 어린아이를, 마르티나의 목숨을 도구처럼 가지고 놀았다는 건 용서 못하지.

아이의 생각을 유도해서 마르티나가 나에게 목을 쳐달라고 부탁하게 만든 건 용서가 안 된다.

그것만은 유일하게 용서할 수 없다.

나는 옆에 있는 마르티나를 바라보며 그 어린 몸을 응시했다.

하지만 정작 마르티나는——.

"저기, 아스타테 공이 제 생각을 유도했다는 이야기 말인데요."

"뭐지? 나는 용서할 마음은 없다."

"저는 이미 용서고 뭐고, 딱히 원망조차 안 합니다."

어?

나는 어안이 벙벙한 얼굴로 마르티나의 얼굴을 빤히 바라보았다.

"아니, 마르티나. 그녀는 네 목숨을 자기 좋을 대로 가지고 논 거야. 밉지 않다고?"

"파우스트 님, 당신은 당신의 행동을 이용당한 일로 아스타테 공에게 화나셨습니까?"

"아니, 그건 화나지 않았는데."

유도당했다고 해도 그건 내가 유치해서 그렇다.

조금 전에도 생각했지만, 폭주도 머리 박기도 아스타테 공을 원망하는 건 화풀이다.

하지만—— 너는 화내도 되잖아.

"그렇다면 그것과 마찬가지입니다. 저도 화나지 않았습니다."

"마르티나. 너는 어려. 그 목숨을 아스타테 공의 사정으로, 아스타테 공이 쓰기 좋은 말로 부려 먹은 거다. 그렇다면 화를 내야지."

"파우스트 님. 저는 그 자리에서 파우스트 님이 목을 쳐서 죽는다고 해도 진심으로 후회는 없었습니다."

마르티나는 늘 짓는 말간 얼굴로 말했다.

"게다가 파우스트 님께 이야기를 들어보면 아스타테 공작님은 처음부터 저를 살려주실 생각이셨던 모양이고, 가신으로서 키울 생각도 있다고 하셨습니다. 그 자리에서 죽었어야 했던 제 목숨을, 그 시점에서는 유일하게 구하려고 해주신 분입니다."

"그건…… 그야, 그렇지만."

나도 나와 상관없이 마르티나의 목이 날아가는 거였다면.

이 블루 블러드로서 받은 기사 교육과 전생의 일본인으로서 배운 도덕 관념이 악마합체해서 나온 이 명예는 마르티나를 당연하다는 듯 버렸을 것이다.

껄끄러워서 무심코 마르티나에게서 시선을 돌렸다.

나는 절대 영웅이 아니다.

설령 속셈이 있었다고 해도 처음부터 마르티나의 목숨을 구하려고 생각했던 건 아스타테 공작뿐이다.

그건 확실한 사실이다.

"그걸 알면서 미워하는 건 인간으로서 은혜도 모르는 행위라고 봅니다. 결과를 도외시하고 생각해야 할 사안이기도 하고, 제 개인적 감정도 미워하지 않습니다."

마르티나는 정말 똑똑하다.

해탈했다고 할 수 있을 정도다.

아스타테 공이 그 재능을 아까워하면서 진심으로 살릴 생각을 할 만한 가치가 있는 아이다.

이 생물은 정말 9살이 맞는 건가.

보셀 령을 물려받았다면 분명 좋은 영주가 되었을 텐데.

나는 마르티나의 처지를 동정했다.

주변 어른들이 다 멍청이라 이 아이의 운명이 꼬여버렸다.

⋯⋯내 기사 교육 같은 건 조잡하지만, 어떻게든 이 아이를 훌륭하게 키워서——.

영지의 반역자이자 학살자의 딸.

그런 악평에 지지 않는 기사로 만들어내자.

그렇게 맹세했다.

하지만 그건 지금 생각해야 할 일이 아니다.

"으음."

아스타테 공은 그 후로 매주 환금성이 좋은 선물을.

돈으로 바꾸는 걸 전제로 한 금품과 함께 변명과 사과 편지를 보내고 있다.

내가 생각하는 최대의 피해자이자 화난 원인이기도 한 마르티나가 이렇게까지 말하면 조금 재고할 필요가 있다.

용서해야 하나?

"파우스트 님, 애초에 아스타테 공과 사이가 나빠져서 당신에게 무슨 이득이 있는 거죠? 상대는 광산까지 소유했고 영지민도 10만 명이 넘어가는 공작가의 영주님이신데요."

"응. 그 부분을 지적하면 약해지네."

애초에 영지 규모와 권력에서 차이가 너무 심하게 난다.

아스타테 공이 영지민 300명 정도인 나를 전우라고 친근하게 공언하는 게 이상한 수준이다.

그리고 그런 상대가 이렇게 거듭 사과 편지를 보내는 것 또한 이상한 일이다.

아니, 아스타테 공이 내 엉덩이에 이상하게 집착해서──,

나를 정부로 원하고 내 정조를 노린다는 건 알고 있지만.

전생에서 이어진 내 감수성으로는 그건 딱히 상관없단 말이지.

폴리도로 령을 내 자식에게 물려주지 못할 가능성이 있으니까 입장상 정부만은 곤란하지만.

두 손으로 뺨을 누르며 하품하듯 한숨을 쉬었다.

마르티나에게 객관적인 의견을 물었다.

"……내가 속이 좁아 보이나?"

"아뇨, 이용당했으니까 화를 내도 된다고는 생각합니다. 하지만 파우스트 님이 그렇게 마음이 좁은 분이십니까? 상대는 금품을 보내고 성의를 담은 사과 편지도 거듭 보내고 있는데요?"

"으음."

아스타테 공은 솔직하게 잘못을 인정했다.

금품도 사과 편지도 계속 보냈다.

그래, 그래도 용서할 수 없다고 계속 화를 낸다면 이쪽이 속이 좁은 거겠지.

슬슬 용서해야 하는 건가?

고민된다.

그러고 보면.

"공작령은 말 산지로도 유명했지."

"말만이 아니라 뭐든 다 있죠, 공작령. 플뤼겔의 번식을 의뢰하실 겁니까?"

마르티나가 찰떡같은 대답을 돌려주었다.

거기서 타협하기로 할까.

편지로 아스타테 공에게 이제 용서한다고 밝히고, 그 대신 플뤼겔의 번식을 의뢰하자.

그리고 망아지가 태어난 뒤 3살이 될 때까지 아스타테 령에서 키우고 그걸 무료로 양도받자.

이거면 되겠다.

아스타테 공은 빌렌도르프 전쟁을 함께한 소중한 전우다.

그렇기에 한때는 진심으로 미워했지만, 그 과거를 부정하는 것 또한 싫다.

나는 한숨을 쉬었다.

"헬가, 예정 변경이다. 사자에게 편지를 받겠다고 전달하고 이번에는 답장을 쓸 테니 저택에서 조금 기다려달라고 해. 우리 영지가 부끄럽지 않을 정도로 대접할 준비도 하고."

"알겠습니다. 그건 그런데…… 이번에는 또 다른 용건이 있습니다."

"다른 용건?"

아스타테 공의 편지를 가져온 사자가 아닌 건가?

다른 용건이 있을 리가 없는데.

"왕도에서 호출이 왔습니다. 왕족과 관련된 일이라고 합니다."

"거절해라."

죽여버린다.

영지 보호 계약에 따른 의무로 수행하는 군역도, 제2왕녀 상담역이 해야 하는 역할도 올해 할당량은 완전히 끝냈다.

왜 한 달도 지나지 않았는데 왕도로 불려 가야 하는 거냐.

나는 피곤하다.

마르티나의 기사 교육도 있고, 폴리도로 령도 통치해야 한다.

왜 이런 일을 겪어야만 하냐.

"사자 같은 건 안 왔다. 중간에 산적에게 공격받은 모양이다. 그런 식으로 진행하시겠습니까?"

헬가가 험악한 시선으로 내 안색을 살폈다.

사자를 죽일 것인가.

그렇게 하고 싶지만 이번 사자는 아스타테 공에게 보낼 답장을 가지고 돌아가야 한다.

무엇보다.

"공작가 급이라면 사자가 오지 않았다는 걸로 대응할 수도 있겠지만."

영주 기사라고 해도 나는 영지민이 300명밖에 안 되는 약소 영주 기사다.

정치적 입지 같은 건 티끌 수준이다.

진지하게 일하는 것뿐인 사자를 죽이고, 그게 왕가에 들킬 위험을 짊어져서라도 악행을 저지를 이득은 어디에도 없다.

에라이, 빌어먹을.

어떻게 할 수가 없구나.

"용건은 들었나?"

"중요한 일이기 때문에 사자에게도 알려주지 않는 모양입니다. 다만 왕궁에 찾아오라, 이번에는 제2왕녀 첫 출진 대보다 더 많은 병사를 데리고 오라, 라고 합니다."

"아무리 생각해도 분명 좋지 않은 용건이잖아, 그거."

불안 요소투성이잖아.

거절하고 싶다.

너무 거절하고 싶다.

왜 나냐고.

나에겐 거절할 권리가 명확하게 존재할 텐데.

사자에게 거절하는 편지를 들려 보낼까.

"파우스트 님, 봉건 영주로서 의무를 다한 이상 확실히 거절할 권리는 있지만, 이 경우에는 직접 만나 뵙고 거절하지 않으면 실례가 됩니다. 틀림없는 왕명입니다."

"……."

마르티나가 옆에서 내 생각을 완전히 부정했다.

알거든, 젠장.

결국 왕도에 갈 수밖에 없는 건가.

그것도 지난번보다 더 많은 병사를 데리고.

숫자는── 30명 정도면 되겠지.

"헬가. 정말 미안하지만, 정말로 미안하지만 이번에도 가혹한 상황이 될 걸 각오해다오.”

“저희 종사와 영지민은 파우스트 님을 그저 따라갈 뿐입니다. 바로 소집하겠습니다.”

헬가에겐 어린 딸이 한 명 있다.

지금은 남편을 공유하는 자매의 자식과 함께 육아를 부탁하고 있지만.

이번 군역―― 그 기간에 사랑하는 딸이 헬가의 얼굴을 잊어버렸다.

헬가는 무릎을 꿇고 울었다.

지금은 간신히 떠올려주었지만.

그거 이번에도 반복하는 거 아닌가.

솔직히 힘든데.

주로 내 마음이.

“파우스트 님, 이번에 저도 따라갈 겁니다.”

“마르티나, 너는 영지에서 쉬고 있어도 괜찮다.”

“주인을 따라가는 것도 기사 교육의 일부입니다.”

아직 9살 아이를 이런 가혹한 상황에 끌어들이는 건 걱정되지만.

그동안 마르티나의 기사 교육이 허술해지는 것도 마음이 안 좋다.

데려갈 수밖에 없나.

“이 망할 왕가.”

나는 욕을 뱉으며 조용히 무언가를 포기했다.

고추 아파라.

그러니까 지금까지도 몇 번이나 마음속으로—— 말만 하고 있으니까 통할 리도 없지만.

아무리 폐쇄적인 자리라고 해도, 나와 왕족 세 사람밖에 없는 장소라고 해도.

왜 실크 베일 한 장만 걸친 모습으로 나타나는 거냐, 너는.

어머니인 리젠로테 여왕과 같은 타입이었냐, 너.

나는 마음속으로 욕했다.

알몸에 실크 베일 하나만 걸치고 있을 뿐인 아나스타시아 제1 왕녀를 마구 욕했다.

동공은 세로로 길쭉해 보이고, 홍채는 남들보다 작아서 미인이기는 하지만 파충류 같은 인상을 준다.

한마디로 표현하라면 '어쩐지 식인이라도 할 것 같은' 사람이다.

——그런 그녀의 망측한 모습은 오히려 내 성적 흥분을 심하게 자극했다.

공포와 성적 흥분이 뒤섞였기 때문이다.

그걸 모른 채 맞은편 장의자에 그녀와 함께 앉은 아스타테 공작이 입을 열었다.

"우선은 먼저 사과부터 하지. 파우스트, 마르티나 일은 정말로 미안하다. 진짜 그녀를 해칠 마음은 조금도 없었긴 하나, 네가 나

에게 관심을 주도록 '부추기기' 위해 이용하려고 한 점은 면목이 없어."

흉흉하게 찢어진 눈매에 빨간 머리카락을 일부 땋았고, 가슴은 알프스산맥처럼 크다.

그런, 여전히 대단한 미인인 아스타테 공작이 사과했다.

미안한 마음이 있다면 아나스타시아 제1왕녀에게 옷을 갈아입으라고 해.

네 얼굴을 볼 때마다 옆에 있는 인물의 미유(美乳)가 시야에 들어오려고 한다고.

아니, 자꾸만 시선이 그쪽으로 향한다.

왕가 일족의 특징인 붉은 머리카락이 어떻게든 유두를 가려주고 있기는 하지만.

오히려 거기만 보이지 않는 게 관심을 '부추긴다'.

금속 정조대에 발기한 물건이 충돌해서 통증이 퍼지고 현기증이 난다.

왜 내가 이런 일을 당해야 하지.

이미 끝난 일로 치고 대화를 넘기기로 했다.

"사죄는 됐습니다. 사자의 파발을 통해 편지로도 이미 전달해드렸잖습니까. 이젠 용서했다고."

"말은 그렇게 해도 직접 사과하는 건 또 별개지. 대략적인 이야기는 이미 전달한 대로지만, 정말로 미안하다. 파우스트."

아스타테 공이 머리를 숙였다.

아무래도 상관없으니까 아나스타시아 제1왕녀를 막으라고.

그런 건 이젠 중요하지 않다니까.

"……분노는, 당연한 결과다. 하지만 그 분노를 어떻게든 거둬주었으면 해."

아스타테 공이 정말로 비통한 표정을 지으면서 사과했다.

아. 내 얼굴이 분노의 색으로, 새빨간 색으로 물들어 있었나.

이건 오해다.

변명 하나 하지 못하지만 그건 오해다, 아스타테 공작.

이미 넌 용서했어.

"이건 당신에게 분노한 게 아닙니다, 아스타테 공작님."

착각하고 있다면 딱 좋지.

이 분노는 아스타테 공에게 느끼는 게 아니다.

고추가 너무 아파서 그런 게 대부분이지만.

나머지는 사람을 쓰기 좋은 장기 말처럼 생각하는 왕가에게 느끼는 분노다.

이쪽에게도 사정이 있단 말이다, 왕가님들.

아니, 아나스타시아 제1왕녀.

이번 일은 네 용건이라고 들었거든.

항상 그렇듯 열심히 어른스럽게 꾸며본 어린이로밖에 안 보이는 발리에르 제2왕녀도 어째서인지 내 옆에 오도카니 앉아 있지만.

귀엽긴 하지만 나는 소아성애자가 아니다.

나는 그녀에게 성적인 관심이 한 톨만큼도 없다.

"저기, 파우스트…… 부탁이니까 진정해."

애초에 빈유다. 너무나도 빈약한 몸매다.

마치 지평선이 보이지 않는 황야였고, 기복 같은 게 없다.

미유인 아나스타시아 제1왕녀와 폭유인 아스타테 공과는 다르다.

그 두 사람의 가슴이 나를 괴롭힌다.

그렇게 내 고추를 괴롭히는 게 즐겁냐.

내 분노에 겁을 먹은 것처럼 아스타테 공이 정말 미안하다는 듯이 사과를 입에 담았다.

"음, 그래. 그렇지! 네 요구는 전부 받아들이겠다!! 네 애마 플뤼겔의 번식은 우리 영지에서 맡도록 하지. 이번 역할이 끝난 뒤여야 하겠지만. 그래, 단순히 우수한 암말에게 씨를 뿌리는 게 아니라 다른 많은 암말에게도 씨를 뿌리는 게 좋겠지? 그중에서 가장 뛰어난 망아지를 파우스트에게 보내마. 물론 다른 암말과 한 교배비도 내겠다. 안할트 왕국 최강의 기사가 타는 최강의 말의 씨니까. 적절한 금액을 내마."

"그렇게 해주시면 불만은 없습니다. 플뤼겔도 자손이 늘어나서 기뻐하겠죠."

본심은 '이 자리에서 너에게 씨를 뿌려줄까?'였다.

마음속으로 크게 욕했다.

홱 고개를 돌리며.

아스타테 공 옆에 있는 파충류 타입 미인의 예쁜 가슴이 시야에 들어오지 않도록 하며 옆에 앉은 발리에르 제2왕녀만 쳐다봤다.

그 가슴에는 아무것도 존재하지 않았다.

드넓은 바다처럼 아무것도 없고, 마음에 파도 하나 치지 않는 잔잔한 바다였다.

이 자리에서 내 마음의 평온은 이 사람뿐이다.

"저기, 파우스트. 왜 나를 바라보는 거야?"

"오늘 이 자리에서는 제가 상담역으로서 모시는 발리에르 제2왕녀님 말고 다른 사람에게 시선을 주고 싶지 않습니다."

이로써 내 못마땅한 심기가 아나스타시아 제1왕녀에게 전해질까.

그건 좀 미묘하지만.

적어도 나는 지금 아나스타시아 제1왕녀의 얼굴에, 그 아래에 있는 미유에 시선을 주고 싶지 않다.

"아스타테 공작. 네가 사과하는 문제는 이로써 끝인가."

아나스타시아 제1왕녀가 아스타테 공작에게 물었다.

그 눈은 사람을 잡아먹을 것처럼 날카로우며 빨리 본론으로 넘어가고 싶다고 말하는 듯했다.

"아 옙, 대화 끝났습니다. 나머지는 왕가의 용건을 말씀하시죠. 미리 말씀드리지만, 저는 반대니까요."

아스타테 공작이 그 폭유를 출렁 흔들면서 두 팔을 하늘로 벌렸다.

하지 마. 진짜 덮쳐버린다.

이 정조 역전 세계관에서 설령 남자가 여자를 덮치는 건 이상한 광경이라고 해도.

나는 이미 그런 건 알 바 아니다.

진짜로 너희 덮쳐버린다.

지금의 나는 무슨 짓을 할지 나도 모른다고.

"파우스트 폰 폴리도로 경. 할 말이 있다."

"네. 정중히 거절하겠습니다. 이만 돌아가도 되겠습니까."

나는 아나스타시아 제1왕녀의 이야기를 정중히 거절했다.

내용은 안 듣는다.

들을 필요도 없다.

나는 영지의 보호 계약 의무도, 제2왕녀 상담역으로서 해야 하는 역할도 완전히 끝냈다.

왕가가 떼를 쓰는 걸 들어줄 이유가 없다.

집에 갈래.

"적어도 이야기 정도는 들은 뒤에 거절해라!"

"듣고 싶지 않은데요."

아나스타시아가 그 미유를 얇은 베일 너머로 드러내며 내 얼굴을 바라보았다.

나는 평소처럼 흉흉한 시선에 내 초점을 맞췄다.

그렇게 하지 않으면 아나스타시아의 미유가 시야에 들어오니까.

"용건은 짧게 한마디로 말하마. 빌렌도르프 왕국과의 화평 교섭이다. 그 사자를 네게 맡기고 싶다."

"왜 접니까? 그건 법복 귀족의 일이잖아요. 아니, 설령 봉건 영주에게 맡긴다고 해도 저는 격이 너무 떨어집니다."

뭐가 서러워서 안할트 왕국과 거의 같은 국력을 지닌 칠선제후(七選帝侯) 국가 중 하나인 빌렌도르프와의 화평 교섭 사자로 파견

되어야 하냐고.

그건 법복 귀족이 할 일이잖아?

결코 영지민 300명짜리인 지방 영주가 할 일이 아니다.

자칫 상대방이 얕잡아보는 거라고 생각해서 내 목을 칠지도 모른다.

그리고 전쟁 재발발.

아니, 빌렌도르프의 가치관으로 보면 그럴 일은 없다는 걸 나도 알긴 하지만.

나는 그 나라에서 영웅급이다.

홀대할 일은 절대 없다.

"법복 귀족은 도움이 안 돼. 감감무소식이다. 빌렌도르프는 우리 안할트 왕국의 왕국군 대부분을 북방의 유목민족 대책에 할애하고 있다는 걸 안다. 빌렌도르프 방면이 약해졌다는 걸 안다는 말이지. 상대하지 않더군."

듣고 싶지 않은 이야기를 들었다.

이게 남 일이라면 좋았을 텐데.

하지만 남 일이 아니다.

견습 기사로서 동석해 나의 등 뒤에 서 있는 마르티나에게 시선을 보냈다.

마르티나는 침묵하고 있다.

이 자리에서 발언권이 없기 때문이다.

솔직히 정치적 관점이 빈약한 나로서는 무언가 조언을 듣고 싶은데.

"……."

나는 필사적으로 생각했다.

내 영지인 폴리도로 령은 야만족 빌렌도르프의 국경선과 가깝다.

그래서 이렇게 필사적으로 군역을 수행하며 안할트 왕국과 맺은 보호 계약을 유지하는 것이다.

야만족이 우리 영지를 공격한다?

그것만은 사양이다.

내 영지는 내가 목숨과 바꿔서라도 지켜야 한다.

나에게는 폴리도로 령의 영주 기사로서, 돌아가신 어머니로부터, 그 선조로부터 이어받은 입장으로서 영지를 지킬 의무가 있다.

"파우스트. 이건 너에게도 상관이 있는 이야기라고, 생각하지만……."

"생각하지만?"

나는 어미에 힘을 줘서 호소했다.

그렇다고 해서 모든 책임을——.

빌렌도르프 대책의 총책임을 맡게 되는 입장은 절대 아닐 것이다.

이건 왕가와 법복 귀족이 해결해야 하는 문제다.

그렇지 않다면 내가 영지 보호 계약을 위해 필사적으로 군역을 수행하는 의미가 없다.

거듭 말하지만 왕가가 후견자가 되어 내 영지를 지켜준다는 계약이기 때문에 이쪽도 군역을 수행하는 것이다.

그 이상을 요구하는 건 계약 위반이다.

"물론. 물론이지. 당연한 이야기이긴 하지만, 네가 동원한 영지민 모두, 이번에는 30명이었던가? 그 동원 비용은 우리 왕국에서 부담하고, 빌렌도르프와 화평 교섭이 성립되었을 때 줄 보수도 생각하고 있다."

"호오?"

올빼미 같은 소리를 내며 상대할 필요 없다고 판단했다.

그 금액이 얼마나 되려나.

어떤 금액을 제시한다고 해도 움직일 마음은 코빼기도 없다고, 그렇게 생각했지만.

"잘 봐라. 안할트 왕국은 지극히 인색하기로 유명하지만, 필요할 때는 제대로 필요한 금액을 지불하지."

아스타테 공작이 주는 양피지를 받고 거기 적힌 예상 금액에 눈을 의심했다.

몇 번을 봐도 카롤리느 반역으로 받게 된 보수보다 0이 하나 더 붙었다.

"……으음."

나는 무심코 고민에 찬 신음을 흘렸다.

나쁜 금액은 아니다.

이쯤 되면 우리 영지 내에서 10년 만이 아니라 내가 다스리는 동안은 계속 감세 정책을 펼칠 수 있을 만한 금액이다.

뭐, 그게 당연해지면 다음 영주가 난감해질 테니까 안 할 거지만.

금액만 본다면 솔직히 눈앞이 아찔해질 정도다.

그래, 눈앞이 아찔해진다.

발기조차 수그러들어서 고추의 통증이 잦아들 정도로.

그건 좋은 일이지만, 이미 그런 문제로 헛소리를 하고 있을 때가 아니다.

아니, 잠깐만.

그만큼 골치 아프고 까다로운 임무라는 뜻이잖아. 이번 역할이.

"사전에 교섭한 법복 귀족들의 반응은 어땠습니까?"

나는 상황을 냉정하게 판단했다.

아나스타시아 제1왕녀는 대답했다.

"약한 자들이 전달하는 약한 자들의 말은 믿을 수 없다, 영지를 떠나라. 그런 식으로 협상의 여지조차 없었다더군."

"즉 하나도 진전된 게 없다는 거군요."

그렇겠지.

빌렌도르프에겐 유리한 상황이니까 물러날 이유가 없다.

아무리 아나스타시아 제1왕녀와 아스타테 공작과 내가 두 배에 해당하는 1천 명의 병사를 쫓아냈다고 해도.

그건 정말 세 사람의 능력이 종합적으로 맞물려서 기적을 일궈 낸, 우연한 결과였으니까.

전선 지휘관인 레켄베르 기사단장을 좋은 타이밍에 쓰러트렸으니까 기적적으로 이긴 셈이다.

다음은 절대 성공하지 못할걸.

아마, 아니, 확실하게 패배한다는 게 솔직한 감상이다.

아스타테 공이 역침공을 저질러서 버티지 못한 빌렌도르프가 간신히 정전조약을 맺었다.

지금은 그 정전조약 기간 중이지만—— 이런, 그것도 곧 끝나지. 앞으로 반년도 안 남았잖아.

아쉽게도 이 파우스트 폰 폴리도로는 바보가 아니었다.

나라가 처한 상황도, 빌렌도르프와 국경선이 가까운 내 영지의 상황도 이해하고 있었다.

이대로는 안 된다.

잠시 고민했다.

이대로면 우리 영지도 빌렌도르프의, 그 야만족의 침공을 받는다.

아스타테 공작의 상비병 500명과 리젠로테 여왕의 군대는 폴리도로 가와 맺은 보호 계약을 지켜줄 것이다.

빌렌도르프에 맞서 싸워주겠지.

하지만.

솔직히 기대할 수 있는 건 아니다. 이번에야말로 질 것이다.

세 사람 사이에선 이미 그런 예측이, 분위기가 떠돌고 있었다.

그건, 빌렌도르프 전쟁에서 거둔 승리는 완전한 우연의 산물이다.

세 사람 중 누구 한 명이 빠졌어도 졌을 것이다.

그런 지옥 같은 전쟁이었다.

"저에게 어찌하란 말씀입니까."

눈을 감고 가벼운 짜증을 느끼며 뱉었다.

"처음 말한 대로다. 빌렌도르프에 가서 화평 교섭을 맺어다오.

최소한 10년은 필요하다."

"10년……. 저희가 양보할 수 있는 조건은 뭐죠?"

"애초에 저쪽에서 시작한 전쟁이고, 마지막에 공격해서 승리한 건 이쪽이다. 그리고 정전. 양보할 수 있는 점은 거의 없지. 기껏해야 아스타테가 저쪽을 공격했을 때 수탈한 재화 반납을 확약하는 정도다."

그 조건으로 교섭하라는 거냐.

힘든데.

명목상으로는 승리한 전쟁이다보니 그리 쉽게 조건을 양보할 수 없다는 건 이해하지만.

아, 성가시네.

하지만, 음.

할 수밖에 없단 말이지.

그리고 아마 나 말고는, 묘하게 빌렌도르프에서 영웅으로 보는 듯한 나 말고는 교섭할 수 있는 인재가 안할트 왕국에는 없다는 거지.

그걸 이해할 수 있다는 게 내 가장 큰 불행이다.

쯧 혀를 찼다.

"알겠습니다. 달리 방도가 없군요. 그렇기 때문에 저를 부른 거겠죠."

"받아들여 주는 건가."

후우 숨을 돌리며 아나스타시아 제1왕녀가 가슴을 물리적으로 쓸어내렸다.

그러니까 베일 위로 그 미유를 만지지 말라고.

발기하잖아.

"받아들이겠습니다. 단, 보수는 잘 부탁드립니다. 그리고 교섭이 확실하게 성공한다는 보증은 도저히 불가능합니다. 그런 경우를 대비해 빌렌도르프 대책도 동시에 생각해주세요."

"물론 그건 안다. 그 유목민족들만 없었다면 이런 일은."

빌렌도르프도 마찬가지로 북방 유목민족 때문에 골머리를 썩이고 있을 텐데.

듣기로는 내가 일대일 대결로 쓰러트린 레켄베르 기사단장이 유목민족을 쓰레기처럼 싹싹 청소해서 국가 전체에 여유가 생겼다던가.

그 결과 남아도는 전력으로 우리 안할트 왕국을 침공해서 빌렌도르프 전쟁이 일어났다.

다른 속셈도 다양하게 있었겠지만, 완전히 민폐다.

"빌렌도르프에 가는 사자는 저뿐입니까?"

"가능하면 내가 가고 싶다만……."

"아무리 그래도 직접 가실 수는 없죠."

제1왕위계승자가 적지에?

악질적인 농담이다.

하지만 나 혼자 가기에는 권세가 약하다.

안할트 왕국 최강의 기사라고는 해도 영지민이 고작 300명밖에 안 되는 약소 영주 기사만으로는 약하다.

아스타테 공은 빌렌도르프에 반격하면서 신나게 휩쓸고 다니며 '몰살의 아스타테'라는 악명이 자자하니 무리.

누군가 적당한——.

"내가 입후보할게. 아니, 싫긴 한데, 진짜 정말 싫은데, 나를 이 자리에 부른 건 그런 의미인 거잖아?"

내 옆에서 발리에르 제2왕녀가 손을 들었다.

아, 그래서 이 사람도 부른 거였나.

그래, 왕국의 계승자인 아나스타시아 전하가 가는 건 곤란하니까 딱히 죽어도 곤란하지 않은 발리에르 전하가 가라는 의미다.

왕가의 행동으로서는 하나도 잘못된 게 없지만, 참 너무한다.

"뭐, 그렇게 되겠지. 지금의 발리에르 공주라면 맡길 수 있을 테고."

아스타테 공이 한숨을 쉬었다.

정사(正使)가 발리에르 제2왕녀고, 부사(副使)가 나 파우스트 폰 폴리도로인가.

이러면 대외적인 구색은 맞춰졌군.

"하지만 나는 지금도 반대한다는 건 잊지 마. 파우스트를 적지에 보낸다니."

"네가 반대하는 건 이해해. 나도 본심으로는 반대다. 하지만 달리 방법이 없잖아."

아스타테 공의 불만에 아나스타시아 제1왕녀가 어쩔 수 없다는 듯 대답했다.

아니, 실제로 방법이 없긴 하단 말이지.

마음속으로 동의했다.

진심으로 가기 싫지만.

부사라는 내 입장에 반대하면서도, 아나스타시아 제1왕녀의 판단에는 동의할 수밖에 없었다.

아, 빌렌도르프 가기 싫다.

마지막으로 한마디만 마음속으로 중얼거렸다.

"굉장히 화내더군. 아니, 마지막에는 침착하게 이야기를 들어 주었고 받아들이기도 했지만."

"나도 용서해주었으니까, 아무튼 잘 됐어."

나는 긴 붙임 손톱을 뗀 뒤 두 손을 깍지 끼고 크게 기지개를 켰다.

파우스트와 그의 견습기사 마르티나와 동생 발리에르가 빌렌도르프 원정 준비를 시작하기 위해 떠난 뒤였다.

옆에 앉은 아스타테가 일어나 파우스트가 앉았던 장소에 엉덩이를 붙이고 깊은 한숨을 내쉬었다.

이 녀석, 제 엉덩이로 파우스트의 엉덩이 온기를 느끼려고 하는 건 아니겠지?

설마. 그럴 리가. 그랬다간 인간으로서 끝장이 아닌가.

아무리 그래도 너무 징그럽다.

그렇게 생각은 해도 의혹을 숨길 수 없다.

아스타테는 진짜 변태니까.

하지만 뭐, 대화의 본 주제는 아니므로 우선 필요한 화제를 꺼냈다.

"역시 한 달 만에 바로 영지에서 돌아오게 만들면 화나기 마련인가. 화나겠지. 하지만 이 이상 빌렌도르프 문제를 뒷전으로 미뤄둘 수도 없으니."

"새삼스럽지만 역시 방법이 없는 거야? 법복 귀족들, 제대로 일하고 있는 거냐고."

"하고 있지. 인선도 내가 제대로 골랐어."

어머니, 리젠로테 여왕은 빌렌도르프 대응을 나에게 일임했다.

최대한 빌렌도르프가 얕잡아보지 않을 법한, 교섭도 무술도 갖춘 상류 법복 귀족.

그런 무관을 보냈는데, 역시나 '약한 자의 말 같은 건 안 듣겠다'는 자세.

이젠 찍소리도 내지 못할 만큼 '강한 자'를 보낼 수밖에 없다.

파우스트는 빌렌도르프에서는 틀림없는 강자에 해당할 것이다.

걱정되는 건── 아스타테가 내 마음을 읽은 것처럼 중얼거렸다.

"파우스트, 덮쳐지겠지. 아니, 빌렌도르프가 잠든 파우스트를 덮칠 거라고 생각하지는 않지만, 정면에서 대량으로 결투를 신청할 거야."

"신청하겠지. 그걸 클리어해줘야만 하는데. 뭐, 그 점은 걱정할 필요 없어."

그게 일대일이라면 100번 연속으로 싸워도 100번 다 이기는 게 파우스트 폰 폴리도로라는 남자다.

그 녀석이 지는 모습 같은 건 상상도 가지 않는다.

본인 왈, 빌렌도르프의 영웅인 레켄베르 경에게만은 진심으로 위험했다고 했지만.

지금은 그 영웅조차도 파우스트의 손에 쓰러졌다.

아무 문제 없다.

"하지만 파우스트는 그것만이 아니잖아. 키가 작고 피부는 도자기처럼 반들반들하고 근육도 적은 남자가 매력적인 안할트와는 전혀 다르지. 근육질 몸매. 2m가 넘어가는 우람한 체구. 그리고 영웅적인 무력. 어딜 봐도 빌렌도르프가 미덕으로 여기는 요소로 범벅이 된 게 파우스트야. 틀림없이 여기저기서 유혹할걸."

"빌렌도르프에서는 완전무결한 섹스 심볼 같은 취급이겠지. 뭐라고 해야 할까, 걸어다니는 섹스? 그렇기에 정중한 대우를 기대하고 보내는 거지만……."

솔직히 파우스트의 정조가 걱정이다.

하지만 파우스트는 벽이 단단한 남자.

그리 쉽게 누군가에게 다리를 벌릴 것 같지 않다.

하지만 걱정은 된다.

그 몸이 누군가에게 더럽혀진다고 생각하면 발광할 것 같다.

하지만 어떻게 할 수 없다.

이미 파우스트를 빌렌도르프에 사자로 보내는 게 정해지고 말았다.

문밖에서 들리는 노크 소리.

"누구지?"

"접니다. 차를 가져왔습니다."

"아…… 마침 목이 마르던 참이었다. 들어와."

제1왕녀 친위대의 친위대장이 방으로 들어왔다.

그 손에 들린 쟁반 위에는 2인분의 차가 올라가 있었다.

탁자 위에 내려놓길 기다렸다가 각자 컵을 들었다.

아스타테가 차향을 즐기며 다시 입을 열었다.

"결국 어떻게 생각해? 빌렌도르프는 정전 기간 종료와 동시에 우리를 침공할까?"

"아무런 말도 못 하겠군. 레켄베르 경의 부재가 얼마나 영향을 주는지 알지 못하니까. 빌렌도르프의 여왕이 무슨 생각인지 알 수 없고, 밀정도 영……. 전쟁 준비는 하지 않고 있는 모양이지만, 그 나라는 전쟁을 일으키면 국민이 바로 대응하니까. 즉시 전시체제에 들어갈 수 있는 나라지. 일절 방심할 수 없어."

파우스트는 정말로 잘해주었다.

레켄베르 경.

악명 높은 빌렌도르프의 괴물이라 불리는 인물을 쓰러트렸다.

현 빌렌도르프의 여왕이 제3왕녀였던 시절에 그녀의 상담역이 되어 유목민족 대책으로 분전.

아니, 분전을 넘어서 아주 일방적으로 청소해버렸다.

몇몇 부족은 절멸까지 갔다고 들었다.

방법은 유목민족이 사용하는 컴포지트 보우의 사정거리조차 넘어서는 마법의 롱 보우로 족장을, 다음으로는 궁수를 사살.

그 후에는 손수 진두에 서서 기병돌격을 실시해 일방적 학살.

이야기를 들어보면 그 방식은 불가능한 건 아니다.

빌렌도르프의 기병은 솔직히 안할트 왕국의 기병보다 강력하니까.

하지만 말은 쉬워도 실천은 어렵다.

우리 나라는 흉내 낼 수 없다.

애초에 원 샷 원 킬. 빌렌도르프 방면에서 넘어온 음유시인의 영웅시에서는 레켄베르 기사단장의 화살이 전장에서 빗나간 적은 한 번도 없다고까지 불릴 정도다.

이 세상에는 가끔 파우스트처럼 이해할 수 없는 수준의 초인이 나타난다.

파우스트가 죽여줘서 정말 다행이었다.

"레켄베르 경은 무력으로도 뛰어났지만, 전략적으로도 정치적으로도 뛰어났지. 어머니와 같은 세대였던가. 어머니는 그자와 자주 비교당했다며 푸념하셨다."

"그래. 제3왕녀를 교육시키고 강력하게 보좌해서 여왕 자리에까지 올려놓은 여자이기도 해."

야만족, 빌렌도르프의 여왕은 다른 귀족 계급 사회와는 시스템이 다르다.

아니, 빌렌도르프라는 국가 자체가 블루 블러드의 후계자 제도를 장자상속으로 두지 않았다.

빌렌도르프는 한사상속(限嗣相續) 제도로, 가장이 지정하는 적합한 후계자는 결투로 정해진다.

자매끼리 결투해서 승리한 사람이 모든 것을 얻는다.

패배한 쪽은 얌전히 가장의 보좌가 되거나, 아니면 집에서 독립한다.

그런 제도에서 서로 원망하지 않고 돌아간다니 오히려 호탕함이 느껴질 정도라고 해야 하나……. 용케 그런 제도로 나라가 굴러가고 있다는 의문이 느껴질 정도다.

안할트 왕국과는 문화가 너무 다르다.

물론 보좌가 된 자는 먹고 살 수 있고, 집에서 독립하는 걸 선택한 상대에게도 신분이 추락하긴 하나 먹고 살 방도는 보장된다.

상속자에게 그런 의무가 있다고 해야 할지, 보편적 상식으로 통하며 그렇게 하지 않는 사람은 블루 블러드로서 실격으로 본다.

그런, 우리나라에서 본다면 기묘한 가치관으로 국가가 형성되어 있다.

뭐, 우리나라와 마찬가지로 빌렌도르프는 세대교체가 빠르다.

대략 장녀가 20살 전후가 되었을 때 가주 상속이 이뤄진다.

따라서 장녀가 이기기 쉽고, 자연스럽게 동생일수록 질 가능성이 커진다.

어리기 때문이다.

하지만 빌렌도르프의 여왕은 막내, 제3왕녀임에도 승리했다.

당시 14살이었다고 하던데.

이것도 레켄베르 경의 가르침 덕분이었겠지.

아무튼 빌렌도르프 전쟁을 떠올리면 마음이 착잡해진다.

이겼는데도 불구하고 때때로 악몽마저 꾼다.

"아스타테. 너는 빌렌도르프 전쟁에서 몇 번 죽음을 각오했지?"

"셀 수가 없네. 아나스타시아의 본진이 공격받았을 때가 첫 번째였고, 그래서 조급해져서 상비군 통솔이 무너졌을 때가 두 번째. 이후엔 파우스트가 일대일 대결에서 승리해서 시종 유리하게 흘러갔다고 보지만, 아니, 그렇지 않았다면 못 이겼지만."

아스타테가 차를 한 모금 마시며 잠깐 말을 끊은 뒤 대답했다.

"대충 30번은 아, 이거 오늘에야말로 나 죽는구나 했지. 파우스트와 같이 최전선에 있었으니까."

"그런가."

내가 죽음을 각오한 건 본진이 공격받을 때.

그때와 중간중간 최전선에 있는 아스타테와 통신이 막혔을 때.

어쩌면 나는 이 첫 출진에서 죽는 게 아닐까 하고 진심으로 각오했다.

그 두 번만이 아니라 셀 수 없이 많다.

그 전쟁에서 용케 이겼구나.

그렇기에 다음은 이기지 못한다.

나나 아스타테, 그리고 파우스트는 승리하는 광경을 도저히 떠올리지 못한다.

하지만. 그렇지만.

"정말로 빌렌도르프의 여왕이 무슨 생각인지 모르겠어. 상담역이었던 레켄베르 경을 잃고 이젠 우리나라와 전쟁할 마음을 잃어버린 건지. 아니면 복수심을 불태우고 있는 건지. 북쪽 유목민족 문제는 몇몇 부족을 절멸까지 몰아갔다고 해도 완전히 끝난 게 아니야. 그쪽은 앞으로 어떻게 대처할 생각인 건지."

아무것도 알 수 없다.

밀정은 보내고 있지만, 빌렌도르프의 방첩이 영 우수하다.

지금 상황으로는── 우리나라의 법복 귀족들이 여왕을 알현하지도 못하고 거의 문전박대인 상태로는 아무것도 알 수 없다.

"의외로 우리의 반응을 기다리는 건지도 모르지."

"그 말은?"

아스타테의 의견을 들어보았다.

"어쩌면 파우스트 폰 폴리도로를 기다리고 있다거나."

"설마."

우리가 손바닥 위에서 놀아났다는 건가.

그 가능성은 이해할 수 있지만.

그렇게까지 파우스트에게 집착한다고?

"모르는 일이지. 파우스트라는 인물은 빌렌도르프의 가치관에는 정말로 특별한 존재니까. 외모 완벽하지, 싸우는 모습은 아름답지, 흠잡을 곳 없이 완벽한 보석 같은 존재야."

"그 보석을 통해 우리의 반응을 확인한다?"

"안할트 왕국을 방심할 수 없는 상대라고 받아들이면 전쟁 회피. 결국 소문만 자자할 뿐이었다고 실망한다면 전쟁 재개."

황당한 이야기다.

아스타테가 어설픈 휘파람을 불며 익살스럽게 지껄였다.

"하지만 의외로 틀린 예측은 아닐걸. 모든 건 안할트의 반응부터 보고. 그 후에 전부 정하겠지!"

"빌렌도르프 측도 이쪽의 행동을 예측하지 못한다는 건가?"

"그런 거지. 이러니저러니 해도 우리는 승리했잖아. 나는 빌렌도르프에서 몰살의 아스타테라는 소릴 들을 만한 보복도 했고."

땅을 빼앗은 게 아니다.

아스타테는 빌렌도르프의 마을들을 덮쳐 온갖 것들을 약탈해

폐허로 만들었다.

빌렌도르프에서 아스타테의 악명은 가늠할 수 없는 수준이다.

뭐, 안할트도 빌렌도르프에게 비슷한 일을 당했으니 정당한 보복이기는 하지만.

"지금 안할트는 북방의 유목민족 대책으로 왕국군의 다수를 할애했어. 각 지방 영주의 군역도. 그래서 빌렌도르프 대책에 많이 할애할 수 없지."

"그건 빌렌도르프도 아는 일이다. 그래서 나는 전쟁을 두려워하고 있고."

"하지만 빌렌도르프에서는 레켄베르 경이 유목민족을 쓰레기처럼 청소해버린 전적도 있으니, 안할트가 불가능하다고 생각하진 못해."

"흠."

우리가 빌렌도르프의 모든 것을 이해하지 못하는 것처럼, 상대도 안할트의 모든 것을 이해하지 못할 것이다.

그건 이해한다.

"즉?"

나는 아스타테에게 물었다.

"그러니까 반응을 기다리는 거야. 모든 건 파우스트 폰 폴리도로로 이어져. 빌렌도르프 여왕은 그 모습을 보고 앞으로 어떻게 할지 정하겠지. 이 예상은 완전히 빗나가진 않을 거라고 봐."

"으음."

의외로 그럴지도 모른다.

설령 희귀한 마법사라고 해도 상대의 머릿속까지 들여다보지는 못한다.

　판단 근거가 있다면—— 그건 영웅 레켄베르의 보호 아래 있었던, 어린 시절부터 구축된 빌렌도르프 여왕의 가치관.

　"우리 안할트 왕국의 영웅, 파우스트 폰 폴리도로를 보고 모든 것을 정한다고."

　"그래. 나라면 그렇게 할 거야."

　아스타테는 만약 자기가 빌렌도르프 여왕이라면 어떻게 할 것인가.

　그 사고회로를 더듬어가서 이런 결론에 도달한 건가.

　내 상담역, 나의 오른팔 아스타테.

　이번에는 네 계책을 인정하겠다.

　"그럼 더욱 파우스트를 볼품없는 모습으로 보낼 수는 없겠군."

　"그 체인 메일 말이야?"

　격식에만 사로잡혀 돈이 없는 귀족은 드물지 않다.

　그리고 약소 영주 기사인 파우스트는 정말로 유복하지 않다.

　그래서 체인 메일을 입는다.

　"내 세비로 그 녀석이 입을 플루티드 아머를 제작하지. 궁정 마법사에게 경량화와 강도 추가도 의뢰하고."

　"안 늦을까? 사자로 보낼 때까지 시간이 없어."

　"대장장이를 몇 명 부려도 괜찮아. 한 달 내에 맞추겠어."

　무모하다.

　아스타테는 그런 얼굴이었다.

하지만 이건 필요한 일이다.

아스타테의 이야기에 따르면 파우스트를, 우리나라의 영웅을 체인 메일 모습으로 빌렌도르프 여왕과 만나게 하는 건 좋지 않다.

내 윤택한 세비를 이용해 갑옷 한 세트를 만들어줘야지.

이건 좋은 기회다.

사정이 사정인 만큼 재무 관료도 반발하지 않을 테고 파우스트의 호감도 살 수 있다.

"아나스타시아, 이걸로 파우스트의 호감을 살 수 있다고 생각하는 거 아니야? 아니, 확실히 파우스트의 호감은 돈으로 살 수 있긴 하지만. 마음속 깊은 곳까지는 팔아주지 않거든."

왕가, 제2왕녀 상담역으로서 파우스트에게 내려준 저택.

그곳을 항상 감시하며 파우스트의 기호와 취향을 구석구석 파악하고 있는——마르티나 건에선 잘못 읽어냈지만——그 아스타테가 충고했다.

하지만, 그래도.

"이건 필요한 일이기도 하고, 게다가. 나는 어쩐지 파우스트에게 미움받고 있지 않나?"

"아니, 전우라고는 생각하고 있을걸. 사지인 최전선으로 보낸 상대라고 하나 아나스타시아도 고생했다는 걸 파우스트가 이해하지 못하는 건 아니야. 하지만 너는 무서우니까."

"무섭다고? 뭐가?"

아스타테가 무슨 말을 하고 싶은지 모르겠다.

"눈이 무서워."

"그 이유만으로 싫어할 리 없잖아!"

"실제로 동생인 발리에르는 최근까지 무서워했잖아!"

한 마디도 안 진다.

"그건 발리에르가 문제인 거다! 정말로 어릴 때부터 나를 무서워하고! 최근에는 반대로 언니라면서 묘하게 친근하게 구는 게 귀엽지만."

"아, 귀여워하는구나. 자매 관계가 개선된 건 좋은 일이긴 한데."

아스타테가 어이없다는 얼굴로 나와 발리에르의 관계에 참견했다.

내버려 둬.

같은 아버지를 둔, 피가 이어진 동생이다.

한 번 그걸 인정하고 나니 귀엽지 않을 리가 없잖아.

딱히 발리에르에게는 왕위를 두고 다툴 마음이 전혀 없다는 것쯤은 옛날부터 알고 있었다.

장래엔 수도원 같은 곳으로 쫓아내지 않고 제대로 괜찮은 세습 귀족가를 상속할 수 있게 보내주고 싶다.

그게 내가 해줄 수 있는 최소한의 애정이다.

"뭐 됐어. 알아서 해. 아무튼, 마법의 플루티드 아머 같은 걸 줬다간 그야 파우스트는 아주 기뻐하겠지. 하지만 그런다고 다리를 벌려줄 거라는 생각은 안 하는 게 좋아."

"하겠냐!"

무슨 파렴치한 생각을 한 거냐.

나는 이 기회를 이용해 파우스트의 호감을 벌어놓고 싶은 것뿐.

그리고 빌렌도르프와 화평 교섭을 잘 성공시키고 싶은 것뿐.

단지 그뿐이다.

아나스타시아 제1왕녀는 크게 한숨을 쉬고는 완전히 식어버린 차를 단숨에 비웠다.

처음은 600m 너머, 마침 앞으로 가로막는 기사를 베어 넘겼을 때로 기억한다.

날아온 화살을 반쯤 반사적으로 그레이트 소드의 칼자루로 막았다.

막지 않았다면 내가 장비한 체인 메일의 가슴이 꿰뚫려 나는 죽어버렸겠지.

팔에 은은하게 남는 저릿함이 화살의 강렬한 위력을 보여주었다.

"그쪽인가."

나는 방향을 잡았다.

저곳에 내가 매장해야 하는 적, 무찌르면 이 사지에서 탈출할 수 있게 만드는 전선 지휘관이 있다.

전장의 후각이 그렇게 촉구했다.

애마 플뤼겔도 머리를 돌려 저쪽이라고 재촉했다.

전장에서 플뤼겔은 나보다 똑똑하다.

게다가 기사와 기마, 서로의 의견이 일치했다.

플뤼겔의 주장을 얌전히 따랐다.

나는 포효했다.

두 번째 화살.

그레이트 소드로 베었다.

방해다.

이 사수, 괴물 같은 실력이군.

인정사정 봐주지 않는 느낌으로 내 이마를 향해 강력한 화살을 날렸다.

하지만 소용없다. 화살을 베어내는 것쯤은 초인의 상식이지.

이 정도를 못 한다면 전장에서 살아남을 수 없다.

나는 과거 군역에서 당연하다는 듯 산적이 크로스보우를 소지하고 있던 걸 회상했다.

왜 산적 주제에 크로스보우를 가지고 있는 거냐.

혹시 가주를 이어받지 못한 블루 블러드 출신인 건가?

그런 의문도 들었지만 지금은 중요하지 않다.

크로스.

그렇게 절규하는 내 목소리.

내 영지의 종사 5명이 지금까지 군역을 치르며 산적에게서 노획한 크로스보우의 화살을 적에게 날렸다.

체인 메일이 꿰뚫려 쓰러지는 빌렌도르프의 기사 5명.

역시 크로스보우는 강력하다.

세 번째 화살.

짜증 나.

그레이트 소드의 자루로 받아냈다.

네 번째 화살.

다섯 번째 화살.

여섯 번째 화살.

일곱 번째 화살.

여덟 번째 화살.

작작 해라.

산적의 화살 같은 건 성가실 뿐이지만 이 화살은 강력하고 무시무시하다.

나는 그걸 그레이트 소드의 칼날로, 자루로 쳐냈다.

카이트 실드 같은 걸 들지 않아도, 나에게는 애초에 방패가 필요 없다.

선조 대대로 이어받은 그레이트 소드 한 자루만으로 화살을 쳐낸다.

이 궁수, 괴물인데.

나와 같은 초인 부류인 건가.

그런 느낌을 받으면서도 이윽고 무의미하다고 깨달은 건지——아니, 단순히 화살을 쏴댄 곳에 도착한 건지.

이윽고 나와 영지민들은 적 기사단의 중추에 도달했다.

"빌렌도르프 기사단장, 일대일 승부를 신청한다!!"

나의 외침.

거기에 응한 롱 보우의 사수, 빌렌도르프의 기사단장—— 레켄베르 경.

아아, 그녀는 확실히 강했다.

틀림없이 빌렌도르프의 영웅이었다.

여태껏 살면서 상대한 기사 중 최강이었다.

딱 1년.

딱 1년만 더 빨랐다면 내가 졌을 것이다.

고작 1년의 훈련과 경험의 차이로 내가 승리했다.

혹은 그녀의 재능이 지휘관으로서 필요한 군사에 치우쳐지지 않고, 나처럼 무력에 모조리 집중했다면.

확실하게 내가 패배했을 테지.

재능의 총량이라면 틀림없이 그녀가 더 많았으니까.

옆에 있는 마르티나에게 그런 이야기를 흘렸다.

"영웅시 그 자체이자 말 그대로 영웅 간의 승부라고 할 수 있겠군요. 하지만 왜 갑자기 그런 말씀을?"

"아니, 심심해서."

나는 지금 왕도의 대장간에 있다.

마르티나를 견습 기사로서 데리고 온 대장간에서 마르티나에게 빌렌도르프 전쟁에 대해—— 레켄베르 경이 얼마나 강적이었는지 이야기했다.

그 눈앞에서 짝짝 박수를 보내는 상인.

잉그리드 상회.

아나스타시아 전하는 내가 쓸 플루티드 아머를 준비하기 위해 내 어용상인인 잉그리드 상회를 지명해주었다.

제법 좋은 배려심이다.

잉그리드는 대형주문에 몹시 흡족해했다.

"이야. 수배 가격 쪽은 큰 공부가 되었습니다만, 플루티드 아머 세트쯤 되면 상당한 가격이 되지요. 그걸 선불로 지불해주시다니. 역시 제2왕녀 상담역 폴리도로 경이십니다."

"이번 거래는 전부 아나스타시아 제1왕녀님의 세비에서 나오는 거니까 제2왕녀 상담역은 상관없는데."

그렇게 대꾸했다.

설마 아나스타시아 전하가 나를 위해 플루티드 아머 세트를 사 줄 줄은 몰랐다.

심지어 비용은 이번 성공 보수와는 완전히 별도로.

역시 제1왕녀의 세비. 제2왕녀와는 윤택함이 다르다.

이번만큼은 순순히 아나스타시아 전하에게 고마워했다.

나의 이 2m가 넘는 거구를 감싸는 체인 메일도 살짝 헐거워지기 시작하던 참이었다.

뭐, 부사로서 우습게 보이는 복장으로 가는 건 문제지.

빌렌도르프가 아니라면 예복이어도 괜찮겠지만.

빌렌도르프에서 무관은 갑주가 예복이다.

초라한 차림은 곤란하다.

"그나저나 한 달 만에 갑자기 제작하려면 대장장이도 한 명으로는 부족합니다. 그레이트 소드와 체인 메일을 정비하는 남자 장인 말고도 여러 명의 여자 장인을 쓰게 되었습니다."

"딱히 상관없어. 잉그리드가 소개하는 사람이니. 실력은 확실하겠지."

내 고간에 장착한 정조대.

그걸 만든 남자 대장장이에게는 평소 내가 애용하는 그레이트 소드와 체인 메일 정비도 맡기고 있다.

하지만 이번만큼은 힘들다.

혼자서 갑옷 세트를 전부 준비할 만한 시간은 없다.

여자 대장장이들에게 둘러싸여 전신을 더듬거리는 과정을 거치며 사이즈를 측정했다.

그 손은 대장장이답게 두껍고, 갑옷 장인의 열정이 느껴졌다.

"사이즈는 이미 다 쟀으니까 돌아가도 되는 것 아닌가?"

"아뇨, 시간이 없으니까요. 몸에 맞춰서 계속 조정해야 합니다."

"그러면서 일주일씩이나 대장간에 매일 출석하고 있는데."

뭐, 어쩔 수 없지.

그렇게 생각은 하지만 시간을 너무 잡아먹는 건 난감했다.

옆에서 함께 해주는 마르티나에게 빌렌도르프 전쟁을 회상하며 이야기할 정도로…… 할 일이 없었다.

힐긋 옆을 보자 심심한 나와는 달리 궁정 마법사가 갑옷의 재료로 쓰일 판금에 마법 각인을 바쁘게 새겨넣고 있었다.

주문 부여—— 인챈트 준비다.

그리고 보면 마법사는 난생처음 본다.

이 세계에서 마법사는 귀중한 존재다.

완전히 선천적인 능력으로, 후천적으로 개화하는 일은 없다.

만 명 중 한 명 정도의 비율이던가.

그 정도밖에 없다.

하지만 마법은 분명히 존재한다.

지금 허리에 찬, 선조 대대로 물려받은 마법의 그레이트 소드처럼.

"마법사를 보는 건 처음입니다."

마르티나가 중얼거렸다.

1천 명 규모의 마을에 살던 마르티나라고 해도 그렇겠지.

마법사는 공작가 빼고, 그 능력이 인정받으면 무조건 궁정으로 스카우트된다.

마법사를 찾는 방법은 지극히 단순하다.

마법의 오브, 수정구에 손을 올렸을 때 빛나서 반응하는지 아닌지.

수정구는 각 지방 영지의 교회에 보관되고 있다.

물론 내 영지 폴리도로의 교회에도 있다.

말할 필요도 없겠지만 나에게 마법사 재능은 없다.

아주 어릴 때, 5살에 확인했다.

300명뿐인 영지민 내에도 없다.

뭐, 있어도 왕궁이 잡아갔겠지만.

다만 고액의 보수를 영지와 가족에게 각각 지불한다.

그리고 마법사 본인의 대우도 달라진다.

먼저 노예든 평민이든 무조건 일대 귀족이 되어 신흥 가문의 가주로 대우받는다.

당연히 울든 뻗대든 마법사로서, 귀족으로서 스파르타 교육이 시작된다.

솔직히 내가 받은 기사 교육만큼 혹독하진 않을 거다.

나는 돌아가신 어머니를 전혀 원망하지 않지만.

아무튼.

마법사는 희귀하다!

그런 마법사가 눈앞에 있다.

꼭 대화해 보고 싶은데…….

"이 판금, 절대 자르지 마! 통째로 갑옷을 만들어! 자르면 죽여 버릴 거야! 요 일주일 동안 자고 먹고 싸는 시간 말고는 모조리 깎아서 마법 각인을 새겼으니까! 알았냐!!"

무지하게 화내고 있다.

마법사님이 어마무지하게 화내고 계신다.

"한 달은 무리라고! 한 달 만에 모든 판금에 혼자서 마법 각인을 새기라니—— 아니, 가공 시간을 생각하면 보름도 안 돼! 안할트 왕가가 미쳤냐! 사람에게는 할 수 있는 일과 할 수 없는 일이 있어! 공정관리에 문제가 있다고! 이 상태로 나에게 품질관리까지 하라고?! 안할트 왕국에는 노무관리라는 말이 없어?!"

무지하게 화내고 계신다.

이거, 말을 거는 건 무리구나.

너 때문에 이렇게 된 거라고 갈궈도 반론할 수 없다.

긁어 부스럼을 만드는 건 사양이다.

"나 밥 먹고 올게. 그때까지 다음 판금 준비해놔!!"

버럭버럭 분노하면서.

마법사는 내 눈앞에서 떠나갔다.

그녀의 이름도 모른다.

뭐 됐다. 엮일 일도 거의 없는 인종이니까.

마법사는 그만큼 드물다.

"무지하게 화나셨네요."

"무지하게 화났지."

마르티나의 말에 나는 고개를 끄덕였다.

원래 한 달 만에 인챈트를 부여한 플루티드 아머를 제작하라는 게 무모한 요구다.

아나스타시아 제1왕녀 전하의 요구니까 다들 어쩔 수 없는 거 겠지만.

그 원인 중 한 명으로서는 면목이 없다.

하지만 어쩔 수 없다.

빌렌도르프에서 무관은 갑옷이 예복.

결코 얕보일 수는 없다.

비싼 정장을 입고 가야 한다.

그리고 화평 교섭을 성공시킨다.

뭐, 성공률을 올리기 위해서라면 갑옷 하나는 싸게 먹히는 거다.

아마 아나스타시아 전하는 그렇게 생각한 거겠지.

거기에 휘말린 대장장이와 마법사에게는 고생이 많으시다는 말밖에 못 하지만.

나는 깊디깊은 한숨을 쉬었다.

"마법사에겐 물어보고 싶은 게 여럿 있었는데."

"무슨 질문인지 여쭤봐도 되겠습니까?"

잉그리드가 내 눈앞에서 의아한 표정을 지었다.

……숨길 필요는 없지.

"그게…… 동화에서 나오는 것처럼 불이나 빛, 연기를 다루면 최고의 불꽃놀이가 된다거나, 마치 초자연현상을 부려서 적을 쓰러트릴 수도 있는 걸까."

마법사의 존재는 베일에 싸여있다.

그 존재가 발휘하는 힘이 어느 정도일까.

어쩌면 내 전투 능력조차 훌쩍 상회하는 거 아닐까.

전생이 있는 나로서는——,

이 중세 판타지 세계의 마법사에 그런 걸 기대하고 만다.

"……제가 알기로는 불가능합니다."

잉그리드가 아쉽다는 듯 대답했다.

작게 고개를 저었다.

"마법사가 하는 일은 통신기인 마법의 수정구, 쌍안경 같은 보조 도구, 마법 아이템 제작과 이번 같은 장비 인챈트가 중심입니다. 공상 속 이야기처럼 초자연현상을 자유자재로 다루고 적을 쓰러트리는 건 아쉽게도 불가능합니다."

잉그리드가 자세히 설명했다.

"하물며 세간에서 초인이라 불리는, 폴리도로 경 같은 존재에게 맞설 수 있을 리가요. 물론 마법사는 보기 드뭅니다. 마법력도 지식도 필요하죠. 앞서 예시로 든 보조 도구, 통신기나 쌍안경처럼 전투의 판국을 좌우하는 물건을 만들어내기는 합니다. 하지만 직접적인 전투력은 없습니다."

잉그리드의 단언.

조금 아쉽다.

전생에서 읽은 것 같은, 고전 판타지 소설 같은 힘은 없다는 모양이다.

뭐, 군대에 필적하는 마법사 같은 건 역사서에서도 나온 적이 없었지.

알고는 있었지만 조금 슬프다.

아무튼 마법이니까.

아직도 희미하게 현대 일본인의 자아, 가치관이 남아있는 나는 당연히 기대하게 되잖아.

그렇게 스스로에게 변명했다.

"음, 알고는 있었지만 그런가. 아쉽군."

잉그리드에게는 마음이 말하는 대로 솔직하게 대답했다.

정말로 아쉽다.

내 마음에는 여전히 '반지 이야기'가 남아있으니까.

어쩔 수 없잖아.

그렇게 변명했다.

"이번 플루티드 아머는 어떤 느낌이 되는 거지?"

"말씀드리기 대단히 죄송하지만, 투구만은 양동이 형태로 해도 괜찮겠습니까?"

"양동이?"

가능하면 전부 다 튕겨내는 헬멧 타입이 좋은데.

이 세계에서는 초기형이긴 해도 용병이 사용하는 머스킷 총도 있다.

"소위 그레이트 헬름입니다. 실제로는 그 속에 코이프, 즉 체인메일의 후드를 뒤집어쓰게 되실지도 모릅니다."

"그건 싫은데. 플루티드 아머에 양동이 헬름은 촌스럽지 않나?"

게다가 시야가 좁아진다.

체인 메일의 장점.

그건 넓은 시야와 가벼운 무게다.

투구를 쓰지 않기 때문이다.

그리고 그레이트 헬름의 단점.

그건 시야가 좁고, 어깨와 목을 짓눌러서 공격 속도도 느려지게 만드는 중량이다.

뭐, 나는 뭘 뒤집어쓴다고 해서 그리 크게 힘들어지진 않을 테지만.

"……솔직히 복잡한 구조인 투구까지는 제작할 여유가 없습니다. 게다가 영웅 폴리도로 경에게 완전 갑옷이 필요할까요? 투구만 탈착식으로 만들고, 솔직히 없는 게 전장에서 더 싸우기 용이하지 않으십니까?"

"말하는 건 베테랑이군."

나는 황당해하는 목소리로 대답했지만, 실제로 그럴지도 모른다.

원래 전장에서는 체인 메일로도 충분하다고 느꼈을 정도다.

레켄베르 경과 전투할 때는 그토록 전신 갑옷이 필요하다고 느낀 순간도 없었지만.

그레이트 헬름이라.

탈착이 가능하다면 선택지로서는 나쁘지 않을지도 모른다.

"그레이트 헬름의 단점인 중량도 마법사의 인챈트로 해결됩니다. 이번에는 폴리도로 경을 고려해서 판단했습니다. 부디 승낙

해주세요."

"좋아, 그렇게 해. 나중에 제대로 된 플루티드 타입 투구도 제작할 수 있는 거지?"

"네. 쉽게 교환할 수 있습니다. 폴리도로 경께서 출발하신 뒤에 제대로 제작해놓겠습니다."

나중에 바꿀 수 있다면 괜찮다.

뭐, 필요할 것 같지는 않지만.

나는 우선 승낙한 뒤, 또다시 지루한 시간이 돌아와 한숨을 쉬었다.

대화 상대가 마르티나밖에 없다.

기사의 마음가짐 같은 걸 일일이 가르칠 필요가 있는 어린아이도 아니고.

나는 대장간에서 확 마르티나의 검술 훈련이라도 시작해버릴까 진지하게 고민하기 시작했다.

안할트 왕국에는 과분한 것.

미(美)와 분노의 화신, 파우스트 폰 폴리도로.

그 모습은 늠름하고, 휘두르는 검의 무게는 여자도 신음할 정도의 괴력 무쌍.

험상궂은 준마를 타고 전장을 휩쓰는 맹화(猛火)와도 같이.

단련된 전신은 분노의 피보라로 뒤덮여 태양과도 같이.

그 빛에 영혼이 녹아버린 자는 그 아름다움에 전쟁을 잊고 망아지경으로 죽음을 맞이하리.

파우스트 폰 폴리도로.

분노의 화신.

파우스트 폰 폴리도로.

맹화의 화신.

파우스트 폰 폴리도로.

우리 빌렌도르프에 걸맞은 영원한 호적수여.

우리의, 경애하는.

빌렌도르프 사상 최고의 영웅 레켄베르 경을 무너트린 남기사여.

———————————————————.

"또 파우스트 폰 폴리도로의 영웅시인가. 최근 유행하는군."

"실제로 사자로서 오는 게 정해졌으니까요. 화제가 될 만도 합니다. 음유시인도 장사꾼이니 기회를 놓칠 수 없죠."

빌렌도르프 왕도.

그 거리를 걸으며, 가두에서 노래하는 음유시인을 쳐다보고 대화하는 두 사람.

빌렌도르프의 귀족, 무관과 문관.

역할은 다르지만 두 사람은 절친한 사이였다.

가문도 가깝게 지냈기에 둘 중 한 집안에 남자가 태어났다면 남편으로 보냈을 것이다.

아쉽게도 두 가문에는 자매밖에 없지만.

대신 장래에는 같은 남자를 남편으로 들이는 것도 괜찮을 것이다.

그런 생각을 하면서도── 무관이 고개를 갸우뚱 기울였다.

"실제로 어떤 사람일까요. 키가 2m가 넘고, 근육질이고, 고고한 얼굴에, 무엇보다 가장 중요한 건 우리의 영웅 레켄베르 경을 쓰러트렸다는 점. 이쯤 되니 상상도 가지 않습니다. 정말로 사람입니까?"

조금 전에 들은 영웅시에서 묘사하는 존재.

만약 전부 사실이라면 그건 인간이 아니다.

초인을 넘어 마인(魔人)이다.

아니, 실제로 우리의 영웅 레켄베르 경은 일대일 승부 때 이기면 둘째 남편이 되라고 구애했다고 하지만.

어디까지 사실인지—— 뭐, 그건 물어보면 알 수 있다.

옆에 있는 무관에게서는 좀처럼 듣지 못했지만.

"너도 아는 대로다. 적국에서는 빌렌도르프 전쟁이라고 부르는 바로 그 전쟁. 승자가 정한 호칭을 쓰는게 옳은 일일지도 모르겠다만——. 여하튼 나는 안할트 전쟁에 레켄베르 경을 따라 기사로서 참전했지."

"네."

드디어 그 이야기를 들을 수 있나.

물어보고 싶어서 견딜 수 없었다.

이 친구는 빌렌도르프 전쟁 이야기가 나오면 갑자기 입을 다물어버렸다.

몇 번을 물어봐도.

아마 참전자에게 함구령을 내렸을 테지.

그게 이제 풀렸다는 건가.

문관은 머릿속으로 궁정 측의 의도를 짐작했다.

안할트 왕국이 레켄베르 경의 죽음을 깎아내리지 않은—— 파우스트 폰 폴리도로가 예를 갖춰 그 자리에서 찬사와 함께 목을 반납한 이상은——,

강한 자를 칭송하는 건 우리 빌렌도르프의 문화다.

왜 함구령이 내려졌던 걸까.

"그건 네가 말했듯 인간의 위용이 아니었다. 말 그대로 마인이지."

"역시 마인입니까. 초인이 아니라."

"아름다운 야수, 그렇게 부르고 있지. 초인이 아니라 마성(魔性)으로 분류된다."

무관은 갑자기 발을 멈추고 옆에 있는 술집에 시선을 주었다.

"한 잔 마실까."

"얼마든지. 이야기를 들려준다면 오늘은 제가 사겠습니다."

"그렇다면 많이 마셔야겠군. 오늘은 일도 없으니."

무관은 거리낌 없이 술집의 문을 열고 작은 테이블 앞 의자에 앉았다.

"에일 두 잔!"

주인에게 소리친 뒤 무관은 이야기를 재개했다.

"먼저 눈이 휘둥그레졌던 건, 전장에서 그 남자가 우리 기사단의 기사를 한 명 쓰러트리며 이름을 외쳤을 때였다."

"나의 이름은 파우스트 폰 폴리도로. 이름을 날리고 싶은 자는 덤벼라!! 싸워주마!! 였던가요."

"함구령을 내린 의미가 없군. 궁정은 왜 그런 쓸데없는 짓을."

의욕을 갑자기 뚝 꺾어버린 모양이었다.

영웅시, 레켄베르 경과의 전투를 묘사한 구절에서 들은 내용이었는데.

무관이 쯧 혀를 찼다.

"알고 있다면 됐어. 나는 그때 레켄베르 경 곁에 있었다. 멀리서 봐도 알 수 있는 거구였고, 전장에 울려 퍼지는 그 외침은 아주 컸지. 하급 귀족 같은 체인 메일을 입었으면서도—— 그 모습은 태양처럼 아름다웠다."

"아름다웠습니까."

"그래, 마성의 아름다움이었지. 얼굴을 분노의 색으로 물들이고는, 혼란에 빠진 안할트의 멸치 같은 병사들 사이에서 유일하게 안할트 군이 레켄베르 경의 책략으로 사지에 몰렸다는 상황을 이해하고 있었다."

마치 침몰하는 배에서 도망치려는 고양이.

물론 그건 고양이가 아니라 호랑이였지만.

테이블에 에일 두 잔이 나왔다.

"반사적이었던 행동이었겠지. 레켄베르 경은 그 태양 같은 남자의 가슴을 향해 마법의 롱 보우를 쐈다."

"그리고?"

"튕겨냈지. 그레이트 소드의 자루 부분으로."

"자루?! 레켄베르 경의 화살을요?!"

지금까지 북방의 야만족, 약탈민족을 여럿 괴멸시킨 레켄베르 경의 화살.

원 샷 원 킬을 넘어서 원 샷에 목이 셋 날아가는 전설을 지닌 일격이다.

그 전설을 휙 뒤집었다?

"그 후에도 파우스트는 세 명을 더 베었던가. 잘 기억나지 않는군. 레켄베르 경의 화살을 두 번째, 세 번째, 네 번째로 튕겨내는 인상이 워낙 강해서."

"화살막이 주문이라도 걸려있는 겁니까? 파우스트는."

"그럴지도 모르지. 나는 신이 그런 운명을 내렸다고 해도 놀라지 않을 거다."

무관이 에일을 한 번에 쭉 비웠다.

점원에게 한 잔 더 주문하며 무관은 대화를 재개했다.

"그것만으로도 심상치 않은 초인이라는 걸 알았지. 하지만 무엇보다 대단했던 건, 레켄베르 경의 눈앞에―― 우리 눈앞에 나타난 다음이었다."

"어떤 인물이었습니까?"

"영웅시 그대로였다. 차이점은 그 남자에게 안 어울리게 체인 메일 같은 빈약한 무장이었다는 정도일까. 마법 각인을 넣은 그레이트 소드가 이채를 발하던 게 눈에 띄었을 뿐―― 아니."

무관이 고개를 저었다.

"그 체인 메일뿐인 모습조차 아름다웠다. 투구도 방패도 없이. 무장이라고는 체인 메일과 그레이트 소드, 그리고 빌렌도르프에서도 보기 드문 '험상궂은' 매력이 빼어난 준마뿐. 고작 그 정도의 장비로 그 마인은 레켄베르 경 앞에 나타났다."

무관은 아직 눈치채지 못했지만.

어느새 술집에 있는 전원이 조용해져서 그녀의 이야기에 집중하고 있었다.

술집의 주인조차도.

"그 마인이 말했지. 하늘을 향해 그레이트 소드를 치켜들고, 태양 아래에서 '빌렌도르프 기사단장, 일대일 승부를 신청한다!!'라고."

"레켄베르 경은 뭐라고 대답하셨죠?"

"딱 한 가지만 약속한 뒤 그 도전에 응했다."

무관이 두 번째 잔을 다시 비웠다.

빈 잔을 들어 올려 '한 잔 더!' 하고 소리쳤다.

주인이 급하게 손수 에일을 가져다주었다.

이 무관의 말이 멈추는 걸 피하고 싶었기 때문이다.

"그 약속이 뭐죠?"

"'내가 승리한다면 너는 내 둘째 부인이 된다'라고만."

"영웅시 그대로잖아요. 그 정도로 아름다웠습니까?"

"아름다움 운운할 게 아니야. 마인이라고 했잖아."

무관이 나에게 얼굴을 바싹 들이밀고 코앞에서 속삭였다.

"솔직히 나도 가랑이가 젖었지. 이렇게 아름다운 남자가 이 세상에 존재했구나."

"그렇게까지?"

"그렇게까지."

가까이 왔던 얼굴을 되돌린 뒤 다시 대화를 이어갔다.

지금 속삭임은 아무리 얼굴이 가까웠어도 술집에 있는 모든 손님과 주인의 귀에 들렸겠지만.

이 무관은 어릴 때부터 목소리가 컸다.

"어떻게 표현해야 할까. 그 아름다움을. 체인 메일 너머로도 알 수 있는 근육질은 어릴 때부터 단련했을 게 틀림없어. 새빨갛게 물든 고고한 얼굴. 일대일 승부에 임하기 전, 주변을 날카롭게 노려보며 압박하는 그 눈. 나는 난생처음으로 남자가 나를 내려보는 경험을 했지."

무관의 키는 190cm 정도.

파우스트와 그의 준마가 얼마나 큰지 잘 알 수 있었다.

이 녀석을 쉽게 내려다볼 수 있는 건 220cm가 넘어가는——아니, 그 이상의 위압감을 주변에 흩뿌리던 우리의 레켄베르 경 정도겠지.

"아름다웠다. 정말로. 한 번이라도 좋으니까 그런 남자를 안아보고 싶지만…… 그런 기회는."

"그건 관심 없고. 레켄베르 경과의 승부는 어땠습니까?"

듣고 싶은 건 그 부분이다.

무관이 말을 제지당하자 조금 기분이 상한 듯한 얼굴로 에일을 마셨다.

주변 사람들도 군침을 삼키며 지켜보고 있다.

"아름다웠어. 그뿐이다."

"네?"

"달리 뭐라 말할 수 있을까. 그 빛에 영혼이 녹아버린 자는 그 아름다움에 전쟁을 잊고 망아지경으로 죽음을 맞이하리. 조금 전 영웅시에서도 나왔잖아."

무관이 놀리듯 말했다.

이 녀석, 그 기억을 말해줄 마음이 없구나.

나도 모르게 말투가 풀어졌다.

"너 말이다, 난 친구라고. 말해줄 수 있잖아."

"글쎄다."

"놀리지 마. 말하지 않을 거면 술 산다는 건 취소야."

나는 내 에일을 마시며 불쾌함을 담아 무관을 흘겨보았다.

"어쩔 수 없지. 말할게. 먼저 레켄베르 경이 나에게 마법의 롱보우를 맡기고 핼버드를 가져오라고 하셨다."

"그, 레켄베르 경이 유목민족을 수십이나 베어 죽였다는 무기?"

마법의 롱 보우와 마찬가지로 궁정 마법사가 인챈트한 물품.

예리함을 강화하고 견고함을 증강했다고 들었다.

"무기의 길이는 레켄베르 경이 유리했다. 갑옷도. 소문으로는 300명 정도의 약소 영주 기사라는, 체인 메일을 입은 파우스트와 다르게 전신이 마법 각인으로 뒤덮인 강력한 갑옷을 입었지. 나는 아무리 파우스트가 아름다워도, 마성의 존재여도, 그래도 레켄베르 경의 승리를 의심하지 않았다."

"그야 그렇지."

장비가 너무 심하게 차이 난다.

체격조차 빌렌도르프 최강의 기사인 레켄베르 경보다는 못하다.

애초에 파우스트 폰 폴리도로라는 이름은 빌렌도르프 전쟁에서 처음으로 들었다.

나중에야 군역을 수행하며 100명이 넘는 산적을 죽였다는 이야기를 영웅시에서 들었지만.

레켄베르 경은 그 이상의 실적을 쌓았다.

잡병을 몇만 명이나 죽였다 한들 레켄베르 경 앞에서는 아무런 가치도 없다.

빌렌도르프에서 레켄베르 경보다 더 이름을 알린 기사는 어디를 찾아봐도 존재할 리가.

"하지만 호각이었다. 중간까지 승부는 호각이었지."

"어떤 승부였는데. 그걸 듣고 싶어."

"파우스트의 그레이트 소드는 마법이 걸려있다고는 해도, 마찬 가지로 마법 인챈트를 부여한 레켄베르 경의 갑옷은 벨 수 없었 다. 갑옷으로 가려지지 않은 피부도 간발의 차이로 닿지 않았고. 반대로 레켄베르 경의 공격도 거의 전부 파우스트의 그레이트 소 드에 막혔지."

몇십 합, 몇백 합을 겨루었는지.

이미 그조차 기억나지 않는다.

무관이 다시 에일을 주문했다.

주인이 허둥지둥 에일을 가져왔다.

"중간중간 레켄베르 경이 승리했다고 착각한 순간마저 있었다. 파우스트의 몸뚱이가 핼버드에 튕겨 나가고, 핏방울과 함께 가늘 게 베인 체인 메일의 사슬이 주변으로 흩어지곤 했지. 몇 번이나, 몇 번이나. 하지만 상처가 얕아서 치명상은 되지 않았어. 그는 아 슬아슬한 공격 범위를 가늠하며 공격을 계속 받아냈다."

"……파우스트는 정말 마인이구나."

레켄베르 경.

죽어서도 이름을 남긴 우리의 영웅이여.

골치 아픈 약탈자, 북방의 유목민족 족장과 궁수를 그 마법의 롱 보우로 쓰러트리고, 스스로 최전선을 맡은 돌격 작전으로 많 은 유목민족을 절멸시킨 여자여.

그 영웅의 이름은 천 년이 지나도 빌렌도르프에 남을 것이다.

"레켄베르 경이 패배한 원인은 피로였다."

"피로?"

"몇백 합에 걸친 그 대결에 레켄베르 경이 결국 지쳐버린 거지. 아무리 빌렌도르프 최고의 초인이라고 해도 서른을 넘긴 나이. 경량화 같은 건 도외시하고, 마법 각인으로 강도를 증강한 갑옷을 입었기 때문에 체력이 버텨주지 못했어."

레켄베르 경도 인간이었던가.

"반면 파우스트는 체인 메일이라는 경장이었지. 그리고 무엇보다 젊었다. 아니, 나이만 이유로 삼는 건 옳지 않군. 레켄베르 경은 반대로 노련함이 있었기에 그때까지 버틴 거다. 어지간한 기사였다면 일격에 죽었을 거야. 그리고——."

묵념하듯 무관이 눈을 감았다.

"마법 각인의 효과가 약한 목을 향해 휘두른 파우스트의 그레이트 소드가 직격했다. 그게 결투를 끝냈지."

"그 일격이 레켄베르 경의 결말인가."

"그래."

무관이 남은 에일의 양을 신경 쓰며 말을 마쳤다.

함구령이 풀렸다.

드디어 다른 사람에게 말할 수 있다.

그런 얼굴이었다.

"……파우스트는 거친 숨을 몰아쉬며…… 그레이트 소드를 등에 멘 검집에 돌려놓고 전신이 피투성이인 채, 체인 메일 여기저기에 구멍이 뚫린 처절한 모습으로, 방금 막 전력을 다한 사투를

마쳐서 피곤한 표정으로. 바닥에 떨어진 레켄베르 경의 머리를 두 손으로 소중히 들어 올리더니 부관은 누구냐고 물었지."

"너구나."

"그래, 나다."

레켄베르 경의 부관.

기사단의 부단장이 바로 눈앞의 무관이다.

"파우스트가 말하더군. 강한 여자였다. 내가 여태껏 만난 어떤 기사보다도, 어떤 전사보다도. 나는 이 전투를 평생 잊지 못할 것이다. 그렇게 말하며 두 손으로 정중히 목을 돌려주었다."

"그 자리에서 베여 죽는 것조차 두려워하지 않고……."

"그래, 두려워하지 않고. 그 남자가 우리 빌렌도르프의 가치관을 이해하고 있었다고는 하나……."

우리의 영웅, 레켄베르 경이 죽었다.

분노한 나머지 복수하려는 못난 멍청이가 나타나지 않는다는 보장이 없었다.

하지만 파우스트 폰 폴리도로는 일절 두려워하지 않았다.

"그래서, 그렇게까지인 거구나."

"그래. 거기서 대화는 끝. 녀석은 우리와 마찬가지로 일대일 대결을 지켜보던 영지민을 데리고 아군에게 돌아갔지."

잔은 텅 비었다.

하지만 지금의 무관은 에일을 추가로 주문하려 하지 않았다.

"어마어마하구나, 파우스트 폰 폴리도로라는 남자는."

"마성의 남자라고 했잖아?"

이야기는 끝난다.

하지만 한 가지 궁금한 게 있다.

"레켄베르 경의 시신은 그 후에 어떻게 되었지? 우리가 그 죽음을 알게 된 건 빌렌도르프 전쟁이 끝난 뒤였는데."

"패전이니까. 시신을 퍼레이드와 함께 매장할 수는 없었지. 우리의 영웅을, 패전의 원인이 되었다고는 해도 비난하는 우둔한 자가 있을 리도 없는데. 빌렌도르프 전쟁의 패배를 포함해도 차고 넘치는 활약을 해왔는데!!"

무관은 혀를 차면서 빈 잔을 바라보았다.

한 잔 더!

그 목소리에 주인이 반응해서 에일을 가져왔다.

"레켄베르 경의 시신은 그 가족과 우리 기사단, 그리고 여왕 폐하가 참석한 자리에서 조용히, 단 격식을 갖추며 매장했다. 나중에 너도 성묘하러 와."

"그래, 우리의 영웅이니까……."

문관이 에일을 마셨다.

어쩐지 분위기가 가라앉았다.

승리한 파우스트는 칭송받아야 한다.

하지만 레켄베르 경을 잃은 건 순수하게 슬프다.

"그 후 레켄베르 경의 가족은 어떻게 되었어? 가주는 자매가 이어받았나?"

"아니, 레켄베르 경은 가족에게도 자랑이었으니까. 외동딸에게 가주를 물려주고 싶다고 자매 전원이 필사적으로 애원해서, 당장은 자매가 대리 가주가 되었지만 나중에는 니나 님이 이어받을 거다.”

“니나 님이라.”

그건 다행이다.

그 레켄베르 경의 피를 이어받은 딸이다.

분명 장래에는 영웅이 되겠지.

“그럼 늦었지만, 우리의 영웅 레켄베르 경에게 건배.”

“그리고 미래의 영웅, 니나 님에게 건배.”

빌렌도르프의 무관과 문관은 잔을 맞부딪친 뒤 에일을 단숨에 비웠다.

내가—— 파우스트 폰 폴리도로가 화평 교섭을 위해 파견되는 걸 아나스타시아 전하와 약속한 지 한 달이 지났다.

그리고 마침내 기다리던 갑옷이 완성되었다.

그때까지는 매일 대장간에 다녔다.

결국 너무 심심해서 마르티나에게 매일 검술 훈련을 시켰다.

"어떻습니까, 제2왕녀 상담역 폴리도로 경."

잉그리드의 목소리.

조금 시야가 좁은 그레이트 헬름 안에서 그녀의 얼굴을 보았다.

역시 시야가 좁다.

하지만 튼튼하다.

시험 삼아 내 그레이트 소드로 양동이 헬름을 가볍게 내리쳤는데, 꿈쩍도 하지 않았다.

뭐, 내부 충격은 상당할 테지만 내가 쓸 거니까 어차피 안 먹힌다.

마법 각인은 양호한 효과를 발휘하고 있는 모양이었다.

지난번 현장에서는 분노에 분노를 제곱한 상태였던 궁정 마법사가 나에게 걸어왔다.

"덤으로 이것도 줄게."

마구(馬具), 라고 보면 될 것 같다.

안장처럼 생겼으면서도 내 애마 플뤼겔의 몸을 뒤덮을 수 있는 넓고 두꺼운 천.

거기에 마법 각인이 빼곡히 들어가 있었다.

마갑(馬甲) 같은 튼튼함이 느껴지는 새빨간 천이었다.

"네 말, 방목하는 걸 보러 갔거든. 플뤼겔이라고 했던가. 걔 진짜 좋은 말이더라. 여차할 때는 그 천이 네 말을 지켜줄 거다. 아껴줘."

전신 갑옷에 사용하는 판금에 보름 만에 마법 각인을 새긴 뒤에는 여유가 생겼을 거라고 생각했지만.

내 애마 플뤼겔의 장비를 만들어 주고 있었나.

미안하다, 마법사.

입이 더럽고 버럭버럭 화를 내서 당신을 진심으로 오해했었어.

나는 조용히 마법사에게 머리를 숙였다.

이것으로 내 장비도 플뤼겔의 장비도 완벽하게 갖췄다.

참고로 플뤼겔은 현재 왕도 밖에 있는 목장에 방목해서 자유롭게 뛰어다니고 있다.

당장에라도 번식시켜달라고 아스타테 공작령에 보내주고 싶지만.

이번 화평 교섭이 먼저다.

번식을 위해 보내는 건 그다음이다.

좋은 말 정도라면 아스타테 공작이 마련해줄 테지만, 그렇다고 걔가 애마 플뤼겔을 뛰어넘냐면 나에게는 절대 있을 수 없는 일이니 어쩔 수 없다.

"하지만 그 양동이 헬름은 역시 이상하네. 뭐, 플루티드 헬름도 이따 만들 거지만……."

역시 이 투구는 영 별로인가.

아니, 그레이트 헬름이 못생긴 건 아니다.

플루티드 갑옷과 조합하면 뭔가 조화롭지 않다고 해야 할까.

어색하다.

하지만 이건 좋은 장비라고.

시야가 좁은 것 말고는 튼튼함도 완벽하고.

"나는 마음에 드는데."

"아니, 역시 제대로 된 투구도 만들게. 당신이 여행을 떠난 뒤 이긴 하지만."

마법사가 그렇게 대답했다.

그게 헛수고가 되지 않기를── 레켄베르 경의 원수라며 나를 죽이지 않기를 기도해줘.

빌렌도르프의 문화상 그럴 일은 없다는 건 잘 알지만.

무슨 일이든 예외는 있다.

그건 각오해두어야 한다.

"다들 고생 많았다."

나는 대장장이 전원, 마법사, 장사만으로도 바쁠 텐데 한 달 동안 함께 해준 잉그리드, 그리고 지금 대(大)자로 바닥에 뻗어 있는 마르티나에게 진심에서 우러나온 말을 건넸다.

"드디어 이 지옥 같은 나날이 끝나는 겁니까?"

마르티나가 대답했다.

검술 훈련 때문에 피곤함에 찌든 목소리였다.

즐거운 나날이었지?

적어도 나는 즐거웠다.

마르티나를 괴롭히는 게 즐거웠단 소리가 아니다.

이 녀석, 성장 속도가 어마어마하게 빠르다.

똑똑하기만 한 게 아니다.

지면 다음 날엔 내 의표를 찌르듯이 새로운 공격법을. 그런 시행착오를 반복하면서 도전한다.

나에게도 어지간한 잡병이나 산적을 상대하는 것보다 공부가 되었다.

고작 9살밖에 안 됐는데도.

마르티나는 대성할 거다, 카롤리느.

나는 전에 내가 쓰러트린, 지금은── 분명 천국에도 발할라에도 가지 못했을 마르티나의 어머니, 카롤리느에게 말을 걸었다.

너는 딱히 좋아하지 않지만 그 유언, 죽기 직전에 이름을 부른 딸 마르티나는 내게 맡겨라.

반드시 기사로서 대성하게 만들겠다.

그렇게 맹세했다.

"바로 떠나시는 겁니까? 제2왕녀 상담역 폴리도로 경."

잉그리드가 공손히 물었다.

"아니…… 아무리 그래도 일주일은 쉬게 해 줘."

솔직히 지쳤다.

마르티나를 상대하는 것 말고는 뭔가 했던 것도 아니고.

영지민은 저택에서 지루하게 기다리고 있을 테지만.

제2왕녀 발리에르 님에게 보고하고 친위대 준비 상태도 확인해야 한다.

후자는 걱정하지 않지만.

한 달이나 있었으니 준비는 다 했겠지.

그리고 내 애마 플뤼겔.

목장에서 내가 직접 데리고 돌아와 상대해주어야만 한다.

자유롭게 풀어주었다고 하면 듣기에는 좋지만, 내가 관리하지 않고 방치해두었던 셈이다.

기분이 상하지 않았다면 좋겠는데.

"그 후에 떠나야지. 빌렌도르프 왕도로 직행이다."

"행진 루트는 어떻게 되십니까?"

"왜 그런 걸 궁금해하지?"

나는 의문을 느꼈다.

잉그리드 상회가 궁금해할 만한 일도 아닌데.

"아뇨, 만약 화평 교섭이 성립된다면 최고 10년은 거대한 교역로가 확정되는 셈이니까요. 미리 확보해두고 싶어 하는 생각은 상인으로서 이상합니까?"

"교섭이 실패할 가능성도 있는데."

"이건 투자입니다. 실패를 두려워하면 투자할 수 없죠. 가능하다면 행진을 따라가고 싶습니다."

잉그리드 상회의 회장이 말했다.

설령 실패해도 나는 그 손해를 보상해주지 못한다고.

그래도 괜찮다면 마음대로 하든가.

나는 그렇게 생각하며 조용히 한숨을 쉬었다.

※

"함구령을 풀었나. 좋군. 확실히 이 타이밍이 적절하지."

"이 타이밍이 적절하죠. 안할트 왕국의 쭉정이들에게 파우스트 폰 폴리도로를 사자로 보내는 걸 얻어냈으니 말입니다."

빌렌도르프 전쟁, 그 전장에 있던 자에게는 함구령을 내려놓았다.

특히 파우스트 폰 폴리도로를 목격한 사람에게는 절대 입을 열지 말라고 엄포를 놓았다.

그건 레켄베르 경의 명예를 위해서가 아니라.

국민이 파우스트 폰 폴리도로라는 남자의 실상에 휘둘리기 위해서도 아니고.

오직 한 가지 요구.

파우스트 폰 폴리도로를 화평 교섭 사자로 보내게 만들기 위해서였다.

"이쪽이 원하는 바를 상대방이 읽어내면 그걸 기점으로 양보를 요구하는 법. 그 점은 다행이었다. 확실히 이젠 함구령이 필요 없지."

"상대가 말을 꺼내면 약점이 되진 않으니까요."

단둘.

빌렌도르프의 알현실에는 딱 두 사람만 있었다.

그중 하나는 아직 22살인 나.

다른 한 명은 내가 앉은 왕좌 앞에 서 있는 노파다.

빌렌도르프의 군무 대신인 그녀는 잘 풀렸다는 양 깔깔 웃었다.

나는 노파에게 말을 던졌다.

"네 수완을 인정하마. 함구령 해제도 확실히 이 타이밍이 적절하지. 이에 따른 우리 국민의 변화는?"

"영웅시가 진실이었다고, 아니, 파우스트 폰 폴리도로라는 남자가 그 이상의 거물이라고 인정하게 될 겁니다."

"이 방법으로 국민이 폴리도로 경에게 폭발하는 걸 막을 수 있겠나?"

빌렌도르프 여왕이 다소 신중하게 물었다.

군무 대신인 노파는 다시 깔깔 웃었다.

"본래 그런 가능성은 적습니다. 우리 국민의 기질에 맞지 않으니까요. 하물며 이보다 더할 수 없을 만큼 정정당당히 레켄베르 경을 쓰러트렸다고 안 이상, 폭발하는 건 우리의 영웅 레켄베르 경의 명예를 더럽히는 짓이 됩니다. 따라서 국민의 폭발 가능성은 제로가 되었습니다."

그렇겠지.

레켄베르여.

나는 슬프다.

분명 슬퍼하는 것이라고 생각한다.

네가 죽고, 나이 스물에 난생처음으로 '슬프다'고, 아마도 '비통'이라는 이름의 감정을 알았다고.

다들 그렇게 말한다.

나는 네가 죽었다는 이해할 수 없는 보고를 듣고, 나도 모르게 이해하려는 노력을 던져버렸다.

나는 네가 죽었다고 듣고도 전혀 믿지 않고, 그저 안할트의 침공을 달성하라고 거듭 지시했을 뿐이었다.

하지만 빌렌도르프의 기사단이 익숙하지 않은 적지에서 필사적으로 꽃을 긁어모아, 그 꽃으로 정중하게 감싼 목이 먼저 돌아왔을 때.

그리고 갑옷을 입은 시신이 이어서 돌아왔을 때.

난생처음으로, 타인의 시선도 아랑곳하지 않고 울부짖었다.

내가 무슨 짓을 하는 건지, 그 행동이 무엇을 의미하는지조차 알지 못한 채 네 목을 끌어안고 '거짓말! 거짓말!'이라며 눈물을 흘리고 절규했다.

여느 때의 허무를 던지고, 빌렌도르프의 왕으로서 해서는 안 되는 추태를 보였다.

그래서 다들 카타리나 여왕은 레켄베르의 죽음을 슬퍼한다고 말한다.

나는 그걸 잘 모르겠다.

내가 5살 때, 너는 아직 15살이었지.

제후도 아니고 영주 기사조차 아닌, 관료 귀족인 군인 상담역.

당시에는 기사단장조차 아닌, 일개 기사였다.

그저 세습 기사. 무관 중 한 명.

그게 클라우디아 폰 레켄베르라는 이름의 너였다.

나는 그때 병사도 제대로 없는 네게 실망조차 하지 않았다.

어차피 제3왕녀에게 주어지는 상담역 같은 건 이 정도 수준이라면서.

"……레켄베르."

그 이름을 중얼거린다.

너는 이런, 인간으로서 부족한 결함품에게.

다른 사람의 감정이라는 걸 잘 이해하지 못하는 인간에게.

아버지에게도 사랑받지 못하고, 어머니에게도 태어났을 때 그 출산으로 죽음을 안겨준 팔푼이 제3왕녀에게 무척 헌신해주었지.

어머니를 죽인 제3왕녀라고 불린 나를, 일절 경멸하지 않고 상담역으로서 섬겨주었다.

어째서일까.

인간으로서 결함품인 나는 잘 모르겠다.

나는 아직도 네 진심을 잘 모르겠다, 레켄베르여.

죽었기에 더욱, 생각한다.

더 너의 이야기를 들었어야 했다.

더 너에게 말을 건넸어야 했다.

네 군사적 공적.

약탈자인 유목민족들을 절멸로 몰아넣은 것.

그것만이 아니라, 지금까지 쌓아 올린 빌렌도르프 선제후가의 기사로서 베푼 막대한 후견.

네 정치적 공적.

제3왕녀에 불과한 나를 빌렌도르프의 여왕으로 만든 것.

네 눈부시고 많은 공적들도.

그건 나에게는 솔직히 그리 중요하지 않았을 테지.

나에게 필요했던 건 그저 무엇과도 바꿀 수 없는 너라는 존재였다.

다들 그렇게 말하지만── 나는 도저히, 나에게 레켄베르가 어떤 존재인지 윤곽을 잡지 못하고 있다.

너는 나에게 어떤 존재였지?

왜 나에게 그렇게까지 헌신해주었나.

"아아, 레켄베르여. 너는 왜 죽은 것이냐."

"파우스트 폰 폴리도로를 증오하십니까."

"알 수 없군. 증오라는 감정 같은 건 모른다."

군무 대신의 말에 솔직하게 대답하고 다시 레켄베르를 머릿속에 떠올렸다.

너를 모르겠다, 레켄베르.

초인인 너라면, 영웅인 너라면 더 현명하게 살 수 있었을 테지.

나에게서 빌렌도르프 선제후가를 빼앗을 수도 있었겠지.

우리의 가치관, 모든 이가 전선에 서는 영웅이 되기를 바라는 빌렌도르프의 가치관.

너는 그것을 갖고 있었다.

하지만 나는 갖고 있지 않다.

나는 결함품이니까.

그런데 왜 그렇게까지 다정하게 대해주었느냐.

왜 그렇게까지 헌신해주었느냐.

나는 모르겠다.

더 제대로, 말로 설명해주지 않으면 알 수 없지 않느냐.

나는 어리석다. 결함품이다.

이론은 안다.

하지만 네 행동은 이익이라는 이론이 아니라, 애정이라는 감정의 이름으로 나에게 보여주었다.

그래, 네 외동딸인 니나 양도 말했다.

당신은 어머니, 레켄베르에게서 사랑받으셨습니다.

나는 그런 사랑을 받기에 걸맞지 않은 아둔한 자다.

왜 그때 유목민족 토벌로 여유가 생긴 나머지 안할트 왕국에 진격하는 걸 허락하고 말았는가.

너에게는 네 생각이 있었을 테지만, 그걸 나에게 털어놓지 않은 채 불쑥, 벼락처럼 너는 죽고 말았다.

"그럼 이 노파를 증오하십니까, 카타리나 님. 빌렌도르프의 여왕, 이나카타리나 마리아 빌렌도르프 님. 안할트 왕국 침공을 허가한 건 접니다."

"결정한 건 나다. 그 책임을 네게 떠넘길 리 있나."

이론으로 대답했다.

최고책임자인, 여왕인 나에게 책임이 있다.

레켄베르의 죽음을 누가 예상했을까.

아직도 저 동방에서 북방을 따라 침공하는 유목민족들을 상대로 손을 놓아버려서 안할트 정규군을 대부분 그쪽에 할애한 녀석들 따위에게.

안할트가 빌렌도르프 국경선에 공작군의 상비병 500명밖에 배치하지 못한다는 걸 알고.

그걸 영웅 레켄베르가 두 배인 1천 명을 이끌고 전선지휘관으로 나서 기습을 가했다.

누가 패배를 예상했을까.

이론으로 따지면 패배는 말이 되지 않는 상황이었다.

하지만 졌다.

파우스트 폰 폴리도로라는, 그저 '무(武)'라는 이름의 한 글자로서 레켄베르 경과 일대일 대결을 펼치고 쓰러트린 남자에 의해.

그리고 아나스타시아 제1왕녀라는 전략의 천재와 아스타테 공작이라는 전술의 천재, 두 영웅의 손에 졌다.

왜 졌는가.

우리는 절대 약하지 않았다.

하지만 졌다는 것만은 인정해야만 한다.

현실은 받아들여야만 한다.

안할트 왕국은 강하다.

같은 선제후의 지위를 지닌 안할트 왕국은 애초에 절대 약하지 않다.

그건 이해하고 있지만──.

"이 노파, 여차할 때 패전의 책임을 질 각오는 되어있습니다. 이 자리에서 맛있는 와인을 마시라 하신다면 그럴 각오도."

"독이 든 와인은 안할트 왕국의 문화가 아닌가. 우리나라라면 그 허리에 찬 검으로 목을 긋고 죽어라."

"그렇기에 굴욕이지요. 그런 각오도 되어있습니다."

이제 됐다.

노파의 헛소리에는 질렸다.

100살도 넘었다는 소문마저 돌지만 여전히 정정한 노파에게는 나 같은 것이 무슨 말을 해 봤자 농락당하기만 할 뿐이다.

우리는 졌다. 그것만이 결론이다.

전략을 처음부터 검토할 필요가 있다.

우리나라는 다시 한번 레켄베르의 손실을 조용히 살펴볼 필요가 있다.

그러기 위해서는.

"파우스트 폰 폴리도로라는 인물을 한 번 볼 필요가 있지."

"그 인물을 통해 안할트 왕국을 가늠하십니까."

"그 나라에서는 파우스트 폰 폴리도로라는 영웅이 경시당하는 풍조가 있다. 그렇다면 마침 잘 됐지."

움켜쥔 주먹에 힘을 주며 군무 대신의 눈앞으로 내밀었다.

"포섭하면 된다."

"그리 간단하겠습니까? 상대는 선조 대대로 물려받은 영지와 영지민에게 집착하는 봉건 영주 기사입니다."

"폴리도로 령은 우리 빌렌도르프의 국경선과 가깝지. 거기까지 공략하면 싫다고는 안 할 거다. 아니, 할 수 없지."

적국의 상세한 지도.

그건 빌렌도르프 전쟁 시에 입수했다.

그 파우스트 폰 폴리도로의 영지는 국경선과 가깝다.

파우스트의 약점을 쥐고 있다.

"반대로 파우스트 폰 폴리도로라는 인물을 중용하고 있다고 느끼신다면 어찌하실 겁니까?"

"안할트 왕국도 보는 눈이 있다는 뜻이지. 재침공을 포기하는 것도 고려하겠다."

애초에 레켄베르의 손실이 역시 크다.

유목민족도 이윽고 레켄베르의 부재를 알면 다시 북방에서 약탈자가 나타날 것이다.

그러니까.

"먼저 파우스트라는 기사를 통해 안할트 왕국을 파악한다. 거기서부터 시작이다."

"그렇게 되겠죠……."

노파가 재차 웃었다.

나, 빌렌도르프의 여왕 카타리나는 웃지 못한다.

기쁨이라는 걸 모른다.

하지만 노파의 미소에 대답하기 위해, 가면을 쓰듯이 얼굴을 억지로 움직였다.

레켄베르가 그렇게 하는 게 좋다고 가르쳤기 때문이다.

레켄베르.

나에게── 너는 무엇이었을까.

다시금 조용히 물어보았지만, 죽은 사람에게서 대답이 돌아올 리는 없었다.

"내 폴리도로 경이 만나러 와주지 않는 건에 대하여."

"뭐래."

싸구려 술집.

빈민가와 가까운 장소에 있는 싸구려 술집, 제2왕녀 친위대가 술통 하나를 사서 통째로 빌린 그 술집에서.

제2왕녀 친위대 대장, 자비네는 분노했다.

"남자와 여자로서 가까운 관계라고도 말했다고, 나는! 그리고 폴리도로 경도 앞으로 잘 부탁한다고 했고!"

"어 그래, 귀에 딱지가 앉을 만큼 들었어."

자비네는 계속 분노했다.

하지만 나를 포함한 친위대들의 반응은 냉담했다.

술에 취해서 테이블에 엎드린 채 손만 들고 옆으로 흔들었다.

"아니, 애초에 발리에르 님께서 어제 하신 말씀 들었어? 송별회 한다잖아. 뭐, 왕궁의 방 하나에서 소소하게 치른다고 하지만. 발리에르 님하고 폴리도로 경, 그리고 제2왕녀 친위대만 모여서 소소하게."

"들었지. 하지만 폴리도로 경은 한 달이나 전부터 왕도에 머무르고 있었다잖아. 한 번쯤은 얼굴을 보러 와도 괜찮은 거 아닌가?"

"뭐라더라, 빌렌도르프 대책으로 폴리도로 경이 초라한 모습으로 갈 수는 없으니까 플루티드 아머 제작하느라 바쁘다고 들었는데. 계속 대장간에 다녔나. 제작비는 전부 제1왕녀의 세비에서 나온다던데. 진짜 부럽다."

아직 취하지 않고 제정신인 친위대원이 발언했다.

왕궁의 시동이 떠드는 걸 주워들은 이야기였다.

즉 최신 정보다.

"몰랐어. 언제 들은 거야? 어? 왜 내가 모르는 건데?"

귀가 밝은 자비네가 정보를 모르는 것도 드문 일이다.

평소에는 자비네가 이런 종류의 이야기를 물고 올 정도인데.

"아주 최근이야. 그 시동은 폴리도로 경의 근육질을 비웃길래 발리에르 님께 보고드렸어."

최근 발리에르 님과 제1왕녀 아나스타시아 님은 사이가 좋다.

발리에르 님에게서 그 시동에 대한 보고가 올라가면 아마 아나스타시아 님은 시동을 파견한 영지에 격노하며 돌려보내겠지.

꼴 좋다.

그런 생각을 하면서도 친위대원은 자비네의 말에 귀를 기울였다.

"빨리 말해! 그걸 알았으면 대장간에 쳐들어갔지! 상담역으로서 받은 저택을 찾아가도 영지민은 어디에 갔는지 얼버무리기만 하고! 난 이래 봬도 제2왕녀 친위대장인데!"

"아니, 최근에 알았다니까. 게다가 거기에 쳐들어가서 방해하는 것도 인상이 나빠지지 않아? 갑옷 제작이면 대장장이의 비법, 비밀스러운 기술도 보게 될 텐데."

폴리도로 경이 대장간에 다니며 뭘 하는 건지는 모르지만.

어쩌면 바쁜 건지도 모르고.

그런 상황에서 쳐들어갔다간 호감을 사기는커녕 역효과 아닌가.

누군가가 그렇게 말했다.

"나는 어떻게 해야 하는 거였지?"

"뭘 하든 이미 늦었잖아. 애초에 어떤 걸 하고 싶었던 건데?"

"그거지 그거. 즉 섹스. 이 한 달 동안 향락적인 관계를 맺고 싶었어."

이 자식 바보다.

친위대원은 대화를 그만둘까 생각했다.

우리 제2왕녀 친위대 14명.

남자와 인연이 없다.

애초에 상담할 상대가 틀렸는데.

뭐, 달리 할 사람도 없지.

이런 이야기를 아직 14살인 발리에르 님께 상담하는 것도 잘못된 선택이다.

전에 고급 매춘숙에 가기 위한 비용을 그 발리에르 님의 세비에서 뜯어내려고 했었지만.

그건 우선 제쳐놓고.

지금은 발을 쿵쿵 구르는── 자비네는 자기 생각이 잘 풀리지 않으면 이런 행동을 한다.

심할 때는 바닥을 구르며 떼를 쓴다.

완전히 침팬지다.

엄마와 아빠에게서 가정교육을 제대로 못 받은 걸까.

못 받았겠지. 이 제2왕녀 친위대 전원이.

누구 한 명 제대로 된 기사 교육을 받지 않았을 것이다.

슬픈 이야기다.

하지만 이렇게까지 추하진 않다.

자비네만큼 추하진 않다.

친위대는 다들 자기는 저것보단 낫다고 생각했다.

"아무튼 나는 폴리도로 경과 섹스하고 싶어!!"

"알 바냐고."

계속 술을 마시는 친위대원이 대답했다.

"상담할 사람을 잘못 선택했어. 여기 있는 전원이 연애 경험이 없는 처녀라고. 무슨 말을 하고 싶은 건데."

"떡 치게 해달라고!!"

"말 좀 들어. 최소한 상담이라면 상대의 말을 들어."

자비네는 듣지 않는다.

바닥을 구르면서 다리를 버둥거리고 있다.

많이 취했네.

그나저나 자비네는 폴리도로 경 같은 남자가 타입이었나.

아니, 그걸 알게 된 건 실제로 대화해 보고 '아, 이 사람과 마음이 맞는구나'라는 막연한 직감이 들었기 때문이라는 모양이지만.

자비네가 원하는 에로틱하고 퇴폐적인 나날을 그 고지식한 폴리도로 경과 보낼 수 있을까.

몹시 의문이다.

뭐 됐고.

아무튼 우리는 갑옷을 새로 맞춘 폴리도로 경과 함께 여행을 떠나게 되었는데.

"자비네, 빌렌도르프에서 무슨 일이 일어날 것 같아?"

"뭐야 갑자기."

"그 나라는 남자를 보는 가치관이 우리와 전혀 다르잖아."

선이 가늘고, 키는 작고, 얌전한 성격.

안할트 왕국에서 선호하는 남자의 특징.

그것과는 정반대.

근육질이고, 키는 크고, 용맹한 성격.

그게 빌렌도르프 왕국에서 선호하는 남자의 특징이며, 폴리도로 경은 그 모든 걸 충족했다.

덤으로 얼굴은 결코 나쁘지 않다.

오히려 얼굴은 괜찮단 말이지, 얼굴은.

안할트의 기사, 한 명의 국민으로서는 아무래도 폴리도로 경을 취향이라고 할 수 없지만.

아니, 변명 같겠지만 우리나라 최고의 영웅이라는 건 인정한다.

성격이 좋다는 것도 인정한다.

하지만 그렇다고 해도, 앞서 말했듯이.

"빌렌도르프 왕국에서는 폴리도로 경이 인기 대폭발일걸. 심지어 그 나라의 영웅 레켄베르 경을 정정당당하게 쓰러트린 남자. 흠잡을 곳이 없는 경국지색이지. 어쩔 거야."

"어쩔 거냐니."

"아니, 폴리도로 경을 빼앗겨도 돼? 딱히 지금은 네 것도 아니지만."

일대일 승부로 구혼.

레켄베르 기사단장이 그랬던 것처럼 그걸 모방한 일대일 승부 요청을 대량으로 받게 될 것이다.

아니, 그런 승부에서 질 폴리도로 경은 아니지만 단순히 유혹 하는 여자도 있을 테지.

내버려 둬도 괜찮냐?

그런 질문이었지만.

자비네는 바닥에 누운 채 손을 살랑살랑 흔들었다.

"아스타테 공이 아무리 정부가 되라고 꼬드겨도 거절하는 남자 가 적국 빌렌도르프에서 유혹에 넘어간다고? 안이하기는."

"그 말은?"

여러 명이 물음표를 띄웠지만, 자비네는 손을 슥 뒤집은 뒤 주 먹을 만들었다.

"폴리도로 경에게 가장 중요한 건 선조 대대로 물려받은 영지 와 자신을 목숨 걸고 따르는 영지민. 그 두 가지야. 그걸 빼앗으 려고 하는 녀석은 아무도 용서하지 않아. 빌렌도르프의 인간이 그걸 어떻게 보증할 수 있겠어?"

자비네는 으랏차 소리를 내며 일어났다.

"뭐, 빌렌도르프의 여왕쯤 된다면 가능할지도 모르지만."

"가능한 사람 있잖아."

"빌렌도르프의 여왕이?"

자비네가 흥 코웃음을 치며 대답했다.

"냉혈 여왕 카타리나."

"?"

"빌렌도르프에서 부르는 이름이야. 영웅 레켄베르와는 다르게 빌렌도르프 내부에서 평판이 좋지 않아. 우리나라의 아나스타시아 제1왕녀님보다 냉혈하고── 무엇보다 무시무시하다지."

이 녀석은 어떻게 적국의 정보를 빼돌린 거지.

자신도 일단 기사이긴 하지만 그런 이야기는 들어본 적이 없다.

자비네가 우리 같은 못난 삼녀, 사녀 무리와는 다르게 사실은 장녀였다는 소문은 사실인 걸까.

확실히 이 녀석은 묘하게 교양만은 풍부하다.

제대로 된 기사 교육에 가까운 무언가를 받은 느낌이 있다.

그게 없다면 연설 같은 건 불가능하다.

그 성격상── 가주를 이어받을 가능성은 없다며 버려졌다.

우리나라의 첩보를 담당하는 가문에 태어났다는 소문.

……관료 귀족이 궁정에서 수군거렸던 황당한 소문.

그 능력이나 첩보 루트는 지금도 살아있는 걸까.

그래서 자비네는 지금도 저렇게 정보통인 거 아닐까?

뭐, 정작 폴리도로 경의 정보만은 이번에 손에 넣지 못했던 모양이지만.

아마 에로에 눈이 돌아갔기 때문이겠지.

"저건 빌렌도르프가 아니다. 명예가 없다. 이론으로만 만물을 이해하려는 무언가. 그런 말을 들어. 14살 때 상속 결투에서 당시 20살이던 장녀를, 그 결투에서 사용했던 가검으로 목을 찔러 바닥에 쓰러지자 머리를 차서 죽였지. 뭐, 어린 카타리나 여왕을 괴롭히던 음험한 장녀에다 재능도 빈약했다고 하지만.”

자비네는 말했다.

“게다가 그걸 비난한 아버지를 쓰러트려 검자루로 패 죽였고, 비명을 지르며 제지하려는 결투 증인들에게 이렇게 말했대. 이 자리에서 가장 강한 자가 빌렌도르프를 이어받는다, 나는 레켄베르에게서 그렇게 배웠다, 언니도 아버지도 좋은 기회니까 죽여버려라, 라고.”

자비네는 술통에서 에일을 따른 뒤 천천히 잔을 비우며 다시 이야기를 재개했다.

“다들 말문이 막혔다고 해. 빌렌도르프의 제2왕녀는 상속 결투에서 승산이 없다고 미리 포기했지. 빌렌도르프의 여왕 카타리나는 미쳤다. 이론만으로 살아가는 괴물이다. 어미를 죽이고 아비를 죽이고 자매를 죽인 삼관왕 달성. 그런 괴물이 폴리도로 경 같은 인간에게 매료당하겠어? 내가 보기엔 아니야.”

“……나는 그 반대라고 보는데.”

아스타테 공이 나의 전우이자 태양.

그렇게 부르는 남자.

거듭 말하건대 안할트 왕국의 국민으로서는 남자로서 무슨 매력을 지닌 건지 알 수 없지만.

그 기사로서의 아름다운 심성은 제2왕녀 친위대와 상담역이라는 관계상 조금밖에 겪어보지 않은 우리도 알고 있다.

하물며 빌렌도르프에서는 절세의 미남이겠지.

의외로 그런 괴물이 특히 마음에 들어 할지도 모른다.

"폴리도로 경이라는 인간이, 기사가, 괴물의 마음을 베어 죽여 버릴지도 몰라."

"괴물을 쓰러트리는 건 항상 인간이라는 건가. 기사다운 말이긴 하네."

자비네는 코웃음 쳤다.

"아무튼 내 폴리도로 경이 빌렌도르프 여자에게 마음을 빼앗기는 일은 없어. 폴리도로 경은 사실 여남 관계에서는 순진하고 귀여운 남자로 보이지만 그 마음속 깊은 곳, 뿌리만큼은 흔들리지 않지. 영지와 영지민만은 저버리지 않아. 따라서 적국의 여자에게 마음이 흔들리는 건 말도 안 되는 일──."

"······화평 교섭 조건으로 꼭 빌렌도르프의 여자를 폴리도로 경의 신부로 보내야겠다고 한다면 어쩌려고."

우뚝. 자비네가 정지했다.

그건 상정하지 않았다는 얼굴이다.

"아니, 그런 게 말이 돼?"

"100%는 아니지만 초인은 초인에게서 태어나기 쉽지. 뛰어난 종마가 필요하다며 빌렌도르프에서 신부를 보내고, 추후 장녀가 아닌 다른 아이를 빌렌도르프에 보낸다. 그런 교섭 조건은 성립할 수 있지 않겠어?"

"이적행위잖아. 그런 걸 안할트 왕국이, 발리에르 님이 인정할리 없어."

자비네는 괜히 들었다는 듯 고개를 홱 돌렸다.

하지만——.

"글쎄다. 이번 교섭은 정사는 발리에르 님이지만……."

"실제 교섭은 폴리도로 공이 한다고?"

"틀려?"

빌렌도르프 전쟁에 참전한 건 폴리도로 경.

그리고 제2왕녀 상담역, 발리에르 님의 참모도 폴리도로 경이다.

발리에르 님은 첫 출진을 거치며 성장하셨다.

아나스타시아 님과도 화해했고, 지금은 아나스타시아 님이 손수 발리에르 님을 가르치게 되었다고도 들었다.

하지만.

"절대 발리에르 님을 깎아내리는 건 아닌데. 실제 교섭은 폴리도로 경이 결정하고, 상담역으로서 배후에서 간섭할 건 사실이잖아? 그리고 안할트 왕국의 상황은 일개 기사인 내가 봐도 안 좋아."

"폴리도로 경이 어느 정도의 조건이라면 화평 교섭을 위해 받아들일 수 있다?"

"궁정의 분위기 별로지 않아? 머리 나쁜 나라도 그건 느껴져."

친위대원 중 한 명, 그렇기에 일대 기사에 불과해도 왕궁에 출입권이 있는 나. 그런 나조차도 궁정의 분위기가 나쁘다는 걸 느낀다.

빌렌도르프의 재침공 우려.

이번에야말로 만반의 태세로 맞설 수만도 없다.

아직 유목민족과, 북방과 전쟁이 끝나지 않았다.

그게 해결되지 않는 한 또 아스타테 공작의 상비군 500명으로 맞서게 될지도 모른다.

아니, 그보다.

"이번에는 우리도 제2차 빌렌도르프 전쟁에 참전하게 될지도 모르지. 그리고 죽을지도."

"그렇다고 해서 폴리도로 경이, 아니…… 그 남자는 말로는 뭐라고 하면서도 다른 사람을 위해 분골쇄신하는 타입인가."

"자비네만큼은 아니지만 그런 성격인 것 같아."

자비네는 머리를 부여잡았다.

"나는 폴리도로 경과 섹스하고 싶어. 그냥 그것뿐이라고."

"알 바냐."

또 주제가 처음으로 돌아갔잖아.

술이 들어갔으니 어쩔 수 없나.

"향락적이고 퇴폐적인, 섹스 라이프에 빠지고 싶은 것뿐이야. 하루에 최소 세 번은 하고 싶다고."

"알 바 아니라고."

그건 그저 자비네의 하루 자가발전 횟수가 아닐까.

"어째서 이 세상은 이렇게나 허무한가."

"너 말이야, 한탄해봤자 현실은 아무것도 안 바뀌거든?"

아무튼 자비네는 빌렌도르프를 너무 쉽게 보고 있다.

폴리도로 경의 정조가 그 야만족의, 폴리도로 경이야말로 이상적인 남자라고 숭상하는 나라에서 어떻게 될지.

어떤 운명을 걷게 될지.

그건 아직 아무도 모른다.

제2왕녀 친위대원은 그런 생각을 했다.

"그건 그렇고, 너희들 전부 연애 경험도 없고 아직 처녀잖아. 나는 서로 사랑하는 사람이 생겼어. 폴리도로 경이라고 해. 부러워? 응? 응? 부러워? 말해봐, 너희 애인 하나라도 있어? 있니? 애인 있어?"

"닥치고 죽어. 네 머리카락을 한 움큼 잘라서 그 머리카락으로 목을 졸라 죽여버리겠어."

쓰레기 같은 도발을 해대는 자비네를 한 대 패주기 위해 나를 포함한 친위대원 13명 전원이 의자에서 일어났다.

오늘은 안할트 왕국 왕도를 떠나는 전날이다.

빌렌도르프 화평 교섭을 위한 장행회.

제2왕녀 발리에르, 그리고 제2왕녀 친위대, 그리고 나 파우스트 폰 폴리도로.

이 16명이 소소한 장행회를 열었다.

그러려고 했다.

하지만.

"왜 계시는 겁니까, 어머니."

"반대로 왜 오지 않는다고 생각한 겁니까? 중요한 국사를 앞두고 당신들에게 아무것도 안 해줄 수는 없을 텐데요."

그렇게 대답하며 리젠로테 여왕은 와인을 마셨다.

아무래도 폐쇄적인 자리가 아니므로 평소처럼 다 비치는 실크베일 하나만 걸친 모습은 아니다.

제대로 드레스를 차려입었다.

변함없이 뻔뻔한 표정이지만 그 요소가 오히려 여성으로서 미모를 돋보여주고 있었다.

등이 파인 오픈백 드레스의 목덜미가 나를 유혹해대지만 앞은 제대로 가렸다.

나는 가슴사랑맨이다.

목덜미에는 내성이 있다!

목덜미 주의 확인! 마음속으로 마법의 지적확인 환호를 중얼거리자 모든 것이 스르륵 정리됩니다.

하지만 가슴만큼은 안 된다.

안 되고 말고.

나는 그 거유가 고추를 괴롭히지 않아서 안심했다.

"하지만 빌렌도르프 대책은 언니—— 아나스타시아 제1왕녀에게 일임했을 텐데요."

"이젠 그런 상황이 아닙니다. 확실히 아나스타시아의 체면을 위해 대외적으로 언급하는 건 자중하고 있었지만, 그런 상황이 아니게 되었습니다. 잔이 넘칠 듯 아슬아슬하게 꽉 차오른 상황입니다."

리젠로테 여왕은 그 요염한 눈으로 나를 쳐다보았다.

"파우스트 폰 폴리도로."

"네."

"이 교섭 하나를 실패한다고 해서 우리나라는 멸망하지 않습니다. 하지만 빌렌도르프의 침공이 다시 시작되면 빌렌도르프 국경선 근방에 있는 많은 영지가, 폴리도로 령 또한 빼앗길 우려가 있습니다."

이해하고 있지.

그래서 받아들인 거잖아.

이건 사기라고.

뇌리에 욕이 여럿 떠올랐지만 안할트 왕국 측에서는 최선을 다하고 있으니 불평할 수도 없다.

그래도 방법이 이것밖에 없었다.

이 교섭에 성공했을 때 받을 고액의 보수도, 내 신상 플루티드 아머도, 전부 그걸 위해 준비된 것들이다.

"발리에르, 이 교섭에 성공하면 당신의 친위대 전원의 승진도 고려하고 있습니다."

"정말입니까, 어머니?!"

"차마 한 달, 돌아오는 길을 포함해서 두 달도 지나지 않았는데 재차 승진하는 건 재무관료가 시끄러우니 1년이 지난 뒤에 약속을 이행하는 형태가 되겠지만요."

그 선언을 듣고 환호성을 지르는 건 차마 여왕님 앞에서는 실례라며 환호하려던 자비네의 입을 틀어막는 친위대원들.

잘됐네, 제2왕녀 친위대.

그런데.

포상이 늘어나는 건 좋은 일이긴 하지만.

"폴리도로 경, 발리에르. 할 말이 있습니다. 잠시 장행회에서 이탈해 제 거실에 오세요."

거 봐.

골칫거리가 기다릴 분위기다.

아니, 교섭 조건을 상의하는 건가.

현재 아스타테 공이 약탈해온 재화 반환, 그거 말고는 빈손으로 가라는 무모한 요구를 들었는데.

리젠로테 여왕에게는 무언가 계책이 있는 걸까.

셋이 함께 리젠로테의 거실로 이동하기로 했다.

호위병을 부를 필요는 없다.

복도에서 여왕 친위대 두 명의 기척이 얼핏 느껴졌다.

아무튼 먹고 마시고 싶은 걸 참고 있는 친위대에게 먼저 시작하라고 전달한 리젠로테 여왕이 걷기 시작했다.

그 뒤를 따라 나와 발리에르 님이 걸어갔다.

복도로 나왔다.

"거실에 도착할 때까지 중요한 이야기는 하지 않을 테지만. 그래, 잡담이라도 하죠."

"네⋯⋯."

리젠로테 여왕과 그 친위대 두 명, 세 사람이 선두를 걸어가며 나와 발리에르 님에게 말을 걸었다.

리젠로테 여왕의 놀리는 목소리.

"당신들은 아직 순결합니까? 물어보지 않아도 알고는 있지만요."

"내버려 두세요."

"동감입니다."

발리에르 님은 14살.

시동의 맛을 보기에는 아직 이르다.

그리고 나는 22살.

슬슬 결혼하지 않으면 이 중세 판타지 비스무리한 세계에서는 곤란한 나이다.

뭐, 여자와는 다르게 남자의 나이 조건은 비교적 느슨하지만.

30살이 넘은 뒤에도 남편을 잃은 가정의 재가 상대로 선호된다.

영지를 생각하면 한시라도 빨리 후계자가 필요하다.

특히 폴리도로 령의 후계자는 나밖에 없어서, 내가 죽으면 영지는 바로 왕가에 몰수될 것이다.

절대로 죽을 수는 없다.

빨리 나 대신 가주로서 군역을 수행할 수 있을 만큼 무력이 뛰어난 여기사를.

아니면 내가 군역을 수행하러 나간 동안 영지를 경영해줄 유능한 신부를 데려와야 한다.

"아나스타시아도 그렇고 발리에르도 그렇고 완강하구나. 나도 죽은 남편과 만날 때까지는 순결했었지만."

시동을 건드리는 것도 귀찮단 말이지.

각 영지에서 고급 관료 귀족을 꼬드기라며 보낸 시동들은 더불어 왕의 배우자 자리까지도 노린다.

중앙과 가까워질수록 지방 영주에게는 이익이다.

리젠로테 여왕이 그렇게 중얼거렸다.

허니 트랩이라는 단어가 뇌리에 떠올랐다.

요컨대 왕궁에 보내는 소년들은 미인계 요원인 거고, 안할트 왕궁은 그걸 알면서도 지방 영주의 권리로서 허락하는 것이다.

그런 것치고는 숙련도가 떨어진다.

얼마 전에도 나를 비웃었던 게 제2왕녀 친위대에게 들켜서 발리에르 님을 경유해 아나스타시아 제1왕녀님 귀에 들어갔고, 아나스타시아 제1왕녀를 미치광이 식인귀처럼 격노하게 만든 끝에 영지로 쫓겨났다고 들었다.

왕족에게 미운털이 박힌 시동.

무슨 재앙을 불러올지 알 수 없다.

그 시동의 미래는 어두울 것이다.

뭐, 굳이 시동을 각 영지에서 고용할 정도니까.

남자를 거느린다는 의미에서는 궁정만큼 잘 맞는 장소도 없다.

하지만 내가 비웃음을 당한 일로 아나스타시아 제1왕녀가 왜 그렇게 화낸 건지.

빌렌도르프 전쟁의 전우라서 그런가.

이래 봬도 나를 신경 써주고 있다는 건가.

사람을 잡아먹을 것처럼 생기긴 했지만 성품은 그리 나쁜 사람이 아니니까.

"죽은 남편을, 로베르트를, 남편으로 정한 건 혼담 신상서를 보았을 때가 아니었지."

리젠로테 여왕의 이야기.

지금은 죽은 국서.

아주 조금이지만 관심이 있다.

"그도 시동으로 궁정에 온 사람이었어."

"아버지는 공작가 출신인데도요? 가문에서 고이고이 키웠을 줄로만 알았는데요."

"그래. 공작가 출신이자, 가문에서 미인계 같은 건 요구하지 않는 근육질의 남자였지."

그래서 좋아하게 된 건지도 몰라.

리젠로테 여왕은 그렇게 중얼거렸다.

그리고 정원을 가리켰다.

정원 한 곳에 우거진, 아름답다는 말이 절로 나오는 로즈가든.

"보렴, 내 남편이 만들어낸 로즈가든이란다."

"저 로즈가든을 아버지가 만드셨다고요? 확실히 다른 곳과는."

"남편이 시동으로서 궁정에서 일했던 건 고작 2년이었지. 그래서 기초만 다졌어. 물론 관리하는 건 결혼한 뒤에도 했지만."

발리에르 님의 말에 리젠로테 여왕의 얼굴이 부드럽게 풀어졌다.

"나만 알던 비밀이란다. 아나스타시아도 모르지. 아무래도 공작령에 있던 로즈가든을 재현하려고 했지만 시간이 도통 부족했던 모양이야."

리젠로테 여왕이 웃었다.

"바보 같은 사람. 일단 궁정에 들어와 시동이 되었다는 실적을 위해 궁정에서 일했던 것뿐인데."

가벼운 비난을 섞었다.

그 말에는 최고의 애정이 담겨있다는 것 정도는 누구나 이해할 수 있었다.

"나는 그 사람이 정원에서 귀족 여성을 유혹하기는커녕 땀을 흘리며 흙과 꽃을 만지는 모습을 이 복도에서 바라보는 걸 가장 좋아했다."

리젠로테 여왕이 무언가 참을 수 없는 감정이 든 건지 가슴을 누르며 눈을 감았다.

"그래서 나는 그 사람을 남편으로 택했다."

눈을 뜨고는, 증오스럽다는 듯 말했다.

"하지만 죽었지. 이 궁정에서 누군가에게, 5년이나 전에."

국서 로베르트.

그 이름 뒤에는 아마도 한때는 공작가인 아스타테의 이름이, 지금은 안할트의 이름이 따라붙을 테지만.

지금은 그냥 로베르트라고 부르자.

그게 리젠로테 여왕과 지금은 죽은 국서 로베르트에 대한 경의로 이어질 것 같은 느낌이 든다.

지금도 왕궁에서는 국서 암살 사건을 계속 수사하고 있다고 들었다.

동시에 여왕도 이미 포기해서 수사 종결을 고려하고 있다는 이야기도.

5년이라.

그만큼 시간이 지났으면 이젠 범인을 찾을 수 없다.

"……조금 마음이 바뀌었습니다. 거실이 아니라 로즈가든에서 이야기하죠. 사람을 물리거라."

"리젠로테 님. 대신할 호위는."

명령을 받은 여왕 친위대 두 사람이 살짝 의문을 표했지만.

"폴리도로 경이 있지 않으냐. 무기가 없어도 암살자에게는 지지 않지."

"그건 그렇죠."

선뜻 받아들였다.

왕가에서 나는 나름 신뢰받고 있는 모양이다.

뭐, 그레이트 소드는 없어도 단도 하나는 허리에 차고 있긴 한데.

설령 정예 암살자라고 해도 10명까지라면 맨손으로 여유롭게 죽일 수 있다.

그게 리젠로테 여왕과 발리에르 님을 보호하면서라고 해도.

"그럼 주변에 있는 이들을 물리겠습니다. 로즈가든에 들어가십시오."

"갑시다. 폴리도로 경, 발리에르."

리젠로테 여왕은 우리 두 사람에게 말을 건넸다.

그 목소리가 시키는 대로 정원으로 내려가 로즈가든으로 향했다.

묵묵히 걸어간다.

아치형 펜스 사이로 들어간 그곳은.

로즈 펜스가 세워진 그곳은 나는 상상도 하지 못할 만큼 현란함이 넘실거렸다.

"아름답군!"

무심코 감탄이 나왔다.

꽃에 관심은 없었다.

전생에도, 이번 생에도.

하지만 이건—— 아름다운 광경이라는 말밖에 나오지 않았다.

붉은 벽돌이 깔린 길을 따라 펼쳐진 로즈 펜스의 장미꽃들은 그저 아름다웠다.

"마음에 든 것 같아 무엇보다 기쁘구나."

리젠로테 여왕이 정말로 기쁘다는 듯 말했다.

"당신은 남자지만 꽃에는 관심이 없다고 생각했는데."

"……약효가 있는 꽃 말고는 관심이 없었습니다. 하지만 오늘 처음으로 순수하게 꽃의 아름다움에 관심이 생기는군요."

로즈가든.

이런 장소를 걷는 건 전생에서도 이번 생에서도 처음이었다.

이렇게 아름다울 줄이야.

"100m 정도밖에 안 되는 산책로지만 이 로즈가든에서 가장 아름다운 장미 오솔길이 있지. 지금 안내해주고 싶지만, 그건 이야기를 마친 뒤에 하자. 중앙에 가든 테이블이 있어."

리젠로테 여왕이 안내를 따라가자 정말로 딱 중앙에 설치된 가든 테이블.

그곳에 세 사람 모두 앉았다.

"빌렌도르프와 교섭하는 건 솔직히 난항일 테지."

"……알고 있습니다."

발리에르 님이 나 대신 대답했다.

그래, 난항을 겪겠지.

빌렌도르프 쪽에 화평 교섭을 맺을 의지가 처음부터 있기는 한 건지조차 의문이다.

"가장 큰 카드가 될 수 있는 영웅 레켄베르의 목도 파우스트가 그 자리에 돌려주고 말았고."

"……죄송합니다."

내가 머리를 숙였다.

"괜찮아, 돌려주지 않았다면 그 목을 되찾기 위해 지금쯤 빌렌도르프는 죽기 살기로 안할트를 공격했을 테니까. 당신의 판단은 옳았어. 게다가…… 일대일 승부 후 시신을 그 자리에서 돌려준 것은 기사의 명예다. 당신의 행동을 비난하는 건 어리석은 시동 정도지."

레켄베르의 시신이 수중에 있었다면 화평 교섭도 쉽게 맺을 수 있었을 것이다.

하지만 그 이전에 정전 자체가 성립되지 않았겠지.

두 사람은 망상이라고도 할 수 있을 만한 쓸데없는 생각을 했다.

"이야기가 샜군. 이번 교섭의 열쇠. 나는 여왕 카타리나의 마음에 있다고 봐."

"마음, 말씀입니까?"

"그 여자는 나와 다르게 사랑을 몰라. 당신이 로즈가든의 아름다움을 몰랐던 것처럼."

리젠로테 여왕은 내가 아름답다고 말해버린 걸 비유로 끌고 왔다.

냉혈 여왕 카타리나.

그 일화에 대해서는 왕가에서 정보를 보내주었다.

아버지를 죽이고, 자매를 죽였다.

어머니를 죽였다──고 하는 건 억울하지.

목숨을 걸고 출산하다가 어머니가 죽은 걸 빌렌도르프에서는 그렇게 부른단 말인가.

나는 조금 불쾌했다.

아직 돌아가신 내 어머니에 미련이 남아있다.

"폴리도로 경. 여왕 카타리나의 마음을 베어라."

"마음을요?"

"그래, 마음을."

나는 조금 당황하며 대답했다.

"당신의 모든 것이 안할트 왕국이야. 카타리나 여왕은 위에서 들여다보고, 판단하겠지. 전쟁을 재개할지 화평을 맺을지."

"저 개인의 존재가 그렇게까지 중요합니까?"

"중요해. 모든 빌렌도르프는 당신을 안할트의 대표로 보니까."

리젠로테 여왕은 내 눈동자를 물끄러미 바라보았다.

그 눈은 무섭지 않다.

아나스타시아 제1왕녀의 그 살벌한 눈은 누굴 닮은 걸까.

아버지인 로베르트는 아닐 테고.

격세유전인가?

"저기, 어머니. 정사는 일단 저인데요. 그저 명목상인 건 저도 알고 있지만요."

발리에르 님이 쭈뼛쭈뼛 손을 들고 항의했다.

"그걸 염두에 두고 행동하도록. 그리고 발리에르, 너는 아무튼 살해당하지 않도록 조심하렴."

"지금 이 자리에선 죽어도 역할을 완수하라고 말씀해주세요. 이게 어머니의 애정이라는 걸 최근에야 알았지만요."

발리에르 님이 투덜거렸다.

리젠로테 여왕은 자상하게 말을 걸었다.

"사실은 너를 빌렌도르프에 보내고 싶지 않단다. 파우스트도…… 마찬가지."

나도 보내기 싫은 건가.

하긴 죽을 위험이 조금이라도 있긴 하니까.

빌렌도르프의 가치관을 보면 내가 죽을 일은 없지만, 여왕 카타리나는 다르다.

빌렌도르프의 이물(異物)이다.

어떻게 나올지 예상할 수 없다.

"폴리도로 경. 한 번 더 말하겠습니다. 여왕 카타리나의 마음을 베어버리세요. 교섭의 돌파구는 교섭 조건이 아닙니다. 오직 그 마음에 달렸습니다. 레켄베르 경── 어머니 같은 존재를 잃고도 비뚤어지지 않고 냉정함을 유지하는 마음을 흔들어놓으세요."

"알겠습니다."

나는 가든 테이블에서 일어나 무릎을 꿇고 예를 갖췄다.

마음을 베라고?

그거 어떻게 하는 건데.

네 이야기는 너무 추상적이라고.

가슴 주물러버린다.

마음속으로는 리젠로테 여왕의 어처구니없는 요구에 고뇌하면서.

파우스트 폰 폴리도로는 몰래 한숨을 쉬었다.

한 번 더.

그것도 석 달도 지나지 않았는데 여기에 올 줄은 몰랐다.

빌렌도르프 국경선.

안할트 왕국과 빌렌도르프 왕국의 경계.

그것도 내가 카롤리느를 쓰러트린 것과 완전히 같은 장소다.

"여기서 제 어머니 카롤리느와 파우스트 님이 일대일로 대결하셨군요."

"그래."

내 등에 달라붙어 플뤼겔에 함께 탄 소녀.

마르티나의 감정을 읽을 수 없는 중얼거림이 들렸다.

뭐라고 대답하는 게 좋은지 잠시 고민한 뒤 조용히 고개를 끄덕였다.

"제 어머니는 강했습니까."

"약하지는 않더군. 초인에 한 발 걸치고는 있었던 인물이겠지."

약하지는 않았다.

게다가 인망도 있었다.

카롤리느의 지휘 하에 있던 영지민은 전멸당할 때까지 한 명도 도망치지 않았다.

마지막 한 명까지 미끼가 되어 싸웠다.

적장에서도 인정했지만, 걸출한 인물이기는 했다.

이거 참.

보셀 령의 말로, 그 실정, 엇갈림, 그런 걸 생각하니 어딘가 허무해진다.

일단, 카롤리느의 시야가 너무 좁았다.

그리고 무엇보다 운이 없었다.

무언가 하나만 달랐다면 지금쯤 마르티나를 보셀 령의 후계자로 앉히는 행복한 미래가 기다리고 있었을 텐데.

그런 생각이 들었다.

"제 어머니는 어리석었습니다."

"어머니를 욕하는 거 아니다. 내 영지라도 괜찮다면 무덤도──."

"파우스트 님은 배려가 과하십니다. 무덤 같은 건 필요 없습니다. 파우스트 님이 비난당할 겁니다."

그렇겠지.

멍청한 소리를 했다.

매국노의 무덤은 만들 수 없다.

만들어봤자 그 무덤에 이름을 새기는 건 허락되지 않는다.

시체도 그 무덤 아래에 잠들어있지 않다.

하지만 마르티나만은.

"마르티나. 자식이 어머니를 헐뜯는 건 솔직히 마음이 아파. 하지 마라."

"파우스트 님께서 그렇게 말씀하신다면."

아이가 그 어머니를 헐뜯는 건 옆에서 보고 있기에 괴롭다.

그 죄가 아이에게 영향을 미쳤다고 해도.

이건 내 이기심일까.

아니, 실제로 그렇겠지.

나는 다시 허무를 느꼈다.

"파우스트 님, 소식을 전달하고 돌아왔습니다."

종사장 헬가가 숨을 헐떡이며 돌아왔다.

빌렌도르프 국경선 너머에서.

"대답은?"

"폴리도로 경의 도착을 진심으로 기다리고 있었다고 합니다. 분위기는 나쁘지 않았습니다."

"그런가."

뭐, 나쁘지 않다면 좋은 거지.

자 그럼.

나는 후방에서 마차를 몇 대씩이나 끌고 오는 잉그리드 상회에 말을 걸었다.

"잉그리드! 마차에 마르티나를 맡아다오!!"

"파우스트 님, 저는 당신의 견습 기사입니다. 항상 파우스트 님 곁에."

"솔직히 어린아이와 같이 말을 타고 있는 건 위엄이 떨어진다. 이해해줘."

마르티나는 상회의 마차에 잠시 숨어있으라고 해야지.

딱히 분쟁이 일어날 걱정은 안 하지만.

내 예상이 적중한다면 귀찮아지긴 한다.

어차피 마르티나를 뒤에 태우고 갈 수도 없다.

"알겠습니다."

마르티나가 마지못해 고개를 끄덕이고 말에서 내렸다.

플뤼겔이 제 등에서 내리는 걸 친절하게 보조해주었다.

나는 그런 플뤼겔의 목을 부드럽게 쓰다듬었다.

기분이 풀린 모양이다.

이 애마는 한 달 동안 방목해놨기 때문인지 내 얼굴을 보자마자 돌진하더니 얼굴을 마구 비벼댔는데.

그 후에는 내 옷을 물고 잡아당겨 바닥에 굴리려고 했다.

미안해.

정말 똑똑하구나, 플뤼겔은.

화내는 너도 귀여워.

내가 애마의 귀여움으로 현실도피하는 사이에도——.

"파우스트. 이쪽도 준비가 다 됐어."

발리에르 님이 말을 걸었다.

제2왕녀 친위대의 준비도 끝난 모양이다.

다들 도열하고 있다.

"그럼 발리에르 님. 저희 전원에게 행진 명령을."

"알았어. 전군, 행진!"

발리에르 님과 나.

그 두 사람이 속도를 나란히 맞춰서 선두에 서고, 그 뒤로는 가로 일렬로 선 제2왕녀 친위대와 우리 폴리도로 령의 영지민들이 걸어간다.

그보다 더 뒤에는 잉그리드 상회의 교역품을 가득 실은 마차들.

벌써 장사를 시작할 생각이냐, 잉그리드.

그래, '그것'은 제대로 소중히 보관하며 유지하고 있겠지?

나는 머릿속으로 '그것'을 떠올렸다.

빌렌도르프의 여왕 카타리나에게 헌상할 선물.

열심히 생각했지만 이 정도밖에 생각나는 게 없었다.

카타리나 여왕의 마음을 베어 죽이는 방법 같은 건 전혀 떠오르지 않는다.

그때그때 맞춰야지.

그런 생각을 하는 사이에도 국경선 저편에 인영이 보이기 시작했다.

기사로서는 틀림없이 제2왕녀 친위대보다 저쪽이 더 강하다.

아마 빌렌도르프 전쟁 경험자들이겠지.

수십 명의 빌렌도르프 기사들이 우리를 기다리며 서 있었다.

"안할트 왕국 정사, 제2왕녀 발리에르다!!"

"안할트 왕국 부사, 파우스트 폰 폴리도로다!!"

신분 확인.

국경선 앞 수 미터까지 다가가 각자 이름을 밝혔다.

하지만.

"폴리도로 경! 투구를 벗어라!!"

돌아온 건 빌렌도르프 기사 지휘관의 이름이 아니라.

투구를 벗으라는 말이었다.

"안 어울리나? 이래 봬도 마음에 들었는데!"

"안 어울린다. 그 거구, 그 말, 틀림없는 파우스트 폰 폴리도로 경이겠지!! 하지만 그 그레이트 헬름은 훌륭한 플루티드 아머에는 너무나 안 어울린다!!"

카랑카랑한 웃음소리.

모욕하는 웃음이 아니다.

친구의 조금 얼빠진 모습을 보고 웃는 듯한 소리였다.

나는 쓰게 웃었다.

이 양동이 헬름, 마음에 들었는데.

시야는 좁지만.

나는 투구를 벗어 그 속에 숨어있던 쓴웃음을 보였다.

빌렌도르프쪽 전원이 잠시 침묵했다.

그리고 내 얼굴을 가만히 응시했다.

"좋다! 아주 좋아! 영웅시에서 듣던 것 보다 더욱 미남이군!"

"안할트 왕국에서는 전혀 인기가 없지만 말이야! 아직까지 신부도 없다!!"

"그렇다면! 우리나라에 와라! 파우스트 폰 폴리도로 정도의 미남이라면 우리나라에선 다들 환영하지! 모든 여자가 군침을 뚝뚝 흘리면서 기다리고 있다!!"

권유라니.

뭐, 처음에 오가는 대화로는 나쁘지 않은 분위기다.

어째 지휘관이 낙마라도 할 듯한 기세로 몸을 앞으로 내밀며 내 얼굴을 응시하고 있는데.

"그래, 나는 어떻지? 지금 남편을 버릴 수도 있다!!"

"아쉽게도 유부녀에게는 손을 대지 않는 주의다!"

농담을 계속 이어갔다.

아마 이 지휘관이 빌렌도르프 왕도까지 안내해주겠지.

여기서 좋은 인상을 남기고 싶다.

"아쉽군! 남편을 만나기 전에 너를 만났더라면 좋았을 텐데. 진심으로 아쉽구나!"

"남편은 소중히 여겨야지!"

"그래! 하지만 아쉽다!"

순순히 포기하라고.

진짜로 유부녀는 아웃이라고.

이런 약탈은 사양이다.

전에 레켄베르 경에게 둘째 남편으로 오라는 권유를 받았지만, 그때는 긴급 상황이었으니까.

아 그래, 과부는 OK다.

오히려 흥분된다.

지금은 중요하지 않은 성벽.

그런 생각을 하면서 파우스트는 애마 플뤼겔을 움직였다.

"그럼 포기해주었으니 국경선에 들어가겠다."

"기다려라!"

지휘관이 외쳤다.

그리고 뒤에 있는 전신 갑옷 기사들을 향해 턱짓했다.

"여기에는 선택받은 지원자들이 있다. 경이 진짜 파우스트 폰 폴리도로 경이라면 무엇을 원하는지 알겠지!"

역시 그렇게 나오나.

"그래, 안다. 일대일 대결이지? 가검은 마련해두었나? 화평 교섭에서 사망자는 내고 싶지 않다."

"이미 두 자루 준비해두었다. 휴식 시간은 원하는 대로! 말을 탈지 내릴지도 그쪽에서 원하는 대로! 단 우리 쪽 지원자가 당신을 쓰러트렸을 때는 그자의 남편이 되어다오!! 우리나라에 오라고까지는 하지 않겠다. 하지만 장녀가 아닌 다른 아이는 양보해달라!! 미래의 빌렌도르프에서 영웅이 될 아이를!!"

좋다.

전부 예상했던 전개다.

말에선 내릴 거지만.

만에 하나라도 플뤼겔이 다치는 건 싫다.

물론 새로 만들어 준 마구, 마치 마갑처럼 마법 각인을 쏟아부은 붉은 천으로 덮인 풀아머 모드인 애마 플뤼겔이 다친다는 건 말이 안 되는 일이겠지만.

돌다리도 두들겨보고 건너야지.

"잠깐만! 파우스트, 이 승부를 받아들일 거야?! 우리는 화평 교섭을 위해 온 거라고! 게다가 네가 이겨도 얻는 게 없잖아."

당황하는 발리에르 님.

사전에 이런 전개가 될 것 같다고 말해놨어야 했나.

뭐, 미리 설명하든 지금 설명하든 다를 거 없지.

"레켄베르 경."

나는 빌렌도르프 최고의 영웅의 이름을 입에 담았다.

"발리에르 님. 레켄베르 경은 그 빌렌도르프 전쟁에서 제 결투

신청을 받아들이지 않고 기사단으로 포위해 죽여버릴 수도 있었습니다. 하지만 그러지 않았죠."

양동이 헬름을 쓰고 접합구를 고정하며 발리에르 님에게 설명했다.

"빌렌도르프의 영웅이기 때문입니다."

설명은 한마디다.

고작 그 이유만으로 레켄베르 경은 내가 요청한 일대일 대결을 받아들였다.

그게 빌렌도르프의 문화, 가치관이기 때문이라는 건 안다.

하지만.

"저는 안할트의 영웅입니다."

설령 이 근육질의 몸을 안할트 국민이 업신여긴다고 해도.

영지민 300명의 약소 변경 영주 기사라고 해도.

그것만은 안할트 왕국의 모든 이가 인정하는 사실이다.

"상대가 일대일 대결을 피하지 않았습니다. 그러니 제가 이제 와서 피해도 될 리가 없습니다. 이게 화평 교섭이라고 해도. 그것이 어떤 때, 어떤 장소, 어떤 상황이라고 해도. 빌렌도르프 기사와 하는 일대일 대결에서 저는 도망치지 않습니다. 만약 도망친다면 발할라에 있는 레켄베르 경이 나는 저런 남자에게 진 것이냐며 한탄하겠죠. 레켄베르 경과의 승부는 제겐 자랑스러운 일이기에 이것만은 양보할 수 없습니다."

"정말!"

감격.

지휘관이 나와는 반대로 투구를 벗고 내 얼굴을 응시하며, 말 그대로 감격에 겨운 듯 절규했다.

"정말 잘 말해주었다! 영웅시 그대로구나! 우리 빌렌도르프에 걸맞은 영원한 호적수여!!"

지휘관이 두 팔을 벌리고 절규했다.

그리고 뒤에 있는 기사들에게 말했다.

"너희는 저 아름다운 야수에게 이기지 못할 테지. 그건 안다. 하지만 스스로에게 부끄러운 싸움은 하지 마라!"

"네!"

기사들 사이에서 한 명이 앞으로 걸어 나왔다.

나는 그레이트 헬름의 접합구를 끼워 투구 장착을 완전히 끝냈다.

그리고 조용히 걸어오는 빌렌도르프의 병사에게서 날을 죽인 가검을 받고 상태를 확인했다.

음, 나쁘지 않네.

이거라면 적당히 봐주면 죽이지 않을 수 있겠지.

"그럼 시작할까."

툭툭 플뤼겔의 배를 두드렸다.

애마 플뤼겔은 내 뜻을 이해하고 살짝 언짢아하면서도 내 옆에서 물러났다.

※

"이거 진짜 화평 교섭이야?"

"발리에르 님. 빌렌도르프 상대로는 이 방법이 올바른 건 아닙니까?"

내 혼잣말.

그 중얼거림에 등 뒤에 있던 친위대장 자비네가 대답했다.

마침 잘됐다. 대결이 끝날 때까지 대화해야지.

"야만적이라고 하기에는 좀 다르네. 하지만 뭔가 이게 아닌 느낌이 드는데."

"위화감은 느껴지지만 제 폴리도로 경이 수긍했으니 어쩔 수 없죠."

언제부터 네 폴리도로 경이 된 건데.

자비네의 발언에 약간 위화감을 느끼면서도 재차 물었다.

"……언제부터 파우스트와 사귀게 된 거야? 그걸 비난할 마음은 없지만."

"아뇨, 정확하게는 아직 사귀는 건 아닙니다."

그러면서 '제 폴리도로 경'이란 소릴 한 거냐.

익숙한 자비네의 과대망상이었다.

그녀는 심각한 중증 환자다.

나는 빠르게 포기했다.

"하지만 이 화평 교섭 여정에서 한 번쯤은 떡칠 기회도 있겠죠."

"그런 여유는 없어."

정말로 그런 여유가 있을 리 없잖아.

앞으로는 빌렌도르프 녀석들에게 경호라는 명목으로 엄중한 감시를 받는 나날이 이어진다.

판금 갑옷끼리 부딪치는 소리. 금속이 긁히는, 등이 오싹해지는 소리.

나는 상대의 전신 갑옷에 들이받아 육탄전으로 끌고간 파우스트를 쳐다봤다.

파우스트, 격투도 할 줄 아는구나.

아니, 저 2m가 넘는 거구로는 그것 자체로 무기인가.

상대방은 한순간도 못 버티겠지.

"아, 던졌다."

"던졌네요."

파우스트가 전신 갑옷을 입은 180cm가량의 기사를 힘차게 집어던졌다.

등을 세게 부딪쳐서 움직이지 못하게 된 적 기사.

파우스트는 그 기사에게 걸어가 목에 가검을 가볍게 댔다.

소리만 들어도 봐줬다는 게 느껴졌다.

"승자! 파우스트 폰 폴리도로 경."

적 지휘관이 승부 결과를 외쳤다.

파우스트는, 첫 출진 현장에서 질릴 정도로 느끼긴 했지만 강하구나.

2m의 거구. 그 외모 이상으로 어마어마한 괴력과 100명의 적을 상대로 50명 넘게 죽이고 다니는 체력 괴물. 일대일 대결로 간다면 본인조차 절대 안 진다고 자부하는, 신께서 내려주신 듯한 전투 재능.

과연 이길 수 있는 인간이 이 세상에 존재할까.

"대결에서 질 걱정은 안 해도 괜찮을 것 같지만…… 파우스트
는 그게 어떤 때, 어떤 장소, 어떤 상황이라고 해도 받아들이겠다
고 했단 말이지."

"했죠."

"이 여정에서 이런 일이 계속 일어나는 거야?"

아직 국경선 코앞.

빌렌도르프의 국경에 들어가지도 않았는데.

이런 게 빌렌도르프 국내에서는 계속 반복되는 거야?

나는 우울해져서 한숨을 쉬었다.

"뭘 하는 거지."

나는 질책하는 말을 뱉었다.

국경선의 기사들이 마음대로 일을 쳤다.

빌렌도르프의 여왕, 이 이나카타리나 마리아 빌렌도르프의 이름으로 불러들인 사자에게 무례를 저지르고 있다.

"상대는 화평 교섭을 위해 온 사자다. 이해하고 있는 건가? 아니, 이해하면서도 이런 짓을 하는 건가."

"이해하고 하는 겁니다. 첫 대결은 참으로 독단적인 판단이지만요."

주름이 자글자글한 노파이자 동시에 안광이 범상치 않은 눈앞의 군무 대신이 몹시 냉정하게 대답했다.

"통신기── 수정구의 보고에 따르면 국경선의 기사들이 일대일 대결을 요청했을 때, 파우스트 폰 폴리도로가 '그것이 어떤 때, 어떤 장소, 어떤 상황이라고 해도. 빌렌도르프 기사와 하는 일대일 대결에서 저는 도망치지 않습니다. 만약 도망친다면 발할라에 있는 레켄베르 경이 나는 저런 남자에게 진 것이냐며 한탄하겠죠' 라고 선언했다고 합니다. 그 선언을 들었기에 기사들이 폭주한 겁니다."

"레켄베르라."

그 이름을 들을 때마다 불가사의한 감정에 사로잡힌다.

희로애락이라고 불리는 감정 중 '애(哀)'라고 불리는 감정이 이것인 걸까.

그것조차 나는 이해할 수 없다.

"어쩔 수 없나."

"어쩔 수 없습니다. 그런 말을 들은 시점에서 기록병이 이건 빌렌도르프 전역에 전달해만 한다며 마법의 수정구를 써 각지에 그 기록을 퍼트렸습니다. 기록병이라는 역할을 맡고 있기는 하나 그녀 또한 빌렌도르프의 기사입니다."

"얕보여서는 안 된다는 건가."

그 감정을 알 수 없는 나는 이해할 수 없다.

순순히 군무 대신에게 물었다.

"완전히 반대입니다. 그런 말을 듣고도 도전하지 않는다면 실례인 셈이죠. 빌렌도르프의 모든 것을 받아들여 준 파우스트 폰 폴리도로에게 보답해야만 한다. 그런 마음가짐으로 임하는 것입니다. 그리고 레켄베르 경을 위하는 마음입니다."

"레켄베르를 위한 마음?"

"레켄베르 경을 추도하는 겁니다. 아직도 다들 그녀의, 영웅의 죽음을 인정하지 못하고 있습니다."

기사, 병사, 많은 국민이 레켄베르의 시신을 보지 않았다.

우리나라의 영웅인데도 패전이기 때문에 관례대로 퍼레이드 없이 장례식을 치렀기 때문이다.

들꽃에 파묻힌, 여느 때처럼 가느다란 실눈으로 희미한 미소를 지은 채 죽은 레켄베르의 얼굴을.

분노의 기사에게 맹공을 받아 갑옷에 칼자국이 가득한, 전장에서의 모습이 그대로 남아있는 시신을.

그녀를 아는 많은 사람이 그 결말을 보지 못했다.

레켄베르여.

나는 슬프다.

나는 이미 네 죽음을 인정하고 말았다.

장례식에서 네 외동딸인 니나 양에게 들은 말을 잊을 수 없다.

카타리나 여왕은 어머니에게 분명히 사랑받았다고 했다.

그런데 나는 그 애정을 이해할 수 없다.

나는 결함품이다.

너라는 존재 없이는 결여된 여왕이다.

이 차가운 피는 너를 잃어버리자 결국 공허한 목각인형으로 전락했다.

잔불은 그저 덤이고, 냉혈 여왕 카타리나라는 이름 아래 정무를 돌보기만 할 뿐인 생물.

"파우스트 폰 폴리도로에게 도전하는 것이 레켄베르의 추도로 이어진다는 건가."

"이토록 훌륭한 기사에게 졌다면 어쩔 수 없다. 다들 그런 식으로 수긍하고 싶은 겁니다. 파우스트 폰 폴리도로에게 모두 도전해서 모두 패배하지 않으면 수긍할 수 없습니다. 죽음으로부터 2년이 지났어도 레켄베르 경은, 그 영웅은 아직 사람들의 마음속에 잠들어있습니다."

"수긍이라."

그렇다면 나도 수긍하자.

빌렌도르프는, 그 기사는, 그 병사는, 국민은, 아직이다.

아직 영웅 레켄베르의 죽음을 온전히 받아들이지 못하고 있다.

그렇다면 인정하게 해줘야지.

방치하면 된다.

"우리 빌렌도르프의 모든 기사에게 파우스트 폰 폴리도로에게 일대일 대결 신청을 허가한다. 국경선 기사들의 폭주도 소급 적용하지."

"괜찮으시겠습니까."

"그것이 빌렌도르프가 아닌가."

이론은 이해할 수 있다.

그런 나라다.

감정은 이해하지 못하나.

빌렌도르프란 그런 나라다.

그렇다면 그것을 추인하겠다.

"파우스트 폰 폴리도로는 지금 어디에 있지?"

"국경선의 일대일 대결에서 선발된 국경선의 정예 기사 6명을 휴식 없이 쓰러트린 뒤 입국했습니다. 안할트 국경선의 전선 지휘관이 선두에 섰으며…… 늦은 정보이지만 계속해서 말씀드려도 괜찮겠습니까?"

"상관없다. 수정구 통신도 숫자에 한계가 있지. 왕도까지 오는 여정에 존재하는 모든 지방의 영주가 수정구를 보유하고 있는 것도 아니고."

군무 대신이 고개를 끄덕였다.

중요한 건 아니나, 이 노파는 몇 살일까.

내가 5살일 때 레켄베르와 처음 만나는 자리에도 있었지만, 그 때도 이미 노파였던 것으로 기억한다.

정말로 중요한 건 아니지만.

"그 왕도까지 오는 경로, 여정, 온갖 작은 마을, 도시, 지방 영주가 보유한 영지, 직할령, 제후령 전부에서 일대일 대결을 하고 있습니다."

"결과는? 들을 필요도 없겠지만."

"전승입니다. 직할령의 지방관, 지방 영주의 영주, 제후령의 유명 기사들, 그 영지 크기를 불문하고 그 땅을 대표하는 모든 기사와 선발된 기사가 도전했지만, 그는 휴식 없이 일대일 대결을 펼쳐서 전승을 거두었습니다."

그렇겠지.

그렇지 않다면 레켄베르를 이길 수 있을 리가 없다.

아아, 그 녀석은 진정으로 영웅이었다.

"그래서 그녀들은 수긍했는가?"

"수긍했을 겁니다. 아아, 레켄베르 경은 정말로 죽어버렸구나. 이윽고 그것이 전국에 퍼져 다들 수긍할 수밖에 없을 겁니다."

"그런가."

조금, 잘 모르는 것이 마음속에서 응어리졌다.

빌렌도르프 전쟁으로부터 2년, 그만한 시간이 지나도 수긍하지 않았던 기사들이.

마침내 레켄베르의 죽음을 받아들였다.

그게 기묘한 감각을 낳았다.

"지금 파우스트 폰 폴리도로는 일대일 대결을 몇 번 치렀지?"

"68전입니다. 68전 68승. 정보는 항상 뒤처지므로 현재진행형으로 늘어나고 있을 겁니다."

"그런가."

여기에 도착할 때까지.

내 눈앞에, 이 내가 앉은 옥좌 앞에 도착하기 전에 100전 100승이라도 거둘 것 같은 기세로군.

"영웅이란 무엇일까. 왜 레켄베르나 파우스트 같은 존재가 이 세상에 나타나는 걸까."

"그것은 불가사의, 마치 마법과도 같은 현상입니다. 말 그대로 신께서 인정하셨다고 말씀드릴 수밖에 없죠. 단 카타리나 님께서 꼽은 두 사람 다 천 년에 한 번 겨우 나타나는 인재일 겁니다."

"이 선제후국, 빌렌도르프의 100만이 넘는 모든 영지민 내에서 천 년에 한 번 나타나는 유일한 존재인가."

그런 사람을 잃었다.

레켄베르의 상실은 크다.

북방 초원에 사는 유목민족, 빌렌도르프를 공격하는 약탈자들은 정보를 중시해서 이기지 못하는 상대와는 싸우지 않는다.

그래서 레켄베르가 부족을 멸망시키자 기세를 잃어버린 북방 유목민족들은 공격해오지 않게 되었다.

하지만 레켄베르가 사라졌음을 알면 언젠가 우리나라에 약탈을 재개할 것이다.

"다방면으로 대책을 세워야겠군."

제국── 우리가 귀속된, 아니, 귀속해주고 있는 신성 구스텐 제국.

선제후인 안할트 왕국, 그리고 빌렌도르프 왕국이 선거권을 지닌 그 제국이 통지했다.

쌍방 즉시 전쟁을 멈추고 북방 유목민족 절멸에 협력하는 것이 좋겠다고.

지금까지 양국 모두 그 통지를 무시했다.

고작 황제 주제에, 선제후인 우리가 그런 지시를 따를 이유는 없기 때문이다.

우리가 다스리는 나라의 일이니 우리가 알아서 살아간다.

황제 같은 건 죽여버려도 대신할 자가 있는 자리에 불과했다.

지금까지는 그래도 괜찮았다.

하지만.

"신성 구스텐 제국의 보고를 어떻게 생각하지?"

"머나먼 실크로드 저편, 동방이 신경 쓰이십니까."

"음."

신성 구스텐 제국에게서 한 가지 흥미로운 보고가 도착했다.

동방에서 한 왕조가 멸망했다고 한다.

멸망시킨 주체는 유목민족.

더 자세히 말하라면, 유목국가라고 해야 할까.

여하간 유목민족들이 하나로 뭉쳐 국가를 형성하고 왕조 하나를 멸망시켰다고 한다.

녀석들이 부족 연합을 맺고 공격하는 일은 종종 있었으나──유목민족끼리 항쟁을 계속해오고 있었고, 즉 국가로서 단결하지는 않았다.

그런 자들이 단결했다고 한다.

생각한다.

생각해라, 이나카타리나 마리아 빌렌도르프.

동방에서 그 유목국가가 우리나라를 공격해올 가능성은?

답은 아니오.

너무 멀다.

확장에는 시간이, 그래, 시간이 걸린다.

유목민족만이 아니라 애초에 신성 구스텐 제국도 마찬가지로, 이권이 얽힌 이상 사람은 그리 쉬 뭉치지 않는다.

하나.

"인간은 그리 간단히 단결하지 않지. 하지만 현실에는 단결한 유목민족이 왕조를 하나 멸망시켰다."

"단결하면, 그렇게 만드는 카리스마가 있다면 강할 테지요. 저희도 그자들이 약하다고 무시했던 적은 한 번도 없습니다."

"동방의 대초원에서 수원을 두고 영원히 이어지는 싸움, 폭설, 저온, 강풍, 사료 고갈, 온갖 간난신고를 겪으며 이승에서도 저승에서도 지옥에 떨어져 있으면 좋을 것을."

골치 아프다.

유목민족이 단결하면 아주 골치 아픈 존재가 된다.

신성 구스텐 제국의 보고는 아마도 사실일 것이다.

우리나라에도 동방의 기사라고 불러야 할 법한 무장이 몇 명 넘어왔다.

이 나라에서는 무력만 있다면 군사 계급으로 인정받을 수 있다고 들었다.

그런 정보를 들었기에 멸망한 나라에서 멀리 서방까지 왔다.

언젠가 녀석들은 찾아오겠지.

복수하고 싶다면서.

"신성 구스텐 제국의 보고는 허위가 아니다. 그것을 알지."

"안할트 왕국은 아직 모를 겁니다."

"그 나라는 신분제도가 다소 경직되었기에 동방의 무사들이 비집고 들어갈 틈은 없다. 물론 마법사나 뛰어난 초인이라면 사정은 달라지지만……."

안할트 왕국으로 피난한 무장은 한 명도 없을 것이다.

나라의 속사정을 알면 모든 동방의 무장이 우리에게 모인다.

자, 그러면.

"실제로 동방의 무장이 넘어오고 있다는 이 정보를 안할트 왕국에 가르쳐줄까, 말까."

"안할트 왕국이 신성 구스텐 제국의 보고를 믿지 않을 정도로 어리석을까요."

"아니, 그렇게까지 어리석지는 않을 거다. 이러니저러니 해도 현왕 리젠로테는 영명하겠지. 같은 나이인 레켄베르와 비교당할 정도로는 우수하니까.”

믿기는 할 것이다.

하지만 실감은 나지 않겠지.

우리나라처럼 동방의 무장이 그 무력으로 지방에서 명성을 쌓고 위협을 호소하지 않는 이상은. 외부인이라고 해도 실력만 있다면 발언권을 갖는 국가제도가 아닌 한.

어느 정도의 사람이라면 이해할 수 있는 수준으로 떨어트리지 않으면 수장만 이해하고 있어봤자 도저히 움직일 수 없다.

그런 법이다.

“그러면 어떻게 할까.”

“아직 화평 교섭에도 망설이는 상황이니까요.”

“그렇지.”

어떻게 할까.

말로 고민을 입에 담았다.

유목민족이, 그 유목국가가 언젠가 안할트와 빌렌도르프의 북방으로 밀고 들어온다면 손을 잡을 수밖에 없다.

하지만 신뢰할 수 없는 아군, 실력이 없는 아군만큼 골치 아픈 것도 없다.

하물며 가까운 사이도 아니다.

빌렌도르프가 단독으로 맞서는 게 더 나을지도 모른다.

안할트를 침략하여 후방의 우환을 없애고 저력을 갖춘 빌렌도르프가.

“……역시 파우스트 폰 폴리도로에게 모든 것이 집약되는군.”

"그렇게 됩니까."

"나는 그저 기다리겠다."

파우스트 폰 폴리도로를 이 옥좌에서 기다린다.

그뿐이다.

이 옥좌 앞에 선 파우스트 폰 폴리도로라는 인물을 응시한다.

그리고 가늠한다.

안할트 왕국의 현재를.

아무리 말을 반복해도 해야 할 일은 그뿐이다.

"카타리나 여왕님, 그것과는 별개로 드릴 말씀이 있습니다."

"말해라."

"슬슬 부군을…… 후계자를 생각하시지 않으면 곤란합니다."

또 그 이야기인가.

나는 후계자를 만들 마음이 없다.

"아직 언니가 살아있다. 남편도 있지. 그 아이를 내 후계자로 삼으면 된다."

"……그분들은 부족합니다. 카타리나 여왕님의 어머님께서는 아주 훌륭한 여왕이셨습니다. 하지만 남편과 장녀, 그리고 차녀는 부족합니다."

"상속 결투를 거절한 것이 원인인가?"

물었다.

장녀와 아버지는 이 손으로 죽였다.

차녀는 장녀와는 다르게 나를 괴롭히지도 않았고 그냥 평범한 인간이었다.

군무 대신이 고개를 살래살래 저었다.

"부족합니다. 그저 부족합니다. 카타리나 여왕님과의 상속 결투를 거부하고 목숨을 아까워했다는 점도 다소 원인이기는 하지만…… 차기 빌렌도르프 여왕의 어머니로서는 너무나 부족합니다."

"그 아이가 유능할 수도 있지 않은가. 일단은 빌렌도르프 왕가의 핏줄이니."

"아이를 빼앗아 카타리나 여왕님께서 키우신다면 어쩌면."

그리하면 인정한다는 말인가.

거절한다.

"단연코 거절한다. 그런 귀찮은 일은 사양이다."

"그렇다면 최소한 아이를 낳으시지요. 남편을 들이지 않아도 상관없습니다. 적당한 시동을 상대로 순결을 버리십시오."

"……."

나는 침묵했다.

귀찮다.

그렇기에 세간에서는 드물게도 22살이 될 때까지 독신인데다 순결을 유지하고 있다.

내가 남자를 사랑할 일이 있을까.

분명 없을 테지.

없다.

레켄베르가 만약 남자였다면 어땠을지 생각해 보기도 하지만.

그건 의미 없는 망상이다.

아아.

전부 다 공허하다.

나의 세계에는 아무도 존재하지 않게 되었다.

레켄베르여.

네가 떠나간 것이 나는 그저 허무하고, 무언가 무척 커다란 것을 놓쳐버린 듯한 느낌이 든다.

나는 무엇을 잃었지?

레켄베르는 나에게 무엇이었지?

"아아."

공허.

이젠 군무 대신의 쉰 목소리조차 들리지 않는다.

공허한 세계의 공허한 옥좌에서 그 남자를 기다린다.

기다린다?

어쩌면 나는 무언가를 기대하고 있는 걸까.

나의 레켄베르를 쓰러트린 남자에게.

파우스트 폰 폴리도로에게.

나는 눈을 감고 노파의 한탄을 무시하고 옥좌에서 잠시 잠들기로 했다.

지금은 떠나가 버린 레켄베르와 함께한 어린 시절의 추억을 꿈속에서 볼 수 있기를 기도하며.

"언제까지."

발리에르 제2왕녀는 눈앞의 광경을 보며 말을 흘렸다.

검이 부딪치는 소리가 끈질기게 울려댔다.

"언제까지 하는 거야? 이거."

"모릅니다."

"아니, 파우스트가 원인이잖아."

파우스트는 내 질문에 냉담하게 대답했다.

지금 눈앞에서 싸우는 기사 두 명.

그 전투에 파우스트는 참전하지 않았다.

지금 눈앞의 기사 두 명이 싸우는 원인은 파우스트이니 그 쟁탈전의 대상이 싸움에 낄 필요는 없었다.

파우스트 폰 폴리도로에게 일대일 대결을 신청할 권리.

두 기사는 그걸 두고 싸우는 중이다.

"이제 그만 물러나라! 지방 영주 주제에! 너 같은 게 폴리도로 경에게 도전하기에는 저력이 부족하다!!"

"안할트처럼 멸치 같은 법복 귀족 기사가 말은 잘하는구나. 영지의 모든 것을 짊어지고 오랫동안 군역을 수행해온 나에게 이길 수 있다 생각했는가!!"

안할트의 멸치라는데.

아니, 너희들 눈에 안할트는 멸치 소릴 들어도 어쩔 수 없겠지.

우리는 대신 너희를 야만족이라고 부르지만.

슬슬 질린 건지 파우스트가 두 사람에게 다가갔다.

"이제 충분한가? 서로 수십 합을 겨뤘지만 가검으로는 역시 승패가 갈리지 않는 모양이군. 두 사람 다 충분한 역량을 지녔다고 보고 대결을 받아들이겠다."

결국 그렇게 되는 건가.

파우스트가 둘 다 때려눕히는 게 빠르다.

빠르긴 한데.

"폴리도로 경이 그렇게 말한다면야. 다만 이 여자가 일 합에 쓰러져서 빌렌도르프에 먹칠한다고 생각하니."

"저도 이의는 없습니다. 이 여자가 폴리도로 경의 대결 상대로 걸맞다는 생각은 도저히 들지 않지만요."

"헛소리를."

빌렌도르프 기사들의 말다툼이 또 시작됐다.

빨리 때려눕혀 버리라고, 파우스트.

아예 확 두 사람을 한꺼번에 상대해도 되지 않을까.

나는 한숨을 쉬었다.

국경선에서 전신 갑옷을 입은 6명의 정예 기사를 상대로 파우스트는 여유롭게 대처했다.

익숙하지 않은 플루티드 아머를 입었기 때문인지 몇 합 정도는 검에 맞았지만, 그 몸에는 대미지가 들어가지 않았다.

마법 각인이 들어간 갑옷을 착용하고 있다고는 해도 아플 테지만.

저 거구는 충격을 쉽게 튕겨낸다.

모든 승부가 몇 분 만에 끝났다.

국경선의 지휘관이 감탄하며 역시 당신은 새삼스럽게 말할 필요도 없지만 영웅이라고.

그렇게 말하며 우리 일행을 왕도로 안내해주고 있긴 하지만.

그 여정에서 일대일 대결을 하자며 여기저기서 달려드는 통에 눈살을 찌푸렸다.

파우스트는 그걸 일절 거절하지 않는다.

나에게 말한 대로 정정당당하게 요청을 받아들인다.

직할령의 지방관, 지방 영지의 영주, 제후령, 영지의 크기를 불문하고 그 땅을 대표하는 모든 기사와 선발된 기사.

여기에 더해 왕도에서는 일대일 승부를 신청할 여유도 없을 거라며 굳이 근교의 지방령까지 찾아오는 왕도의 무관들.

모든 게 곧 끝난다.

이 소란스러운 일대일 대결 신청도 드디어 끝이 난다.

이 마을을 지나가면 곧 왕도다.

"발리에르 님, 파우스트 님이 걱정되진 않으십니까? 일단 드리는 질문입니다."

"일단 대답할게. 필요해?"

기사 견습이자 파우스트의 종사, 마르티나 폰 보셀의 발언에 눈을 감으며 대답했다.

지금까지 몇 번을 싸운 줄 아니.

97번이다. 97전 97승.

눈앞의 두 사람으로 99전 99승이 된다.

아, 이쯤 오니 100전 100승으로 딱 떨어지지 않는 게 아쉽다.

물론 파우스트 본인은 하나하나 숫자를 세고 있지도 않을 테지만.

딱히 상대를 무시하는 건 아니다.

성격이 그렇다.

킬 스코어나 대결 승리 회수 같은 걸 일일이 세지 않는다.

당연한 승리.

그 결과는 알아서 찾아오는 게 당연하지 않냐며 받아들이고 있다.

빌렌도르프의 각 영지에선 일대일 대결의 양상을 극명하게 기록하고 있지만.

기록관이 남긴 기록이 전설이 되어 파우스트와 일대일 대결을 한 상대의 자부심이 되는 건 아닐까.

영웅이란 이런 걸까.

머리부터 발끝까지 범재인 나는 모르겠다.

일단 왕궁에서 스페어에게 필요한 고등 교육도 받았고, 최근에는 아나스타시아 언니가 지도해주고 있지만.

역시 나는 범재다. 도달할 수 있는 영역에는 한계가 있다.

파우스트는 내가 도저히 이해할 수 없는 범주에 가 있었다.

뭐, 됐고.

"그럼 어느 분부터 상대를── 아니. 됐습니다. 또 싸우게 되면 번거로우니까요. 제가 결정하겠습니다."

파우스트가 그레이트 헬름의 접합구를 끼우며 말을 이었다.

빨리 끝내버려, 파우스트.

여기까지 오는 동안 내 모든 걱정은 쓸모가 없었다.

파우스트가 지는 건 말도 안 된다.

분명 빌렌도르프의 여왕, 카타리나도 자신의 영웅을 그렇게 생각했었겠지.

그 레켄베르는 파우스트라는, 이 세상에 내려온 무(武)의 현신에게 패배했지만.

당사자인 파우스트 왈.

레켄베르 경이라는 영웅이 있었습니다.

분명 저보다 강한 여자도 이 세상 어딘가에 있겠죠.

아쉽게도 빌렌도르프에는 이제 없는 모양입니다.

조금 유감이라는 듯이 그렇게 말했는데—— 솔직히 파우스트를 이길 수 있는 인간이 정말 이 세상에 존재할까.

발할라의 발키리가 생전부터 침을 발라놓는 전사 중에서도 특히 강한 게 파우스트다.

"그럼 정정당당히 승부에 임하겠습니다."

"나의 영지, 그 모든 영지민의 명예를 걸고 당신에게 도전한다."

첫 상대는 지방 영주로 결정되었나.

상관없다.

먼저 쓰러질지 나중에 쓰러질지 차이만 있을 뿐이다.

그 결투 과정은 볼 것도 없다.

예의상 몇 합 정도 겨루어서 상대에게 파우스트의 괴력을 이해시키고.

등을 바닥에 꽂듯 집어던져서 목에 가검을 들이대고 끝내거나.

그대로 바닥에 쓰러트려 역시나 목에 가검을 들이대고 끝.

파우스트 나름의 배려이자, 그 괴력이라면 일격에 결판을 낼 수도 있지만 하지 않을 뿐이다.

나는 다시 고민했다.

파우스트의 행동이 아니라.

파우스트는 상대의 명예를 지켜주며 대결하고 있으며, 어느 정도의 배려도 보여주고 있다.

그건 봐주는 것이지만 봐준다고 부르면 안 되겠지.

그것도 고민이 아니다.

그럼 뭐가 고민이냐.

"카타리나 여왕의 마음을 베는 방법이 뭐지."

이거다.

이런 일대일 대결을 거듭해봤자 아무런 의미도 없다.

빌렌도르프 기사들에게 이미지는 좋아지겠지만.

화평 교섭의 결론은 전부 빌렌도르프의 여왕 카타리나에게 달렸으니, 그녀를 베지 않으면 문제는 해결되지 않는다.

생각해라, 발리에르.

내가 정사로서 그냥 허수아비로 왔다는 건 안다.

실제로 이 빌렌도르프에서 누구도 나를 상대하지 않는다.

나는 그냥 허수아비다.

하지만 허수아비로 끝나는 건 파우스트에게 너무 미안하다.

이 교섭이 성공하면 친위대의 계급도 올려준다고 어머니, 리젠로테 여왕이 약속해주었으니까.

적어도 그 약속에 걸맞은 일은 해내야지.

"마르티나, 카타리나 여왕의 화평 교섭 말인데."

"네."

나는 주저하지 않고 9살 아이의 힘을 빌리는 길을 선택했다.

에이, 비난하지 말고.

나는 범재다.

남의 힘을 빌리는 게 뭐가 나빠.

그렇게 어딘가에서 들려오는 비난의 목소리를 무시했다.

"어머니가 말씀하신 말이거든. 화평 교섭을 성공시키려면 카타리나 여왕의 마음을 베라고. 마르티나는 어떻게 생각해?"

"사전에 파우스트 님께서 카타리나 여왕을 조사하셨고, 저도 그 자료 정리를 도왔습니다."

마르티나는 사정을 잘 아는 모양이었다.

"왕도에 받은 저택에서 빌렌도르프에서 온 음유시인에게 카타리나 여왕의 영웅시를 듣기도 했고. 레켄베르 경과의 일화를 입수하기도 했고. 교섭을 맡았던 관료 귀족에게 빌렌도르프 측의 작은 정보라도 가리지 않고 수집하셨지만, 음, 솔직히."

마르티나는 말했다.

파우스트도 수면 아래에서 바쁘게 움직였던 모양이지만.

마르티나는 한숨을 쉬고 결론을 내렸다.

"아무런 성과도 없었습니다."

그게 답이겠지.

나도 그랬다.

어머니, 리젠로테 여왕의 지능으로도 추상적인 말밖에 하지 못한다.

카타리나 여왕의 마음을 베어라.

그런 말밖에 하지 못하고, 그 마음을 베는 방법은 가르쳐주지 않았다.

냉혈 여왕 카타리나.

감정을 모르고, 그저 담담하게 이론에 입각하여 정무를 수행한다. 그렇기에 유능하다.

인간말종 카타리나.

그런 멸칭마저 존재하는 빌렌도르프의 여왕.

딱히 미움받는 건 아니다.

다만 인간미가 지나치게 없다.

유능하다는 건 빌렌도르프의 모두가 인정한다.

빌렌도르프의 가치관을 중시해주고는 있으나, 그걸 진심으로 이해해주는 건 아니다.

그런 미미한 반감으로 인해 기사들이 멸시하는 것이다.

2년 전까지는 그 반감을 모두 차단하는 후견인 레켄베르 경이 있었지만.

지금은 없다.

"다만 파우스트 님은 아주 조금, 정말 아주 조금이지만 이해하신 것 같았습니다."

"카타리나 여왕의 마음을 베는 법을 알았다고?"

"아뇨, 아무래도 거기까지는 아닙니다."

마르티나는 고개를 저었다.

뭐, 아무리 파우스트라도 알 수 없나.

"저기, 내가 뭐 도움이 될 수 있는 건 없을까?"

물어보았다.

9살 아이에게 그걸 물어보는 건 부끄러운 일이라는 건 알지만.

하지만 지금 눈앞에서 파우스트가 싸우는 이상 이 아이가 파우스트를 대신한다.

그리고 이 아이는 똑똑하다.

부끄러움을 버리고 물어보는 것도 나쁘지 않다.

"허수아비는 불만이십니까?"

"불만이지."

솔직하게 대답했다.

적어도 무언가 도움이 되고 싶다.

허수아비라고는 하나 적어도 일조는 하고 싶다.

카타리나 여왕의 마음을 베는 검을 한 번 닦아주는 행주 정도는 되고 싶다.

그런 생각을 했다.

"그렇다면. 만약 발리에르 님이 나중에──, 그, 뭐라고 말씀드려야 할지."

"나중에?"

적당한 말을 못 찾은 듯 마르티나가 더듬거렸다.

"나중에 리젠로테 여왕 폐하께서 아주 크게 분노하신다면, 같이 사과해주시겠습니까?"

"응?"

마르티나가 무슨 말을 하려는 건지 이해할 수 없다.

파우스트, 뭐 혼날만한 짓을 한 거야?

아니, 됐다.

물어보자.

"파우스트가 뭔가 혼날 만한 일을 했어?"

"하셨습니다. 제가 들은 내용으로는 리젠로테 여왕 폐하께선 몹시 분노하시겠죠."

그걸 파우스트 님께선 이해하지 못하신 것 같은데.

아니, 나쁘지 않은 방법인가.

그 행위이기 때문에 의미가 있는 건가.

아니, 하지만, 그렇다고 해도.

제자리 돌기.

그런 생각이 머릿속을 맴도는 것처럼 마르티나가 혼잣말을 했다.

굉장히 신경 쓰인다.

"무슨 일인지 가르쳐주지 않을래? 사과하는 건 괜찮아. 제2왕녀 친위대가 사고를 쳐대서 어머니께 사과하는 건 익숙하거든. 하지만 나도 마음의 준비가 필요해."

"그건 가르쳐드릴 수 없습니다."

마르티나가 고개를 저었다.

"왜?"

"빌렌도르프의 알현실에서 기사들이 즐비한 가운데 발리에르 님의 반응까지 포함한 것이 카타리나 여왕에게 보내는 선물이기 때문입니다."

"무슨 소릴 하는 건지 솔직히 잘 모르겠지만."

나는 멀리서 마차에 타고 있는 파우스트의 어용상인, 잉그리드 상회의 수장 잉그리드를 바라보았다.

"저 잉그리드라는 상인이 애지중지 지키는 마차 안에 비밀이 있는 거야?"

"네, 그것이 있습니다."

"그것이라……."

잉그리드 상회의 경비병.

그 경비병들은 교역품이 아니라 문제의 마차만 철통같이 방어하고 있다.

이따금 잉그리드가 긴장한 모습으로 마차에 들어가 무언가 소중히 운반하는 게 망가지지 않은 걸 확인하고 안심한 듯한 얼굴이 되어 나온다.

대체 뭘 싣고 있는 거지.

뭘 숨기고 있는 거지.

"뭐, 그런 거라면 자세히 안 물어볼게. 나는 같이 사과하면 되는 거지?"

"그렇게 해주신다면 대단히 감사합니다."

마르티나는 살짝 한숨을 쉬었다.

그리고 앞을 똑바로 바라보았다.

칼이 부딪치는 소리가 멈추고 갑옷끼리 부딪치는 소리.

승부가 났나.

파우스트가 상대 영주 기사를 쓰러트렸다.

그 목에는 가검을 들이밀고 있다.

"98전, 98승. 파우스트 폰 폴리도로의 승리!!"

우리를 안내해주는 국경 지휘관이 승자의 이름을 외쳤다.

"당신은 절대 약하지 않았다. 하지만 내가 더 강했지."

"위로는 필요 없다. 봐준 것 정도는 알아."

파우스트가 상대에게 격려를 건넸으나 적은 기뻐하는 목소리
로 대답했다.

"무리는 아니지. 역시 당신은 영웅이었다. 레켄베르 경이 패배
한 것도 무리는 아니었어. 우리의 영웅은 정정당당한 승부에서
쓰러진 거다."

그리고 무언가에 수긍한 듯, 무언가에 석별의 정을 보내듯 레
켄베르 경의 죽음을 받아들였다.

파우스트에게 진 사람들은 다들 같은 말을 한다.

이건 그녀들에겐 의식이다.

레켄베르 경에게 바치는 추도식이다.

98번이나 반복되면 범재인 나라도 그걸 잘 알 수 있었다.

"손을."

"그래."

파우스트가 영주의 손을 단단히 잡고 몸을 일으켜주었다.

안할트와 빌렌도르프.

적국이기는 하지만, 그곳에는 분명히 기사로서 명예가 있었다.

그나저나.

역시 아무것도 못 하는 건 내가 한심하다.

그러니까 적어도 마르티나에게 부탁받은 일은 잘 해내야지.

"부탁할게, 파우스트."

나는 범재다.

역시 카타리나 여왕을 상대하는 일은 상담역인 파우스트에게 기댈 수밖에 없다.

나는 파우스트 폰 폴리도로의 99번째 대결이 시작하는 걸 바라보며 이 남자가 카타리나 여왕의 마음을 베어낼 수 있기를 조용히 기도했다.

빌렌도르프 왕도, 왕궁까지 일직선으로 길게 뻗어 있는 넓은 중심가에서.

왕도의 민중은 이제나저제나 기다리고 있었다.

안할트 왕국에서 오는 사자 파우스트 폰 폴리도로를.

다들 귀에 딱지가 앉을 만큼 영웅시를 들었다.

사람으로 보이지 않을 정도의 아름다움은 마성의 영역.

태양과도 같은 근육질.

2m가 넘는 거구.

모든 것이 빌렌도르프의 가치관에서 긍정적으로 받아들여지는 요소다.

사자로서 빌렌도르프에 찾아오는 게 결정된 뒤로도 새롭게 들리는 이야기.

국경선에서 시작한, 빌렌도르프의 영웅 레켄베르 경이 도망치지 않았기에 나도 도망치지 않는다는 그 말에서 개막한 99번에 이르는 일대일 대결.

왕도까지 오는 길에서 진행된 그 대결 상대는 다들 전장에서 명망 있는 기사였다. 나약한 기사 따위 한 명도 없는 빌렌도르프의 정예들이었다.

하지만 파우스트 폰 폴리도로는 모든 대결에 승리했다.

익숙지 않은 적국 여행, 줄을 지어 모여드는 일대일 대결 희망자, 휴식 없이 연속 전투라는 조건이었음에도.

그럼에도 불구하고 99전 99승.

이쯤 되면 전설 속 생물이다.

아아, 그렇구나.

레켄베르 경은 역시 발할라로 여행을 떠나셨다.

정정당당한 결투 끝에 분명히 죽은 것이다.

온 국민이 그렇게 받아들일 수밖에 없는 결과를 보여주었다.

그렇다면——.

그렇다면 인정하자.

그리고 찬양하자.

그렇지 않으면 패배한 레켄베르 경의 명예에 흠이 간다.

빌렌도르프의 백성으로서, 그 영웅이 발할라에서 치욕을 겪는 짓을 해서는 아니된다.

이 거리에서 크게 소리 높여 환호성으로 맞이한다.

레켄베르 경을 쓰러트린 적국의 영웅을.

다들 그렇게 생각했다.

그리고 기다렸다.

영웅이 도착하기를.

"왔다———!!"

누군가가 소리쳤다.

선두에는 빌렌도르프 국경선의 지휘관이 영웅을 안내하고 있다.

창끝에 빌렌도르프의 국기를 달고 말 위에서 높이 들어 올리고 있었다.

그 뒤에는 정사인 발리에르 제2왕녀 및 그녀가 탄 말이 이어졌고, 그녀를 경호하듯 제2왕녀 친위대가 걸어왔다.

국민들에게 그쪽은 중요하지 않았다.

중요한 건 그다음──이었으나.

"응?"

다들 고개를 갸우뚱 기울였다.

확실히 소문으로 들은 모습이었다.

2m가 넘는 거구.

마법 각인이 정성스레 새겨진 멋진 플루티드 아머 밑에는 빌렌도르프의 여자들을 열광시키는 근육이 가득 채워져 있을 것이다.

그건 이해한다.

등에는 아주 커다란, 보통 사람은 휘두르는 것도 불가능할 그레이트 소드도 매고 있다.

다음으로 말.

크고 멋들어졌으며 '험상궂은' 준마였다.

마법 각인이 빼곡한 붉은 천을 마갑처럼 두른 그 말은 영웅이 타는 말다웠고, 그 눈동자는 어설픈 인간보다 더 이지적이었다.

하지만.

그렇지만.

"양동이?"

누군가가 중얼거렸다.

왜 머리만 그레이트 헬름인 걸까.

그레이트 헬름의 이름도 잘 모르는 사람에게는 일상적으로 사용하는 양동이를 쏙 빼닮은 그것.

그런 연상만 들었다.

저 멋있는 플루티드 아머에는 도저히 어울리지 않았다.

"얼굴 보여줘!"

"맞아, 얼굴!"

항의에 가까운 외침이 파우스트를 향해 날아갔다.

몸은 좋다.

빌렌도르프가 선호하는 좋은 몸이었다.

분명 엉덩이도 멋질 것이다.

하지만 얼굴을 보지 않으면 소용없다.

이건 레켄베르 기사단장을 칭송하는 추도이긴 하나.

동시에 얼굴을 한번 보고 싶었다.

그 레켄베르 기사단장이 둘째 남편으로 원했다는 얼굴이 보고 싶다.

그걸 보고 싶어서 모였다는 측면도 있다.

군중은 각자 말투는 달랐지만 같은 의미의 주장을 외쳤다.

"그 안 어울리는 양동이 헬름은 벗고 얼굴 보여줘!!"

그런 군중의 목소리에 대답하는 건.

커다란 웃음소리.

정말로 커다란, 전장에서도 이런 식으로 웃는 건가 느끼게 만드는 웃음소리였다.

파우스트에게서 난 소리였다.

"좋다! 얼굴을 보여주지!!"

행진이 그 목소리에 반응한 듯 잠시 멈췄다.

선두에서 말을 타고 걸어가던 국경선 지휘관이 센스 있게 창을 내려 행진을 중지시킨 것이다.

철컥철컥. 양동이 헬름의 접합구를 푸는 소리.

군중은 군침을 삼키며 지켜보았다.

이내 파우스트가 투구를 벗어 옆구리에 꼈다.

그걸 본 군중은.

"────."

아무도 소리를 내지 못했다.

이게 사람의 얼굴인가?

마인이 아니라고?

물론 그건 나쁜 의미가 아니라────.

"아름다워."

누군가가 그 말을 흘린 것과 동시에 행진을, 이 퍼레이드를 지켜보는 수천 명의 여자 중 수백 명의 가랑이가 애액으로 젖었다.

저게 사람인가?

저게 안할트 왕국에서는, 저 근육질의 몸과 큰 키 때문에 못생겼다는 야유를 받는다고?

다들 신기했다.

빌렌도르프에서는 정반대였다.

"너무 아름다워."

조금 난처한 듯, 쑥스러운 듯 웃고 있다.

평소에는 순박할 것이다.

그런 인품이 바로 엿보이는, 그 표정.

주변 모두를 내려다보는 듯한 저 훌륭한 거구도.

플루티드 아머 속에 잠들어있을 팽팽한 근육도.

그 모든 것이.

빌렌도르프의 여자를 끊임없이 매료했다.

한순간 공기가 멈췄다.

그 공기를 깨트리듯, 이제 충분하지 않냐는 듯.

국경선 지휘관이 타이밍을 가늠해 창을 들어 올렸다.

행진이, 퍼레이드가 재개된다.

다시 걸어가기 시작하는 파우스트 폰 폴리도로와 그의 말 플뤼겔.

그건 빌렌도르프에선 완벽한 미였다.

군중은.

"아름다워. 역시 레켄베르 경을 쓰러트린 영웅이구나. 그 모습도, 그 외모도!"

두 팔을 벌리고 감격에 차서 열렬히 칭송하는, 고급스러운 옷을 입은 상급 시민.

"나와 대결해줘, 제발! 제발! 한 번만이라도!"

퍼레이드로 뛰어들려는 걸 4명의 종사가 달라붙어 필사적으로 막는 갑옷 차림의 기사.

"이것이야말로······ 이것이야말로 미술이야. 살아있는 예술 작품이야."

필사적인 얼굴로 2층 창문에서 파우스트를 바라보며 스케치를

개시하는 예술가.

온갖 찬미로 넘실거렸다.

온갖 방법으로 파우스트 폰 폴리도로를 칭송했다.

이 기록은 천 년이 지나도 남을 거야.

파우스트 폰 폴리도로의 여정.

국경선에서부터 그 모든 순간을 함께하고 그 모든 순간을 기록한 기록관 기사가 그렇게 중얼거렸다.

왕궁까지 일직선으로 뻗은 기나긴 가도.

퍼레이드는 환호성을 받으며 그 길을 나아갔다.

그 환호성은 드디어 우리 사랑하는 영주님이 인정받았다며 뿌듯해져선 환하게 웃는 폴리도로 령의 영지민 30명이 행렬 맨 뒤에서 따라가며 왕궁에 가까워지고, 다리로 해자를 건너고, 도개교가 올라가고, 성문이 닫힐 때까지 이어졌다.

아니, 그게 끝나도 환호성은 멈추지 않았다.

마치 신이 빚은 듯한 대단한 예술 작품을 보았다.

그런 식으로 옆 사람에게 말을 건네며 방금 막 본 아름다움을 칭송하는 소리는 끊이질 않았다.

※

"빌렌도르프에서 태어날걸."

"파우스트 님, 농담이라도 허락되는 말이 아닙니다."

"아니, 하고 싶어지실 법도 하죠. 안할트와 이렇게까지 반응이

다르면."

나에 이어 마르티나, 종사장 헬가의 말이었다.

고뇌하는 표정으로 신음했다.

"왜 빌렌도르프에서는 인기인데 안할트에서는 전혀 없는 거지. 세상은 이상해. 아니, 아마 세상이 틀린 거다."

"아예 영지를 싸 들고 빌렌도르프로 망명하시겠습니까?"

"영지가 걸을 수 있다면 그렇게 하고 싶지."

헬가와 농담을 주고받았다.

조금은 투덜거려도 천벌이 떨어지진 않겠지.

둘 다 그런 얼굴이었지만.

"파우스트 님, 여기에는 발리에르 제2왕녀님도 그 친위대도 계십니다. 들리기라도 했다간."

"그래. 더는 말하지 않으마."

마르티나의 지적에 나는 침묵했다.

자비네.

제2왕녀 친위대장, 자비네.

옷을 입어도 훤히 티가 나는 로켓 가슴을 지닌, 현재 유일하게 나에게 멀쩡한 관심을 가져주는 여성.

그녀에게 미움받는 건 피하고 싶다.

로켓 가슴은 아깝지.

아깝다. 머리는 이상하지만. 거듭 말하건대 머리가 아주 이상하지만.

하지만 끝내 자비네와 상봉할 기회는 없었다.

플루티드 아머 제작을 위해 한 달 내내 대장간 출석.

그 후에는 카타리나 여왕의 정보를 수집했고, 환송회에서는 리젠로테 여왕이 방해했다.

국경선에 들어온 뒤로는 말할 것도 없이 결투 삼매경.

이런 상황에서 어떻게 자비네와, 로켓 가슴과 접촉하라는 말이냐.

차분하게 이야기할 새도 없었다고.

기껏해야 인사를 몇 번 나눈 정도다.

세상은 틀렸다.

뭐, 됐고.

결국 다 그렇지.

세상은 나에게 가혹하게 돌아가는 법이다.

이 파우스트 폰 폴리도로는 조용히 무언가를 포기했다.

마음을 다잡는다.

드디어 카타리나 여왕을 알현한다.

"헬가, 잉그리드 상회에서 그것은 받아왔나?"

"네, 여기 있습니다."

천으로 감싼 그것.

무사히 인계를 마친 잉그리드는 지금까지 살면서 가장 긴장되는 운송물이었다고 했다.

당연하지.

"파우스트 님, 리젠로테 여왕님께선 틀림없이 화내실 겁니다. 일단 발리에르 님께 같이 사과해달라고 부탁드려놨는데요."

"그렇게 잘못인가?"

"당연히 잘못이죠!"

마르티나의 잔소리.

확실히 리젠로테 여왕은 화낼 것이다.

하지만 화내고 끝이겠지.

그 정도일 거라고 보는데.

"아무튼 알현이다. 이상한 곳은 없고?"

"그 그레이트 헬름 말고는 딱히 없습니다. 돌아가면 제대로 교환해달라고 하죠."

이 양동이 헬름, 마음에 들었는데.

다들 뭐가 거슬리는 거지.

그냥 이걸 계속 써도 되잖아. 시야가 좁은 것도 직감으로 대충 보완할 수 있고.

일대일 대결에서도 도움이 됐는데.

없었어도 이겼겠지만.

그나저나 빌렌도르프의 기사는 역시 안할트의 기사보다 베테랑이었다.

국가가 보낸 정예들이었다고는 해도 일대일 대결을 99번이나 하면 그런 생각이 들 수밖에 없다.

하지만 초인에 한발 들여놓은 정도가 최대치인 집단.

레켄베르 기사단장처럼 설마 내가 질지도 모른다는 아슬아슬함을, 그 긴장감을 맛보게 해주는 기사는 없었다.

"그레이트 헬름은 헬가가 맡아줘. 너는 알현실에 못 들어간다.

다른 대기실에서 접대해주기로 되어있지.”

“알겠습니다.”

그레이트 헬름을 헬가에게 건넸다.

“마르티나는 기사 견습으로서, 종사로서 따라와. 카타리나 여왕에게 헌상할 선물을 들고.”

“정말로 드리는 거군요. 뭐 이제 와서 막진 않을 거지만요.”

마르티나는 무언가를 조용히 포기한 얼굴로 말했다.

“카타리나 여왕의 마음을 이걸로 벨 수 있으려나.”

그런 생각은 안 든다.

하지만 이것 말고는 떠오르지 않았다.

열심히 정보를 수집했지만 레켄베르 기사단장과 카타리나 여왕 사이의 일화. 음유시인이 노래하는 이야기에서 얻은 힌트는 이것뿐이었다.

“어떻게 될지는 이 파우스트도 모르지. 일단 부딪쳐보자!”

죄송합니다. 발리에르 제2왕녀.

먼저 안내받아 빌렌도르프 국경선을 넘은 뒤로 처음 정사로서 대우받으며 걸어가는.

그런 발리에르 님의 작은 등을 보았다.

조금 광대 같은 역할을 맡기게 되었지만 저는 당신에게 악의가 없습니다.

나에겐 이것 말고 떠오르는 게 없었다.

카타리나 여왕을 한 순간이라도 웃게 한다.

그러려면 이게 필요하고, 발리에르 님의 반응도 필요하다.

"그나저나 레켄베르 경이라. 그녀의 이야기를 들을수록 한 가지 사실을 절절히 느끼는군."

"그게 뭐죠?"

"레켄베르 경은 정말로 카타리나 여왕을 사랑했었다는 것."

마르티나가 안고 있는 천 덩어리를 보았다.

음유시인이 아는 카타리나 여왕과 레켄베르 경의 영웅시를 모조리 부르게 한 뒤 가진 휴식 시간.

그때 두 사람의 기묘한 일화를 들었다.

그 레켄베르 경이 딱 한 번, 카타리나 여왕과 함께 궁정에서 지적을 받은 적이 있다.

정치도, 군사도, 전투도 완벽.

그 모든 재능을 합치면 나 같은 건 한참 상회했을 초인.

그런 레켄베르 경이.

음유시인에게 들은 이야기로 미루어 보아도 그 심정이 전해졌다.

"진정으로 사랑했던 거겠지."

"저는 이해할 수 없습니다. 카타리나 여왕은 자신이 받은 애정을 레켄베르 경에게 무언가 돌려주었던 걸까요? 레켄베르 경이 일방적으로 충성을 맹세하고 공적을 바쳤던 것뿐인 게."

"마르티나."

나는 살짝 혼내듯이 마르티나의 이름을 불렀다.

"대가가 필요 없다고는 하지 않아. 하지만 대가를 바라기만 하는 건 사랑이라 부를 수 없다. 그리고 죽기 직전까지 간 뒤에야,

아니, 죽은 뒤에야 간신히 깨닫는 사랑도 있지."

"그건 경험담입니까?"

"그래. 그리고 죽은 사람은 그걸로 만족할지도 모르지. 죽은 뒤에 간신히 애정을 깨닫고, 상대방이 죽고서도 계속 그리워함으로써 망자에게 전해지는 사랑이 있을지도 몰라."

그렇게라도 생각하지 않으면 견딜 수 없다.

어머니.

나는 살아있을 때 당신에게 아무런 효도도 하지 못했습니다.

하지만 당신이 남긴 영지민과 영지 정도라면 지킬 수 있을 테지요.

그래.

그러기 위해서도 빌렌도르프와 화평 교섭을 성공시킬 필요가 있다.

앞서 걸어가는 발리에르 님이 돌아보지 않은 채 나에게 말을 걸었다.

"슬슬 들어갈 거야, 파우스트."

나는 숨을 크게 들이마시고 발리에르 님에게 대답했다.

"네."

징을 두드린 듯한 내 목소리가 빌렌도르프 왕궁의 복도 안에서 조용히 울렸다.

아무것도 느껴지지 않았다.

사람으로 보이지 않을 정도의 아름다움은 마성의 영역.

태양과도 같은 근육질.

2m가 넘는 거구.

빌렌도르프가 칭송하는 그 모든 것.

그 가치관에서 상상할 수 있는 최고의 아름다움조차 미치지 못하는, 그 미의 구현체.

파우스트 폰 폴리도로.

나는 빌렌도르프의 모든 이가 그렇게 칭송하는 모습을 보아도 아무것도 느껴지지 않았다.

"이번 교섭의 정사, 안할트 왕국의 제2왕녀 발리에르 폰 안할트입니다."

발리에르 제2왕녀는 14살이라고 들었다.

아직 어리다는 느낌마저 드는 정사 발리에르 제2왕녀가 드레스 자락이 바닥에 닿지 않도록 두 손으로 들고 무릎을 굽혀 인사했다.

젊군.

14살.

내가 상속 결투를 치르고 여왕이 된 나이였던가.

그 무렵 레켄베르는 24살이었지.

과거를 떠올렸다.

이어서 인사.

"교섭의 부사, 파우스트 폰 폴리도로입니다."

투구만 없는 갑주를 입은 채 무릎을 꿇고 예를 갖췄다.

알현실 내에 조용히, 하지만 넓게 울려 퍼지는 목소리였다.

사람들이 가득한 자리.

안할트의 두 사자를 에워싸듯 서 있는 기사들 몇 명이 살짝 몸을 뒤척거렸다.

가랑이에 위화감을 느낀 모양이다.

머리로는 안다.

이 남자는 빌렌도르프에 한정하면 세상에서 가장 아름다운 남자일 테지.

하지만 그뿐이다.

파우스트 폰 폴리도로를 보며 이나카타리나 마리아 빌렌도르프는 아무것도 느끼지 않는다.

아무것도 느낄 수 없었다.

미약하게, 무언가 마음속 깊은 곳에서, 희미하게 응어리진 무언가가, 기대하고 있었다.

파우스트 폰 폴리도로라는, 내 상담역 레켄베르를 쓰러트린 남자에게 무언가를 느낄 수 있지 않을까.

증오.

그런 감정이어도 좋다.

레켄베르를 잃은 '슬픔'이라 불리는 것과 같은 무언가라도.

하지만 아무것도 느껴지지 않았다.

아아, 그렇겠지.

결국은 이렇다.

나는 여전히 냉혈 여왕이다.

냉정한, 이론뿐인 여왕으로 돌아간다.

레켄베르에 대한 슬픔조차 지금은 잊어버리자.

그저 빌렌도르프의 이익만을 생각하자.

이 파우스트 폰 폴리도로를 기준으로 안할트 왕국의 현재를 간파하자.

폴리도로 경을 바라본다.

그 모습은 소문대로 냉대받는 것처럼 보이진 않았다.

적어도 왕가에서는 그렇겠지.

마법 각인이 빼곡히 들어간 멋진 플루티드 아머.

폴리도로 경의 경제 사정, 300명의 영지민을 보유한 약소 영주가 마련할 수 있는 장비가 아니다.

군데군데 흠집이 있지만 생긴지 얼마 되지 않은 흔적이다.

아마도 이번 화평 교섭을 위해 왕가가 마련해주었으리라 예측한다.

적어도 안할트 왕가는 폴리도로 경을 인정한다.

하지만.

"발리에르 제2왕녀, 그리고 파우스트 폰 폴리도로 경. 먼 길 오느라 피로할 터인데 휴식도 하지 않고 왕궁까지 찾아와 준 그 성의를 받아들이지."

"감사합니다."

"그러면 발리에르 제2왕녀. 당신을 무시하는 건 아니나, 폴리도로 경과 조금 이야기를 나누고 싶은데 어떠한가?"

나는 발리에르 제2왕녀에게 요구했다.

상대는 거절하지 못한다.

"마음껏 대화하십시오."

"고맙군."

그러면 폴리도로 경과 대화하자.

진득하게 대화해보기로 하자.

승부다, 파우스트 폰 폴리도로.

내 모든 질문에 대답해보아라.

하나라도 잘못된 답이 돌아오면 제2차 빌렌도르프 전쟁 시작이다.

"나를 섬길 마음은 없는가? 폴리도로 경."

"자, 잠깐."

권유.

나는 먼저 유혹했다.

발리에르 제2왕녀의 목소리는 깨끗하게 무시했다.

폴리도로 경은 첫 질문에 대답했다.

"거절합니다. 설령 어떤 대우를 해주신다 한들 제가 당신을 섬기는 일은 없습니다."

"어째서지?"

"저는 제2왕녀 발리에르 님의 상담역입니다."

본래는 순박한 성격이라 들었다.

그것이 느껴지면서도, 단호하게.

파우스트 폰 폴리도로는 나에게 대답했다.

"레켄베르 경은 빌렌도르프 최고의 기사단장이었지만 당신께서 어린 아이였던 시절에는 일개 세습 기사 가문의 가주 자리를 이어받았을 뿐인 평범한 기사에 불과했습니다. 하나 당신의 상담역이었습니다."

"확실히 그랬지. 잘 알고 있군. 그래서?"

"설령 안할트 왕가가 과거 일개 기사에 불과했던 레켄베르 경에게 막대한 보수를 제시하며 권유했다고 한들 답은 같았을 겁니다. 자신은 카타리나 제3왕녀의 상담역이기 때문에 거절한다고 했겠죠."

그렇군.

이론이다.

왕녀의 상담역으로 인정받은 자가 적국의 권유는 받지 않는가.

하지만 우리나라와 달리 안할트 왕국의 한사 상속은 결투가 아니다.

"하나 더 물어보지."

"무엇이든 말씀하십시오."

"발리에르 제2왕녀가 안할트 왕국을 이어받을 가능성은 아마도 없다. 왜 그럼에도 섬기는 것이지? 아마 너는 안할트의 후계자인 아나스타시아에게도 권유를 받았을 텐데. 왜 받아들이지 않았는가."

너에게는 아무런 이득도 없지 않나.

그것을 물었다.

"모르십니까."

폴리도로 경이 눈썹을 찡그리며 대답했다.

"모른다."

솔직히 대답했다.

"저에게도 정이라는 게 있습니다."

그 대답은 나는 이해할 수 없는 주장이었다.

정.

이론이 아니라는 건가.

이 녀석은 뭐지.

마치—— 마치.

마치 레켄베르와 대화하는 것 같지 않은가.

"그 정이 발리에르 제2왕녀께 얼마나 전해지고 있는지 저는 잘 모릅니다. 과연 그 마음에 답해주시는지도."

미미한 쓴웃음.

그런 표정을 지으면서 폴리도로 경의 말이 이어졌다.

아아, 레켄베르여.

폴리도로 경과 대화하고 있으면 어째서인지 그 이름이 머릿속에 떠오른다.

"하지만 그것과 제 정은 또 완전히 별개입니다."

레켄베르.

그 이름만이 나의 응어리, 내가 갖지 못한 감정의 모든 것이다.

그녀가 십수 년에 걸쳐 나에게 주려고 했던 것은 결국 아무런 열매도 맺지 못했다.

"카타리나 여왕 폐하. 저는 폐하를 잘 모릅니다. 폐하에 대해 이번 교섭 전에 알았습니다. 음유시인에게서 이야기를 듣고, 그 레켄베르 경과 있었던 일들을 알았습니다. 하지만."

폴리도로 경이 짧게 말을 끊었다.

"하지만, 그저 그뿐입니다."

그저 그뿐.

확실히 그건 남을 통해 들었을 뿐.

그런 걸로 그 사람의 본성까지는 알 수 없다.

이론이다.

"따라서 저와 당신은 대화할 필요가 있다고 봅니다. 카타리나 여왕 폐하."

"좋다."

나는 대답했다.

받아들이마.

원래부터 내가 대화를 청했다.

너와 일대일 대화에 응하겠다, 파우스트 폰 폴리도로.

"그렇다면 대화를 이어가자. 폴리도로 경, 네 영지는 빌렌도르프 국경선과 가깝더군."

"잘 알고 계시는군요."

"빌렌도르프 전쟁에서 국경선 부근의 마을을 멸망시킬 때 지도를 손에 넣었으니."

작게 혀를 차는 소리.

그건 아마 폴리도로 경의 입에서 나온 소리가 아닐 것이다.

하지만 분명히 들렸다. 네 마음의 소리가.

"내가 제2차 빌렌도르프 전쟁을 일으켜 네 영지 근방까지 파고 들었다고 가정하자. 너는 어찌할 것이지?"

"목숨을 던져 싸우겠습니다."

오호라.

"이 목숨과 바꿔 당신의 기사 수십 명을 쓰러트리고 극락왕생을 이루겠습니다. 선조 대대로 물려받은 폴리도로 령의 영지에서."

"목숨이 아깝지는 않은가."

"아깝습니다."

예상과는 조금 다른 대답.

목숨은 아까운가.

나의 영웅 레켄베르에게 일대일 대결을 신청할 정도로 용맹한 기사다.

목숨이 아깝다니.

"제 핏줄을 남기지 못했습니다. 선조 대대로 물려받은, 제 자손 대대로 이어져야 하는 영지민, 영토, 그것을 지키기 위한 핏줄을 남기지 못했습니다. 그렇기에 목숨이 아깝습니다."

"그 핏줄을 이어줄 존재가, 자손만 있다면 목숨은 아깝지 않다?"

"맞습니다."

마치 봉건 영주의 모범 대답이다.

이론은 이해할 수 있다.

"영지가 짓밟힌다고 해도 빌렌도르프에 머리를 조아릴 마음은 없다?"

"오히려 제 영지를 한 줌이라도 깎아내고 발을 들여 침략하는 자는 용서하지 않습니다."

"흠."

숨겨진 뜻을 생각한다.

파우스트 폰 폴리도로는 영주 기사다.

안할트의 영웅이기는 하나 이익을 생각한다.

아니, 이익이라고 말하는 건 실례인가.

제 재산인 영토와 영지민을 죽을 때까지 품에 넣으려고 한다.

지금까지 들은 이야기로 보아 폴리도로 경은 전부 진심이다.

다시 숨겨진 뜻을 생각한다.

파우스트 폰 폴리도로는 제 영지에만 침입하지 않는다면 적대하지 않는다?

폴리도로 경이 수행한 군역에서 유추한다.

아마도 우리 빌렌도르프가 국경선에 발을 들이지 않는다면 내년 군역은 북방 유목민족을 상대할 것이다.

군역만 마치면 계약에 따라 안할트 왕국이 폴리도로 령을 보호할 의무만이 남는다.

안할트는 그 의무를 실행해야만 한다.

그리고 폴리도로 경은 군역을 마쳤기 때문에 빌렌도르프 국경선에서 일어나는 전투에는 나타나지 않는다.

그 작은 틈새를 노려 폴리도로 령은 방치하고 다른 영토를 갈

취하는 건 어떨까.

아니.

다시 생각을 수정했다.

"묻겠다. 폴리도로 경. 내년 군역은 북방의 유목민족을 상대하는가?"

"이 화평 교섭이 성립된다면 그리될 것입니다."

"폴리도로 경은 유목민족을 상대로 승리할 자신이 있는가?"

폴리도로 경이 흥 코웃음을 쳤다.

그야 있겠지.

괜한 것을 물었다.

"한 번의 충돌로 절멸시키겠습니다. 빌렌도르프의 영웅, 레켄베르 경처럼."

그렇게 되는가.

그렇다면 안할트는 북방에 배치한 왕국의 정규군을 빌렌도르프 국경선으로 돌린다.

그 경우 병력은 호각.

빌렌도르프의 모든 병력을 투입해도 어디가 이길지 알 수 없게 된다.

막혔군.

영웅 파우스트 폰 폴리도로는 그 영지를 손에 넣지 못하면 나에게 머리를 조아리지 않는다.

하지만 시간을 두면 북방의 유목민족을 절멸시키려 든다.

화평.

그 두 글자가 잠시, 아주 잠시 머릿속에 떠오르지만.

아직 끝나지 않았다.

폴리도로 경, 나는 감정이 없고 만사를 잘 모르기에 무언가를 물어볼 때 끈질기다며 아버지에게 몇 번씩이나 얻어맞았던 여자다.

때리지 않은 건 레켄베르뿐이다.

인내심 있게, 감정이 없다면 이론으로 나에게 거듭 타이르듯이.

이건 해도 되는 일이고.

이건 하면 안 되는 일이라고.

그걸 가르쳐준 사람은 이 세상에 오직 레켄베르뿐이다.

이론으로 내가 여왕으로서 해나갈 수 있도록 만들어준 사람이 레켄베르다.

언니를 죽인 것도, 아버지를 죽인 것도.

레켄베르가 해도 되는 일이라고 가르쳐주었다.

나와 레켄베르는 무르지 않다.

이론을 철저하게 추구한다.

그리고 안할트의 구멍을 찔러 너를 복종시키고 안할트 왕국의 영토를 깎아내겠다.

그런 생각을 했는데.

"카타리나 여왕 폐하. 여기 당신께 바치는 헌상품이 있습니다. 대화에 열중하느라 잊고 있었습니다."

"헌상품?"

국가 간의 교류이니.

그 정도는 있겠지.

파우스트 옆에서 그와 마찬가지로 무릎을 꿇은 소녀가 천으로 감싼 무언가를 소중히 안고 있다.

사전 정보로는 마르티나 폰 보셀이라 했던가.

일대일 대결로 쓰러트린 매국노 영주 기사의 유자녀를, 머리를 바닥에 찧으면서까지 살려달라 간청한 아이다.

끝까지 고집을 부리며 체면을 버려서라도 왕명을 뒤엎은 그 모습은 빌렌도르프에서는 아름다운 모습이라고 칭송하지만.

당연하게도 냉혈한 나는 이해할 수 없다.

"그럼 건네드리겠습니다."

마르티나가 천으로 감싼 무언가를 소중히 안은 채 나에게 걸어왔다.

주변에 있던 근위기사가 경계했지만 상대는 9살 아이이니 무용한 경계다.

나도 검을 휴대하고 있다.

저 속에 무기가 있다 해도 베어 죽여버리면 그만이다.

"물러나라."

나는 천에 무엇이 들었는지 확인하려고 한 근위기사에게 명령했다.

그러는 동안에도 마르티나는 묵묵히 걸어왔다.

그리고 눈앞에 도착한 뒤 천을 벗겼다.

"이건."

"장미 꽃다발입니다."

짙은 붉은색의 장미.

오늘 막 화단에서 꺾어온 것 같은 신선한 장미로 만든 꽃다발
이었다.

헌상품이라기에는 너무나 소박하다.

안할트 왕국에도 빌렌도르프에도 그 꽃에 특별한 의미는 없다.

기껏해야 여자가 남자에게 구애할 때 쓰는 정도일까.

남자에게 이런 걸 받아봤자.

"빌렌도르프의 음유시인에게서 기묘한 일화를 들었습니다."

"흐음?"

마르티나에게서 꽃을 받았다.

사자의 헌상품인 이상은 아무리 소박하다고 해도 받아야만 한다.

빌렌도르프의 음유시인에게 들었다?

무슨 이야기를?

"파우스트!"

그 생각을 가로막듯 폴리도로 경을 비난하는 목소리가 들렸다.

발리에르 제2왕녀의 비명이었다.

"잠깐, 저거! 설마 안할트 왕궁의 로즈가든에서."

"네, 훔쳤습니다."

"훔쳤습니다가 뭐야!! 천연덕스러운 얼굴로 대답하지 마!!"

얼굴이 새파랗게 질린 발리에르 제2왕녀가 여기는 빌렌도르프
궁정의 알현실이라는 것도 잊어버리고 절규했다.

"그거 아버지께서 만든 로즈가든의 장미라 어머니가 죽도록 아
끼는다는 건 알고 있잖아!! 너도 아름답다고 칭찬했잖아! 그걸 왜!!"

"네, 그러니까 가치가 있다고 생각했습니다."

"아니 가치는 있지만! 몰래 훔치면 안 되지! 훔치면!! 어머니께 뭐라고 변명할 거야!!"

아무래도 독살당했다는 리젠로테 여왕의 국서가 소중히 가꾼 장미인 모양이다.

그걸 훔치다니.

그걸 왜, 나에게 바치는 헌상품으로 적절하다 판단했지.

아니—— 전에, 딱 한 번.

딱 한 번, 이런 일이 있었던 것 같다.

떠올려라, 이나카타리나 마리아 빌렌도르프.

이건.

이건, 레켄베르와 함께한, 어린 시절의 소중한 추억이었을 텐데.

"어떡할 거야! 어머니께선 지금쯤 눈이 뒤집혀서 장미 도둑을 찾고 계실 텐데! 어떻게 사죄할 거냐고!!"

"같이 사과해주신다고 마르티나에게 들었습니다."

"말했지만! 그렇게 말하긴 했지만!! 이런 문제인 줄은 몰랐어!!"

시끄럽다.

정신 사납다.

내가 레켄베르와의 추억을 회상하려는 중이다.

방해하지 마라.

나는 청각을 억지로라도 차단하듯 눈을 감고 조용히 어린 시절 의 소중한 추억을 회상했다.

레켄베르는 때로는 자상하고 때로는 엄격한 사람이었다.

아니, 그건 거짓말이다.

엄격했던 적이 있었던가.

레켄베르가 준 것들에 엄격한 것이 하나라도 있었던가.

검이나 창, 활을 훈련하느라 손바닥이 굳은살로 가득해졌을 때도.

가검으로 내가 다쳤을 때도.

그게 과연 정말로 엄격했다고 말할 수 있는 일일까.

전부 나를 단련하기 위해, 일하는 사이에 짬을 내어 필사적으로 가르쳐준 것들이다.

레켄베르여.

네 애정을 아직도 모르겠다.

부디 회상을.

처음 만났을 때를 회상하기 위해 필사적으로 기억을 더듬었다.

"클라우디아 폰 레켄베르라고 합니다. 카타리나 제3왕녀님."

"내 상담역이 되어봤자 좋을 건 아무것도 없어."

15살의 레켄베르, 그리고 5살의 나.

증인으로 안광이 날카로운 노파, 군무 대신이 있었다.

"실례지만 카타리나 제3왕녀님은 감정을 잘 모른다고 들었습니다."

"'이론'은 알아."

"그렇습니까."

토닥토닥. 어째서인지 레켄베르가 내 머리를 부드럽게 쓰다듬었다.

그리고 무릎을 굽혀 쪼그려 앉아 내 얼굴과 눈높이를 맞췄다.

"그럼 이론은 제가 계속 가르쳐드리겠습니다. 동시에 감정도 배워가죠."

"'감정'을 배울 수 있는 거야?"

"글쎄요. 저도 잘 모릅니다."

특징적인 실눈.

실처럼 작은 눈으로 레켄베르가 웃었다.

"아무튼 해 보죠!"

"그래, 마음대로 해."

나는 어째서인지 의욕이 넘치는 레켄베르를 보며 의욕 없이 고개를 끄덕였다.

귀엽지 않은 어린아이.

그 시절의 나는 머리로 그것을 이해했다.

동시에 아아, 레켄베르는 그 시절에도 이미 레켄베르였구나.

그것을 느꼈다.

그리고 군무 대신이 그 시절에도 나를 여왕으로 만들고자 계획하고 있었던 걸.

레켄베르의 재능을 간파하고 나를 교육하려고 했다는 걸.

그걸 떠올렸다.

세월이 흘러간다.

흘러가버린다.

어린 시절이 지나간다.

이윽고 레켄베르는 그 실력으로 빌렌도르프 주변 국가와 충돌한 전투에서 반드시 공적을 세웠고, 기사들의 대회── 토너먼트에서는 반드시 우승했고.

다들 그 실력을 인정할 수밖에 없는 성취를 쌓아 어느새 기사단장까지 되었다.

내가 10살, 레켄베르가 20살.

레켄베르는 남편을 들여 자식을 한 명 낳았다.

나는 상담역의 출산이니까 출산하고 시간이 좀 지난 뒤에 레켄베르의 저택을 찾았다.

아니, 레켄베르가 빨리 오라며 나를 불렀다.

"이 아이입니다. 이름은 니나. 니나 폰 레켄베르입니다."

갓난아기였다.

레켄베르의 얼굴은 조금도 보이지 않는, 원숭이 같은 아기였다.

"안아주십시오."

침대에 누워있는 레켄베르가 아기를 건네주자 나는 얌전히 받아안았다.

별것 없다.

그냥 아기다.

"아무 느낌도 없습니까?"

"없어."

여느 때와 같은 레켄베르의 질문.

무언가 행동할 때.

무언가 기회가 있을 때.

레켄베르는 반복해서 물어본다.

"무언가 느끼십니까?"

그렇게 묻는다.

대답은 항상 같다.

"아무것도 안 느껴져. 다만."

"다만?"

레켄베르가 어째서인지 몸을 이쪽으로 기울여 나에게 얼굴을 가져왔다.

내 대답.

"이 아기가 어머니를 죽이지 않아서 다행이야."

나처럼 되지 않아서 다행이다.

태어날 때 어머니를 죽여서 아버지에게 미움받고 언니에게 괴롭힘당하는.

그런 존재가 되지 않아서 다행이다.

레켄베르가 죽지 않아서, 다행이다.

"그렇습니까. 그것뿐입니까."

레켄베르는 무척 아쉬워하는 얼굴로 고개를 끄덕였다.

이론은 안다.

그 부분은 레켄베르가 철저히 가르쳤으니까.

이 상황에서는 축하하는 말을 건네야 하는 거겠지.

"레켄베르, 출산 축하해."

"네. 언니가 기뻐해 주었군요. 니나."

"언니?"

묘한 단어.

나와 니나 사이에 혈연은 없다.

"자매 같은 겁니다. 당신도 제 아이니까요."

"나는 레켄베르의 아이가 아니야."

"비슷한 거죠. 저는 5살 때부터 당신을 키웠잖습니까. 아버지도 언니도 하나도 도움이 안 되니까요."

레켄베르가 무언가 몹시 마음에 들지 않는다는 듯 말했다.

"그래서 대신 제가 가족입니다. 싫으세요?"

"싫은지 아닌지도 몰라."

"그럼 오늘부터 가족이란 걸로 하죠. 결정입니다."

내 이야기 제대로 들은 건가?

모른다고 했는데.

레켄베르는 전부 무시하고 나를 억지로 가족이라 단언했다.

내가 무슨 말을 해도 레켄베르는 이따금 억지로 진행해버린다.

어차피 나는 반항하지 않겠지.

그렇게 마음대로 정해놓고 행동해버린다.

실제로 그렇기는 하지만.

"니나 폰 레켄베르. 강해지렴. 언니처럼."

레켄베르는 아기를 얼렀다.

나는 강한 걸까.

레켄베르를 상대하고 있으면 도저히 내가 강하다는 자각이 들지 않는데.

그야 그 나이에 레켄베르를 상대로 한 연습 시합에서 10번 중 1번이라도 유효타가 들어갔다면 오히려 자랑스러워해야 할 일입니다.

실전이라면 일방적으로 농락당하다가 죽을 테지만요.

노파── 군무 대신은 그렇게 말했다.

그 군무 대신은 종종 나와 레켄베르 앞에 나타나 상황을 보러 온다.

마치 우리 두 사람에게 빌렌도르프의 미래가 달려있다는 듯이.

아니.

실제로 나는 여왕이 되었고 레켄베르는 영웅이 되었다.

군무 대신은 당시에도 모든 게 보였던 거겠지.

그 무능한 아버지나 언니를 죽이고 어떻게든 내가 왕위에 앉도록 노력했던 거겠지.

그런 회상을 이어갔다.

추억은 끝나지 않는다.

계속 잠겨있고 싶다.

하지만 시간은 흘러간다.

아아.

그래.

장미 봉오리.

장미 봉오리다.

마침내 떠올렸다. 파우스트 폰 폴리도로가 무슨 말을 하고 싶은 건지.

다시 당시 회상을 이어갔다.

"카타리나 님, 무엇을 보고 계십니까?"

"장미 봉오리."

"네?"

실눈.

실처럼 작은 눈을 한 그 얼굴이, 220cm의 장신이 등 뒤에서 나를 들여다보았다.

내가 12살이고 레켄베르가 22살.

이때 이미 레켄베르는 유목민족 토벌로 이름을 날리기 시작했다.

아니, 일방적인 살육을 시작했다.

레켄베르는 영웅으로서 지위를 굳히기 시작했고, 누구든 불만을 드러낼 수 있는 분위기가 아니었다.

나는 언젠가 상속 결투에서 레켄베르의 말대로 언니를, 겸사겸사 아버지도 죽이고 이 빌렌도르프의 여왕이 되리라.

그런 결의를 다지던 무렵이었다.

언니와 아버지는 무능하다.

존재 자체가 세비를 낭비할 뿐인 해악이다.

이 나라는 내가 이어받지 않으면 수습할 수 없다.

지금은 고급 관료, 그리고 어머니의 전 상담역이자 친척인 공작이 어떻게든 왕가 대신 다스리고 있지만.

7년이나 왕위를 비워둔 건 너무 길었다.

레켄베르가 앞만 보고 달리듯이 일하며 정치, 군사, 전투라는 세 분야 모두에서 재능을 보이며 외적을 물리치고 있기에 어떻게든 굴러가는 셈이다.

특히 북방의 유목민족은 레켄베르가 없었다면 대처할 방도가 없다.

그래서 그쪽에 집중하길 바라지만.

레켄베르는 아직 내 교육이 끝나지 않았다고 했다.

"확실히 장미 봉오리군요."

"아직 안 피는 걸까."

"아직 안 필 겁니다."

레켄베르가 속삭였다.

이어서 어째서인지 내 얼굴을 바라보며 중얼거렸다.

"아직 개화할 시기가 아닐 테니까요."

"언제 피는데?"

"아마도 피지 않을 겁니다. 이런 계절에 맺힌 봉오리니까요."

레켄베르가 숨을 뱉었다.

하얀 입김.

계절은 겨울이었다.

"이 온도에서는 어려울 테죠. 최소한 꽃가지를 꺾어서 실내로 옮겨야 할 겁니다."

"그렇구나."

"꽃도 인간도 마찬가지입니다. 환경이 이상하면 피지 않는 법이죠. 반대로 환경만 제대로 만들어 주면 꽃은 반드시 핍니다. 네, 피워내겠습니다."

레켄베르는 무언가 결의에 찬 표정으로 읊조렸다가, 문득 무언가를 깨달았다는 듯 조심조심 내게 물었다.

"저기, 카타리나 님. 혹시나 드리는 말씀이데요."

"뭔데?"

"그 꽃이 핀 걸 보고 싶으십니까?"

레켄베르가 진지한 눈으로 물었다.

꽃이 핀 모습?

그러고 보면 나는 왜 장미 봉오리 같은 걸 계속 쳐다봤던 걸까.

"보고 싶어."

그때 나는 왜 장미 봉오리에 집착했던 걸까.

중요하지 않다.

세상 모든 것이 애매모호하고 몹시 흐릿해서 아버지의 증오도, 언니의 괴롭힘도 중요하지 않다.

그럴 터였다.

다만 이 애매한 세상에서 레켄베르만이 나에게 집요히 관여했다.

내가 여왕이 될 거라며 차기 여왕으로서 열심히 교육했다.

그게 거추장스러운 것도 아니고, 나는 그저 우수한 학생으로서 묵묵히 따른다.

그러면 내 생활은 아무런 부족함도 없었다.

그런데.

"보고 싶으시군요! 정말로 보고 싶으신 거군요!!"

"으, 응."

내 어깨를 잡고 붕붕 흔드는 레켄베르가 내 눈앞에 있었다.

생각해 보면 그토록 희색이 만연한 모습은 처음 본 것 같은데.

그 정도로 몹시 기뻐 보여서, 나는 그 기세에 눌려 고개를 끄덕였다.

"그럼 훔쳐버리죠!"

"뭐?"

이론으로 해석할 수 없다.

아무리 왕궁의 정원에 핀 꽃이라고 해도 멋대로 훔치면 안 되지, 레켄베르.

남의 물건을 허락 없이 가져가면 안 된다고 가르친 건 너잖아.

이건 엄밀히 말하면 왕가의 물건이라 할 수 있지만 내 개인 물건은 아니고.

갑자기 장미를 훔쳐 가면 정원사도 난감해할 것이다.

"이 부근에 있는 장미를 전부 훔쳐버리죠. 그리고 카타리나 님의 방을 장미로 가득 채워버리는 거예요."

"잠깐, 레켄베르?"

아니, 그렇게까지 원하는 건 아니다.

그냥 한 송이면 된다.

나는 이 한 송이 장미 봉오리가, 적절하지 않은 계절에 맺힌 장미 봉오리가 과연 피어날지 아닐지 궁금했던 것뿐.

딱 한 송이만이라면 훔친다고 해도 들키지 않을 테니까 그렇게 해도.

"카타리나 님의 친위대를 소집하겠습니다. 전원이 작업하죠."

"저기, 레켄베르?"

그렇게 일을 크게 벌이면 틀림없이 들킬 텐데.

정말로 로즈가든에 있는 꽃을 모조리 강탈할 생각인가.

"따뜻한 방 안에서는 분명 예쁜 장미가 필 겁니다. 방이 예쁜 장미로 가득해집니다. 멋진 광경이 되겠죠."

"아니."

레켄베르는 완전히 의욕이 넘쳤다.

무엇이 그녀의 마음을 이렇게까지 흔들어놓은 걸까.

나는 알 수 없다.

"그럼 이 레켄베르! 출격하겠습니다!"

어째서 이렇게 된 거지.

결과부터 말하자.

나와 레켄베르는 궁정의 장미를 훼손했다고 꾸지람을 받았고, 어째서인지 우리의 교육 담당이 된 군무 대신에게 크게 혼났다.

그야 레켄베르를 혼낼 만큼 배짱이 있는 사람은 그 노파 말고는 없었기 때문이겠지만.

아아, 생각났다.

그때 혼나면서도 레켄베르는 환하게 웃었다.

싱글벙글, 기쁨을 참지 못한다는 느낌으로.

어째서지.

그 답은.

그 답은, 물어보면 알 수 있을까.

※

"파우스트 폰 폴리도로여."

"네."

장미 향기.

내 가슴께에 있는 꽃다발에서 그 향이 떠도는 사이에 물었다.

"너는 나와 레켄베르가 일으킨 소란을 알고 있다고 했다. 그렇기에 장미를 바친 것이겠지. 그 의도는 이해했다. 따라서 묻는다. 왜 레켄베르는 그때 장미를 훔쳤지?"

"모르십니까?"

"모른다."

대답해라, 파우스트 폰 폴리도로.

폴리도로 경은 잠시 침묵한 뒤 대답했다.

"저는 카타리나 여왕 폐하께서 졸랐기 때문에 레켄베르 님이 장미를 훔쳤다고 들었습니다."

"음, 조금 다르지만 틀리진 않군. 로즈가든을 통째로 훔칠 줄은 몰랐다만."

"레켄베르 님은 아마도 기뻤던 겁니다."

기쁘다고?

무엇이.

"카타리나 여왕 폐하, 폐하는 레켄베르 님에게 무언가를 졸랐던 적이 있으십니까?"

"그건."

없다.

무엇 하나 없었다.

생활에 필요한 것은 왕궁이 전부 마련해주었다.

그 외 생활에 필요하지는 않은 잡화는 레켄베르가 전부 선물이라며 마련해주었다.

지금은 쓸모없는 잡동사니가 되어버렸지만, 아직 버리지 못했다.

"갖고 싶다는 건, 그 욕구는 감정입니다. 레켄베르 님은 그것이."

침묵하는 나에게 폴리도로 경이 말을 계속 던졌다.

"기뻐서 견딜 수 없었다고. 저는 그렇게 생각합니다. 그래서 로즈가든을 모조리 훔친다는 만행을, 아니, 확실한 건 아니지만요. 예상을 계속 말씀드려도 됩니까?"

"계속 해라."

나는 폴리도로 경의 말을 허락했다.

예상이든 무엇이든 상관없었다.

나는 조금이라도 그때 레켄베르가 무슨 생각이었는지 알고 싶다.

"레켄베르 님은 카타리나 여왕 폐하의 미소를 끌어내려고 했던 게 아닐까요."

"미소?"

"로즈가든 전부를 훔친다는 황당한 폭주를 왜 하냐고, 바보 같은 짓 하지 말라고, 그런 웃음입니다."

폴리도로 경의 예상.

아아.

그때 레켄베르의 행위에는 의미가.

"나중에 함께 혼나는 것까지 예상하셨을 테죠. 그걸 각오하고도 황당한 폭주를 한 겁니다. 저는 그게──."

의미가, 있었나.

"레켄베르 님의 애정이었다고 생각합니다."

폴리도로 경의 마지막 말을 다 듣자마자.

내 마음속 어딘가에 있던 응어리가 모조리 터지는 소리가 들렸다.

그때, 내 방을 꽃병으로 가득 채웠던 장미 봉오리.

그건 전부 아름답게 피었다.

머릿속에 떠오르는 건 그걸 바라보며 여느 때처럼 실눈으로 싱글벙글 웃는 레켄베르의 모습.

아니, 그때 레켄베르는 장미가 아니라.

피어난 장미를 바라보는 나를 보고 있었다.

"아아."

입에서 놀라움이 흘렀다.

바보 같은 녀석이다.

머리로 그렇게 생각한다.

"어리석기는."

그래, 바보 같고 어리석다.

정말로 어리석다.

정말로 바보이자 어리석은, 나.

나는 폴리도로 경이 그 말을 할 때까지 무엇 하나 눈치채지 못했다.

"어째서, 어째서."

여기까지, 이 순간에 이르기까지.

그 레켄베르의 애정을 이해하지 못했는가.

이젠 돌이킬 수 없다.

레켄베르는 죽어버렸다.

이젠 어떤 은혜도 갚을 수 없다.

아무것도 보답할 수 없다.

"어째서, 나는 이렇게까지 어리석은가."

오열.

옥좌에 앉은 내 가슴 위로 눈물이 툭 떨어졌다.

그게 장미꽃에 떨어지자 마치 아침 이슬이 맺힌 것 같았다.

이윽고 소나기처럼 장미를 향해 물방울이 쏟아진다.

나는 남들의 시선도 신경 쓰지 않고 그 자리에서 눈물을 흘렸다.

이나카타리나 마리아 빌렌도르프는 이날, 마침내 레켄베르의 모든 애정을 이해했다.

알현실에 카타리나 여왕의 오열만이 울렸다.

이렇게 되는 건 예상하지 못했다.

나는 카타리나 여왕에게서 실소를 끌어낼 생각이었다.

나와 발리에르 제2왕녀의 콩트.

음유시인에게서 들은, 카타리나 여왕과 레켄베르 경의 일화.

그걸 모방하듯 카타리나 여왕 앞에서 재연해서.

"아아, 레켄베르와 함께 장미를 훔친 적도 있었지."

그런 추억에서 나오는 실소를.

그 웃음을 얻어낼 생각이었는데, 상상했던 것보다 더 카타리나 여왕의 마음속 깊이 파고든 모양이었다.

카타리나 여왕은 아마 지금 이 순간까지 레켄베르 경의 깊은 애정을 이해하지 못했다.

나는 그 심정에 깊이 공감했다.

어쩌면 닮은 건지도 모른다.

나와 카타리나 여왕은.

"아아, 아아, 아아."

카타리나 여왕은 아직도 울음을 그치지 않았다.

발리에르 제2왕녀는 쩔쩔맸다.

그건 이 알현실에 있는 고급 관료와 기사들도 마찬가지였지만 속수무책이었다.

아니, 딱 한 명. 노파가 다가갔다.

그녀가 카타리나 여왕에게 다가가 말을 건넸다.

몇 살인지도 알 수 없는, 빌렌도르프에서 가장 방심하면 안 되는 노회한 인물이라고 불리는 군무 대신이다.

빌렌도르프에 오기 전 아나스타시아 제1왕녀에게서 들은 정보를 떠올렸다.

"카타리나 여왕님. 손님이 난처해하십니다."

"그래, 안다. 알고는 있지만."

카타리나 여왕이 얼굴에서 두 손을 떼고 고개를 들었다.

"눈물이 도저히 멈추지 않는구나. 어째서 나는 레켄베르의 애정에 무엇 하나 보답할 수 없었던 건지."

웃음을 끌어내기는커녕 울려버렸다.

나는 이제 아무 말도 하면 안 되는 건지도 모른다.

심지어 그 레켄베르 경을 내가 죽였다.

어쩌면 분노하게 될지도 모른다. 괜한 짓일지도 모르지만.

어째서인지 내 말은 멈추지 않았다.

"카타리나 여왕 폐하."

"왜 부르지, 파우스트 폰 폴리도로. 아직 무언가 할 말이 있는가?"

"네."

나는 무릎을 꿇은 채 고개만 끄덕였다.

"잠시 인생 이야기를 해드려도 되겠습니까?"

"인생 이야기?"

"한 어리석은 기사, 어머니의 애정을 돌아가실 때까지 이해하지 못했던 자의 이야기입니다."

카타리나 여왕의 눈물은 멈추지 않는다.

그녀는 다소 비굴하게마저 느껴지는 목소리로 대답했다.

"그건 나를 말함인가? 레켄베르의 애정을 사후 2년이나 지나서 간신히 깨달은 나를 가리키는 말인가?"

"기사라고 말씀드렸습니다. 이건 제 이야기입니다."

"네 이야기?"

그래, 내 이야기다.

한 어리석은 남자의 이야기.

"지금 흐르는 카타리나 여왕 폐하의 눈물이 멈추는 데 도움이 되기를 바랍니다."

계속 마음속에 숨겨두었던.

아직도 후회가 끊이질 않는.

내 어머니의 이야기다.

여기 있는 어리석은 자의 인생 이야기다.

"좋다. 네 이야기를 들으마. 이 눈물을 멈추게 해 보아라."

"감사합니다."

카타리나 여왕의 허가를 얻었다.

나는 내 인생을 이야기하기 시작했다.

"제 어머니는 마리안느 폰 폴리도로라고 합니다. 저를 장남으로 낳은 뒤 남편을 잃고, 그 후로는 평생 독신으로 살았습니다."

"……새 남편은 들이지 않은 건가? 안할트 왕국의 문화는 안다. 영지를 상속할 장녀가 없으면.”

“새 남편을 들이는 게 영주 귀족의 의무입니다. 하지만 그리하지 않았습니다.”

종사장 헬가에게 들은 이야기다.

“제 어머니는 병약하여 둘째를 낳는 게 어렵다고 생각한 건지. 아니면 새 남편을 거부할 정도로 죽은 남편을 사랑한 건지. 어느 쪽인지는 알 수 없지만, 어쨌거나 재혼하지 않았습니다.”

어머니의 생각은 아직도 모른다.

죽어버린 이상 이제 와서 물어볼 수도 없다.

“그리고 언젠가부터 제게 창과 검을 가르쳤습니다.”

“안할트 왕국의 문화에서는…….”

“네. 이상한 일입니다.”

대놓고 대답했다.

빌렌도르프 왕국에서도 당연히 남자는 10명 중 1명밖에 태어나지 않는다.

귀한 남자는 집 안에서 고이고이 키운다.

호신용으로 검을 다루는 법을 가르치고 몸을 단련시키는 건 오히려 바람직하다고 보기도 하겠지만.

그러나.

“안할트 왕국의 문화로는 명확하게 이상한 일입니다. 남자를 단련시켜서 어디에 쓸 수 있겠냐고, 너무 가혹하다고, 아들이 귀엽지 않은 것이냐고, 그런 멸시를 받았습니다.”

“그렇겠지.”

"고통스러웠던 나머지 어느새 이성을 놓아버린 것이라고. 그런 대우를 받게 되었습니다. 남편의 친족과도 연이 끊어지고, 주변 영주와도 연이 끊어지고. 어머니는 미운털이 막힌 사람. 안할트 귀족의 누구도 상대해주지 않게 되었습니다."

이것도 종사장 헬가에게 들은 이야기.

어머니가 돌아가신 뒤에야 알았다.

헬가가 자신조차 마리안느 님을 멸시했다며, 이 자리에서 베어 죽여도 상관없다며 참회하며 들려준 고백.

아아, 어머니는.

얼마나 고통스러우셨을까.

"하지만 어머니 마리안느는 제게 창과 검을 엄격히 가르치는 걸 그만두지 않았습니다."

"네 재능을 간파했던 것이겠지. 당시에는 이 세상에 오직 한 명만이 장래 초인이, 영웅이 되리라 확신하고."

"그럴 것이라고 봅니다."

그렇지 않았다면 어머니는 도중에 훈련을 멈췄을지도 모른다.

나에게 장래 좋은 신부가 오도록 동분서주했을지도 모른다.

역시 이제와서 죽은 어머니에게 물어볼 수는 없지만.

"저는 당시에 그것이, 그 엄격한 훈련이 당연하다고 생각했습니다."

"힘들지는 않았는가?"

"전혀요."

힘들었던 건 어머니였겠지.

주변에서 이해해주지 않아 얼마나 힘들었을까.

"어머니의 괴로움을 하나도 이해하지 못하고, 병약한 어머니가 그 무거운 몸을 끌고 얼마나 이를 악물며 저를 단련했는지."

어머니의 괴로움.

당시에는 전혀 생각해 본 적이 없었다.

"조금도 이해하지 못하고, 힘들지도 않고, 그저 이게 영주 기사에게 필요한 교육이라고 당연하게 여겼습니다."

전생이 있었으니까.

영주 기사는 역시 엄하게 교육한다며 당연한 일로 받아들였다.

심지어 이 몸뚱이는 초인이다.

"저는 어리석었습니다. 때로는, 가끔이긴 하지만 어머니에게 승리하고 천진하게 기뻐한 적조차 있었습니다. 병약한 어머니를 목검으로 흠씬 때려눕혀 놓고. 참으로 어리석죠. 그때 어머니가 통증을 참으면서도 웃던 얼굴을 지금도 잊을 수 없습니다."

"네 어머니, 마리안느는 그때 정말로 기뻤던 것 아닌가."

"그게 어떤 변명이 되겠습니까."

어머니의 몸을 배려해야 했던 게 아닐까.

병약하다는 걸 알고 있었지 않나.

초인으로서 태어난 이 몸에 자만했던 어리석은 놈.

그게 나다.

"어머니는 그 병약한 몸을 끌고 영주로서, 귀족으로서 역할을 이어갔습니다. 제 교육도 소홀히 하지 않고 매년 군역에도 임했습니다. 아마 주변 귀족들이 보내는 멸시의 시선을 받으면서도."

고생이었겠지.

어머니의 군역은 대부분 산적 퇴치였다고 들었다.

하지만 아무래도 다른 귀족과 마주칠 수밖에 없다.

그런 때 입 밖으로 내지는 않아도 속으로는 비웃고 있었을 다른 귀족들의 멸시.

어머니는 얼마나 괴로웠을까.

"어머니는 군역으로 다른 영지에 나갈 때면 반드시 제게 선물을 사 왔습니다. 머리핀이며 반지 같은 것들이었죠."

"좋은 어머니였군. 나도 레켄베르가 군역을 수행하고 돌아오는 길에 선물을 받았다. 지금도 소중히 보관하고 있지."

"그렇습니다. 하지만 당시 저는 그걸 이해하지 못했습니다."

설령 검과 창을 다루면서 박힌 굳은살로 울퉁불퉁해진 손가락에는 낄 수 없는 반지라고 해도.

2m가 넘는 장신이라 남들 눈에는 보이지도 않는 머리핀이라 해도.

설령 전생의 감각 때문에 그런 장신구에 거부감을 느꼈다고 해도.

어머니가 주신 선물이었는데.

"전부 영지민에게 나눠주고 말았습니다. 카타리나 여왕 폐하처럼 소중히 보관하지도 않았기에 지금은 어머니에게 받은 물건은 무엇 하나 남아 있지 않습니다."

어머니가 선물해준 것 중 남아있는 건 15살 때 받은, 물건이라고 할 수 없는 애마 플뤼겔 뿐.

그것 말고는 아무것도 남아 있지 않다.

이 얼마나 불효막심한지.

"그건 네가 영지민을 위했기 때문이지."

"죄송하지만 그게 어머니께 어떤 변명이 되겠습니까."

어머니는 아무 말도 하지 않았지만 자신이 산 선물을 전부 영지민에게 나눠주었다는 것쯤은 알고 있었겠지.

자신이 아들에게 선물한 물건을 어째서인지 영지 안에 있는 남성이 좋아하며 끼고 다니는 걸 보았을 때.

그게 어머니의 마음에 얼마나 상처가 되었을까.

너무 어리석어서 죽고 싶다.

감정이 고양된다.

"어머니 마리안느의 몸은 제 교육, 매년 나가는 군역, 그리고 주변의 멸시로 엉망이 되었고. 제가 15살 때 병에 걸려 쓰러졌습니다."

"폴리도로 경. 너는."

"카타리나 여왕 폐하. 지금은 그저 들어주십시오. 폐하보다 더 어리석은 남자의 인생을!"

나는 절규했다.

카타리나 여왕의 눈물은 이미 멈췄다.

대신 내 눈에서 눈물이 흘러내렸다.

"5년의 시간이 더 흘렀습니다. 제가 20살 때 어머니 마리안느는 제대로 수프도 마실 수 없이 앙상해졌습니다."

이야기를 이어간다.

이젠 아무도 막으려하지 않는다.

"침대 위에서 남긴 마지막 말은 '미안하다, 파우스트'였습니다. 저는 어머니를, 당신의 아들에게 가혹한 운명을 주었다는 심한 후회 속에서 죽게 했습니다."

아아, 어째서.

어째서 어머니가 사과를.

사과하게 만들어버린 걸까.

나는 아무것도.

"어리석은 저는 그 순간까지, 어머니가 죽을 때까지, 어머니의 애정을 무엇 하나 눈치채지 못했습니다. 그저 당연한 것처럼, 신께서 내려주신 힘에 자만하며 그 힘으로 어머니에게 무엇 하나 효도하지 못하고."

어머니가 쓰러지고 대신 군역을 수행했던 5년.

내가 했던 일이라고는 겨우 그 정도, 후계자로서 당연한 일.

아무런 보답도 되지 않았다.

"저는 당신을 어머니로서 진정으로 사랑한다고, 그 한마디조차 하지 못했습니다."

희미하게 흐느끼는 소리가 들렸다.

빌렌도르프의 귀족들이 조용히 흐느끼는 소리였다.

그리고.

"파우스트 폰 폴리도로. 너는 나로구나."

다시 조용히 울기 시작한 카타리나 여왕의 눈물.

아아, 내 어머니를 위해 울어주는가.

그렇다면 이 어리석은 자의 인생 이야기를 한 가치는 있다.

"우리는 둘 다 어리석은 자다. 파우스트 폰 폴리도로."

"맞습니다. 하지만 저는 이렇게 생각합니다, 카타리나 여왕 폐하."

"그게 무엇이지?"

카타리나 여왕이 옥좌에 앉은 채 물었다.

"사랑은, 보답을 원하기만 하는 호의는 사랑이라 부르지 않습니다. 폐하는 레켄베르 경에게서. 저는 어머니 마리안느에게서 사랑받았습니다. 그 두 사람은 보답을 원했을까요."

"원하지 않았다는, 건가."

"죽은 사람은 그걸로 충분할지도 모른다고, 그렇게 생각합니다."

그리고.

죽은 사람에게 우리가 할 수 있는 일은.

"상대가 죽었음에도 계속 그리워함으로써 망자에게 전해지는 사랑이 있을지도 모릅니다."

"그럴까. 이미 우리의 그 사람은 이 세상에서 떠나고 말았거늘. 발할라도 천국도 너무나 멀다."

"저는 있다고 생각합니다. 그렇지 않으면."

그렇지 않으면.

"너무나 슬프지 않습니까."

"그런가."

카타리나 여왕이 그 눈물을 손가락으로 훔치고.

옥좌에서 일어났다.

"파우스트 폰 폴리도로."

"네."

나는 무릎을 꿇은 채 그 부름에 대답했다.

카타리나 여왕은 성큼성큼 걸어와 내 앞에서 헌상품, 장미 꽃 다발을 내 눈앞에 들이밀었다.

"내 어머니인 클라우디아 폰 레켄베르. 그 묘지를 찾아가다오. 그리고 이 꽃다발을 네가 바쳐다오. 네게는 그런 권리가 있다."

"저는 레켄베르 경을 쓰러트린 남자입니다."

"레켄베르를 무시하지 마라, 파우스트 폰 폴리도로. 내가 얼마나 오래 레켄베르 곁에 있었다고 생각하는가."

카타리나 여왕은 내 손에 꽃다발을 들려주었다.

"네가 손수 꽃을 바치지 않으면 레켄베르가 내게 화를 내겠지. 그렇게 판단했다."

"네."

짧게 대답했다.

카타리나 여왕은 다시 옥좌로 돌아가 앉았다.

"소란을 피웠군. 교섭을 재개한다. 파우스트 폰 폴리도로, 너와 대화는 일단 끝이다."

"네. 이후는 발리에르 제2왕녀님과 대화해주십시오."

"알고 있다."

본래 카타리나 여왕과 대화해야 하는 정사.

그쪽으로 시선을 던지며 카타리나 여왕이 교섭을 재개했다.

"발리에르 제2왕녀. 10년의 화평 교섭을 받아들이지."

"정말입니까!"

발리에르 님이 환하게 웃으며 소리쳤다.

그것이 우리의 목표. 카타리나 여왕의 마음을 베는 건 수단일 뿐이다.

하지만 그것도 이제 끝이다.

나는 무사히 마음을 베었다.

"그래, 정말이다. 다만 조건이 있다."

카타리나 여왕은 나를 가리키며 선언했다.

"파우스트 폰 폴리도로의 아이를 내 배에 잉태한다. 그것이 조건이다."

"네?!"

발리에르 제2왕녀의, 기대를 배신당했다는 듯한 목소리.

그 외침이 알현실에 울려 퍼지거나 말거나 빌렌도르프의 법복 귀족과 기사들은 꼼짝도 하지 않았다.

오히려 이 전개를 이해한다는 표정이었다.

그리고 나는.

"어째서죠?"

카타리나 여왕의 마음을 이해할 수 없다.

웃게 한다는 첫 계획은 빗나갔지만.

카타리나 여왕의 마음은 단단히 붙잡았다고 생각했다. 리젠로테 여왕의 말대로 마음을 베라는 역할을 완료했다.

남은 건 발리에르 제2왕녀가 교섭을 진행하면 된다.

그렇게 생각했는데.

"아니, 진짜로 왜?"

카타리나 여왕이 왜 내 씨를 원하는 건지.

이 파우스트 폰 폴리도로는 전혀 짐작 가는 게 없었다.

나에게는 이해하기 힘든 상황이 이어지고 있다.

내 씨를 원한다고?

왜 그렇게 되는데.

눈앞에선 카타리나 여왕과 발리에르 님이 치열한 교섭을 이어가고 있다.

"파우스트 폰 폴리도로의 아이를 내 배에 잉태한다. 그게 조건이다. 계속 말하게 하지 마라."

"아뇨, 하지만요. 파우스트는, 폴리도로 경은 안할트와 쌍무적(雙務的) 보호 계약을 맺었을 뿐 어엿한 봉건 영주입니다. 제2왕녀 상담역이라고 해도 안할트 왕국이 그것을 강제할 권한은 일절 없거든요."

"누가 강제하라고 했지? 그만 됐다. 폴리도로 경과 직접 대화하지."

발리에르 님은 순식간에 패배했다.

진짜 도움 안 되네.

마음속으로 욕을 해봤지만 말 자체는 틀리지 않았다.

이건 내가 카타리나 여왕과 대화해야 하는 문제다.

아니, 진짜로 대화를 하지 않으면 모르겠다.

카타리나 여왕이 무슨 생각인지 모르겠다.

"파우스트 폰 폴리도로여. 나에게 안기는 건 싫은가?"

카타리나 여왕은 자리에서 일어나 그 붉고 긴 머리카락과 드레스에서 터져 나올 듯 육감적인 몸매를 드러냈다.

흠잡을 곳 없는 미인이기도 하다.

가슴도 크다.

아뇨, 싫지 않습니다.

불만 같은 건 전혀 없습니다.

하지만.

"카타리나 여왕님, 저는 화평 교섭을 위해 방문하였다고 하나 인접한 가상적국의 영웅, 그리고 빌렌도르프의 영웅이자 폐하에게는 어머니나 다름없었던 레켄베르 님을 죽인 남자입니다."

나는 이론을 늘어놓았다.

부적격 조건 총출동이잖냐.

"그게 무엇이 문제라는 거지? 레켄베르를 죽인 건 정정당당한 일대일 대결을 통해서였다. 하물며 너는 그 죽음을 추도해주기까지 한 남자다. 원한은 없지. 오히려 발할라에서 지금도 지켜보고 있을 레켄베르는 내가 아이를 낳아도 좋다고 느낀 남자를 찾아냈다며 기뻐해 줄 것이다."

카타리나 여왕은 내 이론을 매끄럽게 흘려넘겼다.

아니, 문제 있잖아.

나는 그렇게 생각하는데.

"군무 대신. 폴리도로 경의 아이를 내가 낳는 것에 무언가 문제가 있는가?"

"하나도 없습니다."

카타리나 여왕의 말에 노파가 싱글벙글 얼굴을 구기며 대답했다.

"아아, 드디어 카타리나 님께서 차기 여왕을 낳을 각오를 굳혀 주셨군요. 안심감으로 가슴이 벅차오릅니다. 본심을 말씀드리자면 폴리도로 경이 우리나라의 국서로 와주었으면 합니다. 하지만 그건 아무래도 과한 바람일 테니까요. 타협하도록 하죠."

노파가 껄껄껄 웃었다.

껄껄껄은 무슨, 이 할망구가.

그래도 되는 거냐.

빌렌도르프의 방식은 알고 있었지만 아무리 그래도 이권이 엮여있는 법복 귀족들은 반대해줄 거라고 생각했는데.

"저 폴리도로 경을 안아서 아이를 낳는다니."

"참으로 부럽구나."

얼핏 들리는 목소리를 보면 전혀 반대하지 않잖아.

보통 반발 같은 거 있지 않냐.

너희도 자국 남자와 맺어지길 바란다거나, 자기 가문 남자를 바쳐서 파벌을 강화하고 싶다거나.

그런 바람이 있잖아.

그런 내 생각을 무시한 채 카타리나 여왕은 물었다.

"이 알현실에 있는 모든 귀족, 기사에게 묻는다. 내가 파우스트 폰 폴리도로의 아이를 낳는 걸 반대하는 자는 있는가?"

카타리나 여왕의 이 자리에 있는 전원에게 물었다.

아무리 빌렌도르프의 문화가 문화라지만 타국 남자를?

대놓고 물어보면 누군가 반대 정도는 하겠지.

이 세계는 절대왕정 국가가 아니다.

봉건 국가다.

이 자리에는 빌렌도르프의 제후도 있다.

누군가는 반대하지 않을까 했는데.

"카타리나 여왕님, 저희 공작가에도 파우스트 폰 폴리도로의 씨를 양도해주시는 건……."

"저희 가문의 장녀에게도."

"저희 가문에도……."

와우, 나 인기 절정이네.

그래도 하지 마라 너네.

정조관념이 역전된 세계라고 해도 왜 이렇게 내 씨를 원하는 건데.

빌렌도르프라서 그런가.

이 나라에서 나는 절세 미남이다.

그리고 이 나라에선 강한 자를 숭상한다.

그리고 초인의 아이는 초인의 소질을 이어받기 쉽다.

대충 그런 로직은 이해가 갔다.

강제로 이해했다.

"기각. 파우스트 폰 폴리도로는 내 것으로 두고 싶다. 군무 대신의 말대로 솔직히 국서로 맞고 싶군. 하나 폴리도로 경에게도 지켜야 하는 영지민이 영지에서 기다리고 있겠지. 이래 봬도 타협한 거다."

그 배려는 기쁜데요.

지금은 정조대 속에서 웅크리고 있는 또 하나의 나도 불만은 전혀 없지만.

빌렌도르프의 여왕에게 안기게 된다면.

"카타리나 여왕 폐하, 송구하나 말씀드릴 게 있습니다."

"뭐지."

"카타리나 여왕 폐하께 안기면 제 혼삿길이 절망적으로 막혀버립니다."

그렇지 않아도 안할트 왕국에선 인기가 없다.

공공연히 추파를 던지는 상대는 나를 정부로 원한다는 아스타테 공작과 유일하게 나를 직접 남자로 보고 유혹한 자비네 님 정도다.

적국 여왕의 정부가 되었다는 소문이 퍼지면 아마 내 눈부신 결혼 생활은 절망적이다.

아무도 신부로 오지 않을걸.

"저는 안할트 왕국에서는 정말로 전혀 인기가 없습니다. 적국 여왕의 정부가 되면…….."

"그건 안할트 왕국이 어리석기 때문이지."

카타리나 여왕이 흥 코웃음을 쳤다.

일도양단이다.

그 어리석은 안할트 왕국의 사자인데요. 저는.

"나라의 영웅에게 적합한 신부 한 명도 알선하지 못한다니. 심지어 영웅을 국민과 귀족이 냉대한다? 안할트 왕국은 왜 그 모양인 거지? 솔직히 의문이군."

"저도 그 점은 불만이 없는 건 아닌데요……."

국가에서 신부 한 명쯤은 알선해줘라.

나 빌렌도르프 전쟁에서 죽는 줄 알았거든.

발리에르 제2왕녀 전하의 첫 출진도. 나에게는 어렵지 않았다고 하나 남이 보면 고난이도였고.

그리고 진짜 고난이도 임무는 이번의 이 화평 교섭이다.

나 열심히 하지 않았냐.

왜 왕가는 신부 한 명 알선해주지 않는 거냐.

안할트의 귀족은 파티에 불러주지도 않고.

신부를 찾기 위해 안할트의 귀족 여자와 만날 기회가 한 번도 없었다.

듣고 보니 나도 불만이다.

하지만 파우스트는 몰랐다.

그 원인은 파우스트 폰 폴리도로가 안할트 왕가에게서 너무 사랑받기 때문임을.

파우스트는 모른다.

왕가가 신부를 알선해주지 않는 건 파우스트를 아나스타시아 제1왕녀와 아스타테 공작의 정부로 삼을 생각이기 때문이라는 걸.

파우스트는 모른다.

귀족 파티에 초대받지 못하는 건 아스타테 공작이 괜한 짓을 하지 말라고 압박하기 때문이라는 걸.

요컨대 전부 파우스트의 자업자득이었다.

모두 파우스트 책임이라고는 할 수 없지만, 노골적인 호감의 시선을 보내는 리젠로테 여왕, 아나스타시아 제1왕녀, 아스타테 공작.

그걸 전혀 눈치채지 못하는 건 파우스트가 연애허접쓰레기이기 때문이다.

이번 카타리나 여왕의 호의도 포함해서.

파우스트에게는 제 무덤을 파는 습관이 있었다.

다만 지금 상황과는 상관없다.

따라서 대화는 이어진다.

"빌렌도르프에서 적합한 신부를 한 명 선발하지. 치열한 싸움이 될 테지만 제대로 네 요구를 수용하는 여자를 마련하마. 이건 어떻지?"

"아뇨, 그러니까 적국에게서 신부를 받을 수는."

"화평 교섭을 맺으면 적국이 아니지. 교섭 조건인 화평의 기간은 딱히 10년이 아니어도 괜찮다. 20년이든 30년이든. 아예 폴리도로 경이 죽을 때까지로 정해도 되고."

나는 카타리나 여왕의 기세에 머뭇거렸다.

틀렸다. 이대로는 넘어간다.

반론이 떠오르지 않는다.

어떻게 해야 하지.

정조대 밑에서 잠자는 또 하나의 나는 이제 괜찮지 않냐고, 그런 포기인지 진심인지를 뱉고 있다.

카타리나 여왕은 솔직히 취향이다.

아니 잠깐만. 파우스트 폰 폴리도로.

자비네라는 로켓 가슴이 너를 유혹했었잖아.

비교했다.

육감적인 몸매를 지닌 카타리나 여왕과 로켓 가슴 자비네.

우위를 정할 수 없다.

내 정조대 밑에서 잠자는 또 하나의 나는 그렇게 판단했다.

따라서 침묵했다.

아무도 도움이 안 된다.

역시 내가 마지막에 의지할 수 있는 건 내 머리뿐이다.

이 세상에서는 별로 도움이 안 되는 걸 넘어서 가끔 혼란에 빠트리기도 하지만, 전생의 교양만은 묘하게 남아있는 내 뇌세포들아.

답을 내놓아라.

그렇게 나온 대답은——.

"카타리나 여왕 폐하께선 저를 사랑하십니까?"

반대로 물어보기.

이것이다.

"모른다."

카타리나 여왕의 솔직한 대답.

"그저 서로를 위로하고 싶은 것뿐일지도 모르지. 침상에서 너를 안고 울고 싶다. 그저 그뿐인지도 모른다. 어머니의 위대한 사랑에 대답하지 못했던 같은 과거를 지닌 사람끼리 서로 위로하며 껴안고 싶은 것뿐일지도."

애원하는 듯한 눈.

그런 눈으로 나를 바라보며 카타리나 여왕은 혼잣말처럼 말했다.

"하지만 그건 잘못인가. 폴리도로 경, 나와 침상에서 상처를 달래는 게 싫은가?"

전혀 싫지 않습니다.

정조대 속에 있는 또 하나의 내가 벌떡 반응했다.

진정하자, 또 하나의 나. 여기서 고추가 아파지는 건 사양이라고.

생각해라, 파우스트 폰 폴리도로.

나 여기까지 죽도록 열심히 했으니까 골인해도 되는 거지? 그런 생각도 흐릿하게 떠오르지 않는 건 아니지만.

어떻게든 이 자리에서 빠져나가야 한다.

다시 내놓은 대답은.

"신부가 생긴 뒤에 카타리나 여왕님과 침상을 함께 하는 건 어떻습니까."

일시 보류였다.

거절하면 화평 교섭이 성립되지 않는다.

제2차 빌렌도르프 전쟁의 개막이다.

한 번 더 붙었다간 거의 확실하게 패배하는 전쟁의 시작이다.

전쟁이 일어나도 패전하고 내가 빌렌도르프 왕궁으로 끌려갈 뿐이다.

그러니까 카타리나 여왕의 조건은 거절할 수 없다.

일시 보류밖에 불가능하다.

"신부가 생긴 뒤라. 그 신부를 설득할 때까지 얼마나 시간이 걸리지? 또 네게 신부가 생길 때까지 몇 년이 걸린단 말인가. 오래는 못 기다린다."

그 일시 보류 제안을 자세히 들어보려는 카타리나 여왕.

역시 막무가내인 인간은 아니다.

나는 생각했다.

"2년만 기다려주실 수 없겠습니까."

"2년이라……. 그때면 나와 너는 24살이군."

바꿔 말하면 나도 그 정도까지밖에 못 기다리겠다.

안할트 왕국의 알선, 혹은 내가 자비네 님을 완전히 꼬시든가 반대로 자비네 님에게 넘어가든가.

기다릴 수 있는 건 그 정도다.

만약 자비네 님이 신부로 와주지 않을 경우.

안할트 왕국에서 대신할 사람조차 수배해주지 않는다면 확 카타리나 여왕을 안아야지.

그리고 빌렌도르프에서 보내주는 신부와 결혼해 폴리도로 령을 이어받을 아이를 낳아달라고 한다.

그것 말고는 떠오르지 않는다.

화평 교섭의 중개역을 맡았으니까.

내가 빌렌도르프에서 신부를 얻어도 문제는 없다.

이 정도의 주판도 튕기지 못하면 솔직히 못 해 먹겠다.

"좋다."

카타리나 여왕은 고개를 끄덕였다.

"기다리마. 내가 거처의 침실에서 너를 안는 날을 그저 계속 기다리겠다."

"받아들여 주셔서 감사합니다."

이 이상 교섭의 여지는 없다.

조금 전부터 계속 입을 다물고 있는 발리에르 님도 그 정도는 아는 건지 머리를 부여잡고 있다.

발리에르 님, 당신이 나쁜 게 아닙니다.

이건 담당자가 아나스타시아 제1왕녀라고 해도, 아스타테 공작이라고 해도 교섭 조건을 바꿀 수 없거든.

카타리나 여왕은 일절 양보할 마음이 없으니까.

"좋아, 결정이다. 2년 뒤, 아니, 내년에도 반드시 찾아오도록. 파우스트 폰 폴리도로여. 2년이나 네 얼굴을 보지 못하는 건 괴롭구나."

"알겠습니다."

내년도 와야 하나.

아니, 절대 싫은 건 아니거든.

남자와 여자로서는 카타리나 여왕이 싫지 않단 말이지.

하지만 나 개인은 권력이라는 배경에 밀려버린 듯한 느낌이 든다고 해야 하나, 현실이 그렇다.

정조대 속에 있는 또 하나의 나는 싫어하지 않지만.

두개골 속에 사는, 뇌세포 속의 나는 무언가 좀 석연치 않았다.

뭐, 어쩔 수 없나.

한숨을 쉬었다.

"이로써 교섭은 성립이다. 10년의 화평 교섭을 받아들이지. 안할트 왕국의 희망에 따라서는 화평 기간 연장도 고려하겠다. 발리에르 제2왕녀, 무시한 것 같아 미안하군."

"네."

발리에르 님은 '아아, 전부 다 파우스트에게 떠넘기고 말았어!'라는 표정이었지만.

당신은 나와 함께 리젠로테 여왕에게 장미를 훔친 걸 사과해야 한다.

아직 할 일은 남아있다.

그렇게 어깨가 축 처지면 곤란하다고.

"폴리도로 경, 아니, 지금부터는 그저 파우스트라고 부르지. 나의 정부, 아니, 정인이 되는 것이니."

"알겠습니다."

나는 무언가를 체념했다.

"1초의 작별도 아쉽지만, 우선 파우스트는 레켄베르의 묘지에 꽃을 바치러 가다오. 그리고 오늘은 어디에서 머물 예정이지? 내 침실이어도 괜찮으나── 즐거움은 나중으로 미루는 게 좋겠지."

카타리나 여왕은 쾌활하게 웃으며 그 시선을 줄지어 서 있는 기사들──.

그 끝자리, 대략 12살 정도일까.

어린 소녀에게 시선을 보내며 말을 건넸다.

"니나 폰 레켄베르. 네 어머니, 클라우디아 폰 레켄베르의 묘지에 안내하고 그대로 제2왕녀님과 파우스트를 네 저택에서 재우

도록."

"알겠습니다. 저희 저택이라면 폴리도로 경도 편안하시겠지요."

어? 이 소녀가 레켄베르 님의 외동딸인가.

사전에 정보는 입수했지만 전혀 편안하지 않은데요.

전혀 편안할 수 없다고. 내가 일대일 대결로 죽인 사람의 딸 집에서 하룻밤을 자라니.

마르티나에게도 제법 신경 쓰면서 생활하고 있단 말이다.

내 정신상태를 조금은 배려해주라.

"그러면 이것으로 교섭을 마친다. 이제는 빌렌도르프의 왕도를 즐기기를."

조금도 즐길 수 없을 것 같은데요.

"아아, 니나 폰 레켄베르. 마지막으로 하나. 네 어머니, 클라우디아가 사용하던 마법의 롱 보우를 파우스트에게 빌려주지 않겠나? 유목민족을 상대로 죽기라도 했다간 내가 곤란하니."

"음, 과연 그 활을 당길 수 있을까요. 당길 수 있다면 대여해드리는 건 문제 없습니다."

뭔가 알아서 이야기가 진행되고 있는데.

빌렌도르프 전쟁 때 나한테도 화살이 날아왔던 그 활인가.

아마 내년 군역으로 나설 유목민족 전투에서 쓰게 해준다면야 감사하지만.

"그러면 교섭을 완전히 끝내도록 하지. 다들 수고 많았다."

카타리나 여왕의 말과 함께.

화평 교섭 임무는 마무리되었다.

이 파우스트 폰 폴리도로의 애매한 감정이 뒷전으로 밀려나 버리긴 했지만.

아무튼, 화평 교섭은 끝났다.

묘지.

클라우디아 폰 레켄베르의 묘지에 도착했다.

그 묘지에는 수많은 꽃이 바쳐져 있었다.

아아, 레켄베르 님은 정말 국민들에게 사랑받았구나.

꽃의 질을 보고 알 수 있었다.

평민이 용돈을 모아 꽃장수에게서 산 것 같은 소박한 한 송이 꽃부터.

귀족이 거금을 내서 산 것 같은 호화로운 꽃다발까지.

골고루 갖추고 있다.

그게 한눈에 봐도 알 수 있었다.

내가 쓰러트린 빌렌도르프 최고 영웅의 무덤 앞에 무릎을 꿇고 안할트 왕궁에서 훔쳐 온 장미를 바쳤다.

리젠로테 여왕이 소중히 아끼는 국서의 장미. 그 가치는 여기 바쳐진 꽃 중에서도 높은 편이겠지.

분명 그 실눈의 레켄베르 경조차 눈을 부릅뜨고 발할라에서 대폭소하고 있을 거다.

그건 좋다.

그건 좋은데.

나를 찌르는 시선이 등을 돌리고 있어도 느껴진다.

이 초인적 감각으로는 생생하게 알 수 있다.

니나 폰 레켄베르.

레켄베르 기사단장의 유족, 하나뿐인 딸.

그녀는 카타리나 여왕과 알현을 마친 뒤 무덤으로 안내할 때까지 한마디도 하지 않았다.

이쪽도 마찬가지다.

말을 건넬 수 없었다.

내가 전장에서 죽인 상대의 외동딸에게 무슨 말을 걸어야 할지 알 수 없었으니까.

눈을 감는다.

지금은 그저 레켄베르 기사단장의 명복을 빈다.

틀림없이 발할라에서 에인헤랴르로 환영받았을 그녀의 명복을 비는 것도 이상한가.

대신 비그리드 들판에서 적 거인들을 상대로 활약하기를 빌기로 할까.

나는 눈을 감고 기도를 이어갔다.

그렇게 몇 분 정도 지났을 무렵.

나는 일어나 계속 내 등을 응시하던 시선의 주인에게 말을 걸었다.

"갈까. 니나 양의 저택으로."

"왕도를 돌아볼 마음은 없으십니까? 카타리나 여왕님께선 그리 말씀하셨습니다."

"아니, 눈에 띄는 건 사양이다. 체격이 워낙 크니까. 이렇게 키가 큰 남자는 너무 눈에 띄지."

플루티드 아머는 이미 벗었다.

아마 돌아갈 때까지 입을 일은 없을 테지.

지금은 미리 마련해둔 예복을 입고 니나 양과 대면하고 있다.

"그렇습니까, 그럼 제 저택으로 안내하겠습니다. 다시 마차를 타 주세요."

"그래. 마르티나, 가자."

"네."

제2왕녀, 발리에르 님은 이 자리에 없다.

오늘은 더는 아무것도 하고 싶지 않다며 완전히 초췌해진 얼굴로 제2왕녀 친위대와 함께 먼저 니나 양의 저택으로 갔다.

불쌍해라.

아니, 이유 중 하나인 장미를 뿌리째 뽑아다 훔친 범인은 나지만.

그 외엔 카타리나 여왕과 교섭하면서 정신적으로 지쳐버린 거 겠지.

발리에르 님은 첫 출진을 거치며 성장했다.

내가 봐도 그게 느껴진다.

하지만 재능은 역시 평범하다.

여왕 앞에서 주눅 들지 않고 버티는 건 힘들있겠지.

그런 생각을 하며 마차를 탔다.

마차에 타는 사람은 니나 양, 마르티나, 둘 사이에 나.

아직 어린이라고 할 수 있는 두 소녀 사이에 낀 2m가 넘는 장신의 근육마초맨이라는 구도다.

기묘한 광경이다.

"마르티나 폰 보셀 님."

"네."

나라는 거대한 인간벽의 존재를 무시하고 니나 양이 마르티나에게 말을 걸었다.

"미움은 없습니까?"

갑작스러운 발언이었다.

의미는 이해할 수 있다.

어머니를 죽인 파우스트 폰 폴리도로라는 인물이 밉지는 않은지.

그런 의미겠지.

"없습니다."

마르티나는 선뜻 대답했다.

"어머니는 다른 영지를 망가트리는 도적으로 전락했습니다. 당신의 어머니처럼 온 국민이 그 죽음에 눈물을 흘리는 영웅과는 다릅니다."

"하지만 어머니잖아요."

"그게 어떻다는 거죠."

니나 양의 질문에 마르티나가 밀쳐내듯 대답했다.

"어머니입니다. 하지만 그 결말은 본인의 행동에 걸맞은 죄인이었습니다."

"너는 그 알현실에 있었지. 파우스트 폰 폴리도로 경이 어머니 마리안느 님을 위해 흘리는 통곡을 들었고. 아무 느낌도 없었어? 네 어머니는 너를 사랑하지 않은 건가?"

니나 양이 다시 질문했다.

나를 끌어들이긴 했지만 나는 끼어들 마음이 들지 않았다.

침묵한 채 마르티나의 대답을 기다렸다.

"어머니, 카롤리느는 저를 분명히 사랑했습니다."

"그렇다면."

"하지만 파우스트 님을 증오하지는 않습니다. 너무나 엉뚱한 화풀이입니다."

니나 양을 무시하듯 고개를 돌리고 있던 마르티나가 목을 움직여 니나 양의 눈을 바라보았다.

"당신은 파우스트 님을 미워합니까?"

"모욕하지 마! 미워하지 않는다!"

덜컹거리는 마차 안에서 그 작은 키로 니나 양이 일어났다.

"정정당당했다! 폴리도로 경은 정정당당히 내 어머니를 쓰러트렸어. 그리고 그 시신을 정중히 돌려주고, 그 싸움을 평생 잊지 않겠다고까지 해주었지. 이 왕도까지 오는 길에 내 어머니를 추모하듯 수많은 기사의 일대일 승부를 거절하지 않고 여기까지 왔다! 그걸, 그걸."

니나 양이 감정적으로 언성을 높였지만.

이윽고 중간에 멈추더니, 니나 양의 종사인 듯한 마부가 마차 안을 들여다보았다.

니나 양의 외침이 들렸던 모양이다.

마차가 잠시 정지했다.

"실례합니다. 니나 님, 무슨 일이십니까?"

"아니다. 마차를 멈추지 마."

니나 양은 자리에 앉아 입을 다물었다.

종사는 마차 안에 집어넣었던 머리를 되돌려 다시 말을 몰았다.

마차가 움직이기 시작했다.

"미워하는 건. 미워할 요소 같은 건 어디에도 없어. 미워하면 발할라에 계신 어머니가 격노하시겠지."

스스로를 설득하는 듯한 니나 양의 말.

아아.

니나 양은 고민하고 있구나.

그렇다면 가만히 있을 수 없어서 입을 열었다.

"니나 폰 레켄베르 님. 저는 당신의 이름을 어떻게 부르면 되는지 물어보아도 되겠습니까?"

"……그냥 니나면 돼."

"그럼 니나 양. 저를 미워하는 감정은 나쁜 게 아닙니다."

타이르듯이 말했다.

미움받고 싶지는 않다.

나서서 미움받고 싶지는 않지만.

이 아이에게는 나를 미워할 자격이 있다.

그러니까.

"증오도 사랑도 집착에서 나옵니다."

"집착?"

"집착입니다. 예를 들어 저는 영지에 집착합니다."

선조 대대로 이어받은 영지 폴리도로 령.

대단한 특산품도 없고 별다른 특징도 없는 영지다.

300명밖에 안 되는 영지민이 생활하고, 얼마 안 되는 양이긴 해도 식량을 수출해서 금전을 벌 수 있는 정도인 영지.

하지만 내가 선조 대대로, 아니, 어머니 마리안느에게서 물려받은 영지다.

그 묘지에서는 어머니의 유해가 조용히 잠들어있다.

"저는 그 집착을 긍정합니다."

"무슨 의미로 긍정한다는 거지?"

"당신이 어머니 클라우디아 폰 레켄베르를 진심으로 사랑하셨다면."

한 호흡 쉬고.

뒷말을 이었다.

"당신에게는 제 목을 벨 권리가 있습니다."

아, 말해버렸다.

말하지 않아도 되는 말을.

"나에게 폴리도로 경을 증오하라는 말인가?"

"적어도 저는 미움받는 게 당연한 인간이라는 자각은 있습니다."

이 나라에서는 다들 나를 칭송한다.

기사의 자랑이라고.

죽은 레켄베르 경도 기뻐할 거라고.

하지만 과연 그럴까.

정말 그게 올바른 모습일까.

사랑하는 어머니를 죽었다.

나였다면―― 그런 상대를 당연히 미워할 텐데.

니나 양의 심정을 상상한다.

빌렌도르프의 모든 사람이 나, 폴리도로 경을 긍정한다.

빌렌도르프의 가치관은 나를, 폴리도로 경을 증오의 상대가 아니라고 긍정한다.

어머니가 죽은 니나 양은 견디기 힘든 상황이 아닐까.

자신의 증오는 틀린 거라고.

주변이 그렇게 정해버렸다.

하지만 괜찮다.

나는 지금까지 죽인 적의 가족에게 미움받을 각오로 여기에 있다.

"각오가 되었다면 언제든 도전하세요. 기꺼이는 아니지만 상대하겠습니다."

나는 부드럽게 니나 양에게 말했다.

니나 양은 잠시 침묵한 뒤――.

"이제, 됐어. 나의 이 감정이, 아마도, 증오일 감정이."

니나 양이 미성숙한 작은 가슴을 눌렀다.

"잘못된 게 아니라고 긍정해준다면, 그걸로 충분해. 아마 나와 폴리도로 경이 싸우는 미래는 오지 않을 테지. 이번에 정해진 10년의 화평 교섭은 분명 연장될 테니까."

그리고 무언가를 조용히 포기했다.

그런 표정으로 말했다.

"하지만 폴리도로 경. 가검이라도 괜찮으니까, 목숨을 걸지 않

아도 괜찮으니까. 언젠가 내가 16살을 넘기면 대련해주지는 않겠
나? 발할라에서 바라보실 내 어머니에게 내가 얼마나 성장했는
지 보여드리고 싶어."

"네."

나는 짧게 대답했다.

뭐 그렇게 니나 양과 둘이 한창 대화했는데.

"마르티나."

기사 견습. 내 종사를 불렀다.

"말씀하십시오."

"마르티나의 어머니, 카롤리느와 나는 일대일 대결을 했어."

"압니다."

그렇겠지.

하지만 아직 네게 말하지 않은 게 있다.

"죽기 직전인 카롤리느에게 나는 무언가 남길 말이 있냐고 물
었지. 돌아온 말은 '마르티나'라는 한마디뿐이었고."

"……그게 어떻다는 거죠?"

마르티나가 껄끄러운 듯 고개를 돌렸다.

"너도 나를 미워해도 돼."

"당신은 그 머리를 바닥에 찧으면서까지 저를 살려주셨습니다.
배은망덕한 사람은 되고 싶지 않습니다."

"그건 널 구하고 싶었기 때문이 아니야."

그래.

엄밀하게 말하면 마르티나 개인을 구하고 싶었던 게 아니다.

우연히 궁지에 몰린 새가 내 품으로 날아든 것뿐.

전장도 아닌 곳에서 내 손으로 어린아이의 목을 벨 수 없다는, 그런 전생의 가치관이 시킨 폭주.

"내 아주 완벽히 뒤틀린 명예가 그렇게 시켰을 뿐이다. 그러니까 마르티나가 그걸 신경 쓸 필요는 없어. 몇 번이든 말하지. 미워해도 돼. 나는 그걸 각오하며 사람을 죽이고 있다."

"언제까지 그런 삶을 살아가실 생각이시죠?"

"내가 죽을 때까지. 아마도 누군가가 날 죽일 때까지."

분명 침대 위에서 죽진 못하겠지.

그건 각오하고 있다.

그러니 딱히 상관없다.

내가 원하는 건 내 영지를 이어받고 훌륭한 영주 기사로 살아줄 후계자다.

그런 아이만 생기고 나면 인생에 후회는 있어도, 죽어도 괜찮다고 각오는 할 수 있다.

"아, 그나저나 결혼하고 싶다."

두 소녀를 무시하듯 투덜거렸다.

나는 언제쯤이면 결혼할 수 있을까.

"……폴리도로 경에게도 취향은 있을 텐데, 어떤 여자에게라면 안기실 거죠?"

거기에 반응한 니나 양의 질문.

나는 대답했다.

"순수하면 돼."

가슴이 크면 된다.

처녀인지 비처녀인지는 안 따진다.

과거에 누구를 사랑했든, 남녀경험이 얼마나 많든 상관없다.

과부는 오히려 더 흥분된다.

"순수?"

"그래. 순수. 아, 남녀경험이라는 의미는 아니고."

마지막에는 그 가슴 큰 여자가 내 옆에 있고 아이를 낳아준다면 그걸로 충분하다.

그게 내가 말한 순수의 의미다.

더없이 순수한 나의 감정.

거유를 향한 동경.

그게 내 연애 명제다.

"니나 양에게는 아직 이를지도 모르겠군."

"하지만 파우스트 님은 동정이시잖아요. 연애경험이 없잖아요. 그렇게 자신만만한 얼굴로 연애 이야기를 하셔봤자 좀."

마르티나의 강렬한 태클.

사실이긴 하지만 어쩔 수 없잖아.

안할트 왕국에서는 인기 없는 내가 결혼하려면 동정이라는 정숙함이라도 필요하다.

인기가 없으니 연애를 못 한다.

그리고 연애를 잘 모르니까 더 인기도 없다.

그리고 인기가 없으니 결혼하기 위해서는 동정을 사수해야한다.

마이너스 루프다.

"나 같은 빌렌도르프 사람의 눈에 폴리도로 경이 인기가 없다는 건 솔직히 이해하기 어렵고, 당신이 말한 순수의 의미도 잘 모르겠지만 뭐, 그런 걸로 하죠."

크흠 기침을 한 뒤.

니나 양은 웃었다.

"폴리도로 경, 저는 당신을 미워했습니다. 하지만 남자로서 가치가 없다는 말까지는 하지 않습니다. 제가 16살이 되고 승부에서 이긴다면 그 피부를 제게 허락해주세요."

"조숙한 12살 어린이가 하는 말로밖에 안 들리는데."

나는 가볍게 넘겼다.

나는 소아성애자가 아니다.

커다란 가슴을 숭배한다.

즉 신도다.

나는 좋은 기사이자 용감한 전사이자 가슴교 신도이자 훌륭한 영주 기사다.

꼭 그 부분을 이해해줬으면 좋겠다.

하지만 만약 니나 양의 저 미성숙한 가슴이 성장한 뒤라면.

그때는 상대하는 것도 싫지 않다.

뭐, 굳이 대결에서 져 주는 짓은 기사로서 절대 안 할 거지만.

파우스트 폰 폴리도로는 폴리도로 령의 명예를 위해 무패의 기사일 필요가 있다.

적어도 내 후계자가 태어날 때까지는.

"니나 님, 저택에 도착했습니다."

마차가 멈춘다.

그 저택은 법복 귀족의 저택이라기에는 거대했다. 이 정도면 제2왕녀 친위대 14명을 초대할 공간도 있을 것 같다.

클라우디아 폰 레켄베르가 얼마나 왕가에게 중용되고 사랑받았는지 보였다.

솔직히 이건 대신이 살 법한 저택이잖아.

그야 우리 영지민 30명까지는 감당이 안 돼서 왕도 숙소를 수배해 달라고 부탁했지만.

"그럼 저택으로 들어가시죠."

나는 먼저 마차에서 내린 니나 양을 따라 마르티나를 데리고 저택에 들어갔다.

정식 명칭 발리에르 폰 안할트 님.

줄여서 발리 님은 죽어있었다.

이곳은 레켄베르 저택의 별채.

친위대 전원이 들어갈 수 있는 호화로운 객실에 놓인 침대와 일체화한 발리 님은 다시는 일어나지 못하게 되었다.

"진짜 죽고 싶어."

침대에 파묻힌 채 발리 님이 중얼거렸다.

신발 정도는 벗는 게 좋다고 보지만.

"기운 차리세요, 발리 님. 아니 발리에르 님."

"발리 님은 뭔데?"

친위대 중 한 명, 즉 나는 마음속으로 발리에르 님을 친애를 담아 발리 님이라고 불렀지만.

그게 무심코 입 밖으로 나와버린 모양이다.

얼굴을 침대에 파묻은 채로 웅얼거리는 발리 님의 목소리에 대답했다.

"발리에르 님, 그렇게 낙심하실 일은 아니잖습니까. 화평 교섭은 성공했으니까요."

"그래. 파우스트를 희생해서 성공했지. 나는 아무것도 안 했어."

제2왕녀 상담역 파우스트 폰 폴리도로 경.

그분은 애초에 발리 님에게 교섭 능력을 별로 기대하지 않는다.

발리 님이 할 수 있는 일과 하지 못하는 일을 완전히 간파하고 계신다.

적국의 수뇌진이 모여있는 자리. 아무리 리젠로테 여왕 폐하의 돌아가신 국서께서 소중히 키웠던 장비를 훔쳤다고 해도.

아나스타시아 제1왕녀나 아스타테 공작이라면 내심 '이 바보가 사고를 쳤네'라고 생각하면서도 무시했을 것이다.

발리 님 말고는 그렇게까지 연기가 아닌 진심으로 당황할 수 없다.

즉 폴리도로 경은 발리 님을 광대로 삼은 셈이며, 그것을 전제로 행동했다.

그 부분은 별로 화가 나지 않는다.

카타리나 여왕의 마음을 녹이고 화평 교섭을 성공시키기 위해서는 필요한 행위였기 때문이다.

그러니까, 폴리도로 경이 어디까지 예상했던 대로 끌고 갔는지는 물어보지 않는 이상 몰라도.

결론적으로 폴리도로 경은 전부 잘 해결했다.

전부 성공했다.

단.

"나중에 어머니께 혼나는 건 상관없어. 하지만 파우스트에게 전부 짊어지게 하고 말았다고."

폴리도로 경의 정조를 희생해서.

안할트에서는 인기 없는 영웅, 일부 귀족에게선 무정한 모욕조차 받는 폴리도로 경이라고 해도 딱히 잘 모르고 관심도 없는 여자에게 다리를 벌리는 걸 좋아하는 성벽은 없을 테지.

감정이 고양되었을 때는 웅변을 토하지만 평소에는 순박하고 성실한 성격이다.

22살이라는 나이에 아직 순결하며 동정을 지키는 폴리도로 경.

적국의 여왕 상대라고 해도 그저 종마가 되는 건 아주 싫을 것이다.

뭐, 카타리나 여왕을 싫어하는 건 아니고 같은 처지로 인한 동정 정도는 느끼는 것 같지만.

그 정도는 나처럼 기사 교육도 제대로 받지 않은 제2왕녀 친위대의 지능으로도 이해할 수 있다.

하지만 솔직히 말해서.

폴리도로 경은 자신의 몸을 내놓는 대신 화평 교섭을 쟁취해냈다.

"이거 어쩌면 파우스트의 평판이 떨어질까."

"폴리도로 경의 평판도 떨어지겠지만── 안할트 왕가의 평판도 떨어지죠."

자비네가 끼어들었다.

얼굴이 조금 파리하다.

좋아하는 남자가 다른 여자에게 다리를 벌리게 되었으니 창백해질 만도 한가.

일부다처제 세상이니 한 남자를 여러 여자가 공유하는 건 드물지 않다.

그렇게까지 창백해질 일은 아니라고 보는데.

순결을, 폴리도로 경의 동정을 원한다면 먼저 빼앗으면 그만이고.

"먼저 폴리도로 경이 아둔한 자들에게 비웃음을 당할 건 틀림없습니다. 그 남자는 인기가 없더니 결국 적국의 여왕에게 몸을 팔았다고 떠드는 모자란 사람은 반드시 나타나겠죠."

"……그런 멍청이를 보면 바로 보고해. 그 자리에서 패 죽여도 왕가는 용서할게. 너희보다 작위가 더 높은 상대라고 해도. 이빨이 부러질 때까지 인정사정없이 얼굴을 때려."

"말씀하지 않으셔도 그럴 겁니다."

폴리도로 경은 첫 출진을 보좌하며 한나의 죽음을 진심으로 애도해준 전우다.

자비네가 대답한 것처럼 발리 님의 말씀이 없어도 두들겨 패야지.

폴리도로 경을 모욕하는 건 우리를 모욕하는 것이나 마찬가지다.

빌렌도르프 전쟁을 함께한 제1왕녀 친위대, 그리고 공작군의 기사들도 그렇겠지.

그리고 아나스타시아 제1왕녀도 아스타테 공작도 그 행위를 인정하실 거다.

아마 리젠로테 여왕조차.

"계속 말씀드려도 될까요?"

"그래. 파우스트가 이번 행위로 나라를 위해 그 몸을 팔아주었다고 생각하기는커녕 멸시하는 녀석이 있다는 건 알아. 다음으로 왕가의 평판이 떨어진다는 건?"

발리 님은 여전히 얼굴을 침대에 박은 채 말했다.

아직도 일어날 기력이 없는 모양이다.

목적이었던 화평 교섭은 성공했다.

하지만 발리 님의 타격은 크다.

"이번에는 폴리도로 경을 멸시하지 않고 구국의 영웅으로서 공적을 순수하게 인정하는 정상적인 귀족들의 평가입니다. 폴리도로 경이 자발적으로 희생한 부분이 있다고 하나 왕가는 모든 책임을 폴리도로 경에게 떠넘겼습니다."

"그렇지. 나 아무것도 못 했으니까."

발리 님에게 들어가는 자비네의 추가타.

조금은 어휘를 가려라, 바보야.

발리 님의 몸이 침대로 점점 더 가라앉는 것처럼 보이기까지 했다.

"왜 왕가는 아무것도 해주지 않았는가. 그 정조를 적국의 여왕에게 팔아넘겨도 될 리가 있는가. 안할트 왕가는 구국의 영웅인 파우스트 폰 폴리도로 경에게 제대로 보답해주고 있다고 말할 수 있는가. 초인이라고 하나 영지민이 고작 300명뿐인 약소 영주 기사에게 그렇게까지 계약 외 업무를 떠넘기다니 부끄러움을 모르는 건가. 왕가와 보호 계약을 맺은 영주 기사, 그리고 깨어있는 법복 귀족 사이에 그런 불만이 싹틀 겁니다. 군은(君恩)과 봉공(奉公)의 균형이 맞지 않으니까요."

그러니까 어휘를 가리라고, 자비네.

"……그래. 그렇지."

발리 님이 완전히 침묵했잖아.

꼼짝도 하지 않는다.

완전히 시체다.

익사체처럼 부풀어 오르는 대신 침대 속으로 가라앉는 발리 님의 모습이 보였다.

"나는 어떻게 해야 했지?"

발리 님이 혼잣말처럼 중얼거렸다.

그건 아무도 대답할 수 없다.

실제로 곁에 없었던 우리는 어떻게 할 수가 없다.

발리 님 곁에 있었던 건 친위대장인 자비네 뿐.

우리는 알현실 입구에서 기다리는 것만 허락받았다.

넌 거기까지 눈치채고 있었다면 어떻게든 할 수 없었던 거냐.

우리 제2왕녀 친위대 13명의 그런 시선이 자비네에게 집중되었다.

그걸 눈치챈 모양이었다.

자비네는 새파란 얼굴을 새빨갛게 물들이며 침팬지처럼 소리쳤다.

"그럼 너희라면 방법이 있었다는 거야? 그 교섭의 주역은 카타리나 여왕과 파우스트 경 둘뿐이었어. 아무도 방해하지 못하는 공간이 만들어졌다고!!"

그야 그렇지만.

긴급 상황에서만 활성화되는 자비네의 머리와 연설력은 이럴

때를 위해 있는 거 아니었냐.

나는 그렇게 생각했다.

우리는 화평 교섭을 달성했다.

아니.

파우스트 폰 폴리도로라는 영웅이 화평 교섭을 달성했다.

후대에는 그렇게만 남겠지.

그건 괜찮지만.

리젠로테 여왕님이 화평 교섭이 성공하면 우리 제2왕녀 친위대 전원의 1계급 승진을 약속해주셨다.

아무것도 하지 않은 우리는 도저히 면목이 없다.

"어떻게 안 되는 거였나?"

나도 모르게 말이 나왔다.

뭐, 자비네에게서 돌아올 대답은 알고 있지만.

"어떻게든 할 수 있었다면 죽기 살기로 했을 거야! 처음부터 빌렌도르프의 모든 사람이 폴리도로 경을 노렸고, 카타리나 여왕은 아예 마지막에 가선 폴리도로 경 말고 모든 사람이 길거리에 굴러다니는 벌레로밖에 안 보였겠지. 우리는 처음부터 안중에 없는데 어쩌하라고?"

그렇겠지.

자비네는 폴리도로 경을 좋아하니까.

적국의 여왕이 폴리도로 경에게 반해서 씨를 요구했을 때 머릿속의 피가 펄펄 끓었겠지.

오히려 이 침팬지가 난동을 부리지 않은 걸 칭찬해줘야 하는 걸까.

아무튼, 그거다.

폴리도로 경은 유죄다.

문득 그런 생각이 들었다.

냉혈 여왕이라고까지 불리던 인물의 마음을 훌륭하게 녹여놓고, 어머니에 대해 피를 토하는 듯한 후회를 고백해서 카타리나 여왕을 공감하게 만들고 반하게 했다.

그건 유죄남이다.

안할트 국민의 감정을 지녀서 폴리도로 경의 외모가 취향이 아니며 대화 소리가 들리기만 했을 뿐인 나조차 반해 버릴 것 같았다.

극악무도한 죄인이다.

그렇게까지 했는데 넘어오지 않는 여자가 이 세상 어디에 있을까.

그러니까.

"발리에르 님, 저희는 이래 봬도 저희 나름대로 노력한 편입니다."

나는 발리 님에게 그렇게 말했다.

오히려 그렇게까지 저지른 폴리도로 경이 문제 아닐까?

카타리나 여왕을 반하게 할 필요가 어디에 있었지?

그런 자기변호적 해석에 빠질락 말락 했다.

우리는 화평 교섭을 하러 온 거지 마성의 남자 폴리도로 경의 연애 테크닉을 보러 온 게 아니다.

폴리도로 경도 본래의 목적을 중간에 잊어버린 거 아닐까.

피를 토하는 듯한 후회를 고백하던 시점에선 분명 감정적으로 쏟아낸 말이었을걸.

절대 계산적으로 한 말이 아니다.

그렇기 때문에 마성의 남자인 거겠지만.

"이게, 이게 노력한 편이라고."

발리 님이 침대에서 벌떡 일어났다.

조금은 타격에서 회복하신 걸까.

그리고 우리를 휙 돌아보며 물었다.

"나는 어떻게 해야 파우스트에게 보답할 수 있을까?"

"그걸 지금부터 생각합시다."

진취적인 자세로 갑시다, 진취적으로.

우선은.

"먼저 장미를 훔친 걸 폴리도로 경과 함께 리젠로테 여왕님께 사과하는 거겠죠."

"그건 확실하지. 다음 자비네, 네 지능으로 뭣 좀 내놔봐."

발리 님이 아직 충격이 가시지 않은 건지 얼굴이 창백한 자비네에게 고개를 돌렸다.

"포상으로 친위대장 자비네의 몸을 침대에서 마음대로 해도 된다고 하기."

"그게 파우스트에게 무슨 이득이 있다고? 순전히 네 욕망 아니야?"

왜 남자가 여자의 몸을 탐하는 게 이득이 되는 거냐.

죽어라 자비네.

폴리도로 경은 음탕하지 않다.

절대 성욕 몬스터가 아니다.

이따금 감정적으로 흥분하는 분노의 기사이긴 하지만, 평소에는 성실하고 순박하고 순정적인 남자다.

"진지하게 대답해."

"먼저 이번에 폴리도로 경에게 화평 교섭의 대가로 준다고 약속했던 고액의 보수. 그걸 늘리면 폴리도로 경은 기뻐할 거라고는 보는데요."

"보는데?"

자비네는 이런 말은 하고 싶지 않다는 듯 입을 열었다.

"파우스트 폰 폴리도로 경은 돈으로 정조를 팔았다고 보는 인간들이 많아질 겁니다."

"왕가에서 돈이 아닌 다른 보수를 줄 필요가 있다는 거구나."

"그렇게 안 하면, 폴리도로 경을 우대하지 않으면 큰일이에요."

자비네는 또다시 내키지 않는다는 얼굴로 말했다.

"큰일이라니?"

"폴리도로 경은 조금 전 카타리나 여왕의 질문에 명확하게 불만을 흘렸잖습니까. 떠올려보세요."

"아……"

발리 님의 얼굴이 파리해졌다.

뭐였더라, '나라의 영웅에게 적합한 신부 한 명도 알선하지 못한다니. 심지어 영웅을 국민과 귀족이 냉대한다? 안할트 왕국은 왜 그 모양인 거지?'라는 카타리나 여왕의 질문에 폴리도로 경이 돌려준 대답은.

'저도 그 점은 불만이 없는 것까지는 아닌데요…….'였다.

명백히 폴리도로 경은 안할트 왕가에 불만이 있다.

그야 이렇게까지 계약에도 없는 일로 부려 먹으니 그런 기분이 드는 것도 이해하지만.

여기서 구국의 영웅 폴리도로 경이 빌렌도르프로 배신이라도 했다간 안할트 왕가 최대의 수치다.

역사서에 남을걸.

"어, 어떡하지. 나 지금부터 파우스트에게 이번 일에 대해 사과해야 할까?"

"아뇨, 폴리도로 경은 딱히 발리에르 님에게는 화나지 않았을 겁니다."

그야 발리 님은 전혀 잘못 없잖아.

이번 화평 교섭 파견을 정한 건 아나스타시아 제1왕녀와 아스타테 공작이다.

폴리도로 경은 발리 님을 광대로 사용했고, 나중에 장미를 훔친 일도 같이 사과하자고 했으니까.

딱히 발리 님을 싫어하는 건 아닐 것이다.

하지만 무언가.

무언가 돈 말고 다른 보수를 주지 않으면 정말로 큰일 날 것 같은 느낌이 든다.

"적이긴 하지만, 카타리나 여왕의 말에 편승하죠. 폴리도로 경이 뭘 원하는지는 결론이 나와 있습니다."

"으음, 적합한 신부? 그러고 보면 나는 한 번 파우스트에게 귀족과 연을 맺는 걸 도와달라고 부탁받은 적이 있었긴 해. 찌꺼기 취급인 내가 파우스트에게 어울리는 귀족 신부를 마련해주지 못한다고 거절했지만."

꽤 예전 일이지만.

발리 님이 회상하듯 말한 뒤 머리를 부여잡았다.

"지금도 파우스트에게 어울리는 귀족 신부는 도저히 못 찾아줘! 나 조금은 평판이 개선되긴 했지만 첫 출진에서 조금밖에 지나지 않아서 아직 귀족과 인맥도 없다고!!"

"발리에르 님."

자비네가 발리 님 앞에 서서 이를 반짝 빛냈다.

"저는 어떻습니까?"

"아, 파우스트에게 면목이 없어서 죽고 싶어지니까 기각."

"어째서요!"

어째서요는 무슨.

폴리도로 경이 원하는 건 지금까지 쌓은 공적 및 이번 공적에 걸맞으며, 어디 내놓아도 부끄럽지 않은 신부겠지.

넌 어디 내놓아도 부끄러운 신부잖냐.

아마 폴리도로 경은 자비네 같은 여자를 원하지 않는다.

자비네는 실컷 자기들은 서로 마음이 있다는 둥, 유혹에 성공했다는 둥 떠들어대고 있지만.

구국의 영웅 폴리도로 경은 아마 인기가 너무 없어서 잠깐 자비네 같은 침팬지에게 흔들리고 만 것뿐.

설마 진심으로 끌렸을 리가 없지.

자비네의 사랑은 아쉽게도 짝사랑으로 끝날 것이다.

"아니, 진짜 어떡하지."

계속 침대 위에서 내려오지 않는 발리 님.

이제 그만 신발 정도는 벗으시라는 말이 턱 끝까지 차오르는 걸 느끼면서.

대신할 말을 꺼내려다, 멈췄다.

삼켜버린 말은.

아예 왕위계승권을 포기하고 발리에르 님께서 폴리도로 경과 귀천상혼하시는 건 어떻습니까.

좋은 아이디어라고 생각했지만.

차마 구국의 영웅이라고는 해도 영지민이 300명밖에 안 되는 약소 영주와 결혼하는 건 좀.

애초에 발리 님이 폴리도로 경을 어떻게 생각하는지도 모른다.

그런 생각에 말을 삼켰다.

발리 님이 폴리도로 경을 좋아한다면 친위대 전원이 지지할 테지만.

발리 님이 머리를 부여잡고 고민하는 모습을 보고 귀여워하며 친위대원은 깊디깊은 한숨을 쉬었다.

레켄베르 저택의 정원은 넓다.

정치, 군사, 전장.

세 가지 분야에서 탁월한 능력을 보여준 레켄베르에게는 최고급 저택이 주어졌다.

그 정원은 활 연습장까지 조성되어 있는데, 표적까지 거리는 대략 600m.

"표적이 멀군."

"유목민족이 사용하는 컴포지트 보우의 사정거리를 뛰어넘기 위해서는 이 거리가 필요합니다."

"플뤼겔. 잘 부탁한다."

나는 종사장 헬가가 레켄베르 저택에 데려다준 애마 플뤼겔에 올라탔다.

그리고 니나 양에게서 그녀의 어머니인 클라우디아 폰 레켄베르가 애용하던 마법의 롱 보우를 받았다.

"자, 그럼."

"스로 웨이트는 아주 무겁습니다. 어머니 클라우디아는 이 롱 보우에 마법 각인으로 스로 웨이트를 완화하는 게 아니라 위력과 비거리를 요구했죠."

"그렇겠지."

나는 팔꿈치 위치까지 활줄을 잡아당겼다.

무겁지는 않다.

보통 사람은 당기지 못할 무게이긴 하지만.

나에게는 무겁지 않다.

"당길 수 있군요. 역시 어머니를 쓰러트린 초인."

"당겨지네."

나는 활줄을 당겼다.

빌렌도르프 전쟁을 떠올렸다.

레켄베르 경은 이 줄을 가슴께까지 당겼다.

나는 어디까지 당길 수 있을지 확인해 봤다.

귀 위치까지.

여기까지 당길 수 있다.

"폴리도로 경?"

"한번 귀까지 당겼을 때 위력이 어떤지 확인하고 싶어."

600m 거리라면 가슴께로 충분할 것이다.

하지만 이 마법의 롱 보우의 잠재력을 끌어내 보고 싶다.

어째서인지 니나 양은 기쁘다는 듯 웃으며 대답했다.

"네."

나는 플뤼겔을 탄 채로 화살을 날렸다.

그 화살은 표적을 향해 날아가 중앙에 맞았고, 그대로 표적에 꽂히는 게 아니라 관통했다.

이게 적병이었다면 중기병이라고 해도 갑옷에 바람구멍을 뚫어놓았겠지.

"초인은 다들 같은 일이 가능한 겁니까?"

600m 너머.

내 시력이라면 선명히 보이는 표적에는 마찬가지로 관통한 흔적이 많이 존재했다.

아마 레켄베르 경도 똑같이 관통했던 거겠지.

니나 양의 질문에 대답했다.

"연습이 필요합니다."

멈춰있는 표적이 아니다.

달리는 플뤼겔을 타고.

움직이는 표적, 마찬가지로 말을 탄 유목민족에게 맞히려면 다소 연습이 필요할 것이다.

그리고 그때는 가슴께까지 당기는 게 가장 좋으려나.

나는 실전에서 본 레켄베르 경의 행동을 통해 배웠다.

"저는 카타리나 여왕님께 당길 수 있다면 롱 보우를 빌려드린다고 약속했습니다. 16살이 되었을 때 돌려받으러 가겠습니다."

"그때까지 빌리도록 하지. 관리법도 가르쳐줘."

어용상인인 잉그리드에게 또 정비를 부탁할 물건이 늘어났다.

정비료는 들어가지만 어쩔 수 없지.

내년 군역은 산적이 아니다.

아마도 유목민족이다.

빌렌도르프와 화평 교섭이 성립된 지금, 선제후인 안할트 왕국에게 주변 국가는 별문제가 없다.

유일하게 남은 북방의 위협.

안할트 왕국은 거의 전력을 쏟아 유목민족을 짓밟는다.

솔직히 귀찮아서 참전하기 싫고 제2왕녀 상담역으로서 특권을 사용해 소소하게 산적 퇴치로 군역을 마쳐도 괜찮지만.

"뭐, 무리지."

명성이 너무 높아졌다.

파우스트 폰 폴리도로 경은 왜 이 전장에 없고 고작 산적들을 쫓아다니는 것인가.

그런 소릴 들으면 귀찮아진다.

무엇보다 발리에르 님은 제2왕녀 친위대를 이끌고 유목민족을 퇴치하러 갈 것이다.

경우에 따라서는 아나스타시아 제1왕녀나 아스타테 공작도 갈지도 모른다.

출장할 수밖에 없다.

아, 귀찮아라.

그걸 생각하면 적의 부족장을 일격에 처치할 수 있는 롱 보우가 손에 들어온 건 요행이다.

클라우디아 폰 레켄베르가 유목민족을 상대할 때 쓴 전술.

부족장을 저격한 뒤 궁병을 저격.

그걸 참고해야겠다.

파르티안 샷 같은 건 못하게 해주마.

하지만 화살이 많이 필요한데.

화살을 많이 들고 보급해줄 수 있는 기병이 옆에 있으면 좋겠다.

그것도 신뢰할 수 있는 파트너가.

그런 생각을 하고 있을 때.

"만약 우리나라에 클라우디아 폰 레켄베르, 혹은 파우스트 폰 폴리도로가 있었다면."

저택이 있는 방향에서 말을 건네듯, 혹은 혼잣말처럼 들려오는 목소리.

"우리나라가 멸망하는 일은 없었을까요."

키가 크고 은빛이 나는 백발의 여자가 나타났다.

안할트인도, 빌렌도르프인도 아니다.

명백하게 동양인이라는 걸 알 수 있는 낮은 코를 지녔지만, 아름다운 외모를 지니고 있었다.

가슴은 풍만했다.

나와 그녀의 시선이 마주쳤다.

그녀는 고개를 크게 숙였다.

그 두 손에는 나처럼 롱 보우를 들고 있다.

활에 각인된 마법 각인도 내가 가진 것과 똑같았다.

"저건 어머니가 보유하고 있던 스페어입니다. 카타리나 여왕님께서 그녀에게 빌려주라고 하셨습니다."

"동방에서 온 분인가?"

"네, 저 멀리 실크로드 저편에서 오셨다고 합니다."

니나 양이 에헴 헛기침을 하더니 미성숙한 가슴을 펴고 자신만만하게 대답했다.

동방의 무장, 우리나라에서 말하는 기사라고 했다.

나라가 멸망하는 바람에 방랑하다시피 애마와 함께 실크로드를 걸어 이 빌렌도르프까지 왔다고 한다.

"카타리나 여왕님께서 만나주신 덕분입니다. 지금은 레켄베르가의 식객이라는 입장으로 신세지고 있습니다."

"롱 보우 대여를 허락받았다는 건 즉."

"네. 이 활로 레켄베르 경 대신 유목민족을 처리하라는 뜻이겠죠."

레켄베르 경 대신.

그게 궁술 한정이라고 가정해도 상당한 실력자다.

"솜씨를 보고 싶군."

"설오(雪烏)."

내 말에 대답하듯 그녀가 이름을 불렀다.

순간 무슨 소리인가 했는데.

근처에 앉아 있던 하얀 말이 일어나 이쪽으로 달려왔다.

아, 말의 이름인가.

그녀가 백마에 올라타더니 나와 마찬가지로 롱 보우의 활줄을 당겼다.

그 움직임은 강렬한 스로 웨이트가 전혀 느껴지지 않을 만큼 가뿐했다.

귀까지 줄을 당기고 화살을 쏜다.

그건 내가 날린 화살처럼 표적을 관통했다.

"훌륭합니다."

"이것 말고는 장점이 없으니까요."

"실례합니다. 이름을 여쭙는 게 늦어졌군요. 알고 계신 모양이지만 저는 파우스트 폰 폴리도로입니다. 당신의 이름은?"

그녀는 조금 망설인 뒤.

짧게 그 이름을 밝혔다.

"유에라고 합니다. 이곳 말로는 달이라는 뜻이죠."

"실례지만 가문명은 어떻게 됩니까?"

"가문명은."

그녀는 조금 슬프다는 듯, 무언가를 떠올리는 것처럼 입술을 깨물며 대답했다.

"가문명은 나라가 멸망했을 때 버렸습니다. 가문을 지키지 못했으니까요."

"죄송합니다. 조금 전에도 말씀하셨는데."

니나 양도 나라가 멸망했다고 했지.

어째서?

뭐, 머나먼 실크로드 저편에서 일어난 일은 잘 모르지만.

"무례한 질문이지만 나라가 멸망했다는 건 무슨……."

"유목민족에게, 아니."

유에 님이 조금 아득한 눈으로 대답했다.

"유목국가라고 해야 하는 자들에게 멸망당했습니다."

"유목국가?"

설마.

이쪽 세상은 전생에 살던 세상과 차이가 있다.

아이가 10명 태어나면 그중 9명이 여자고 남자는 1명밖에 없다.

남녀 성비가 1대 9인 골때리는 세계다.

나는 그런 세계에 환생했다.

만약 신이라는 작자가 있다면 아주 고약한 짓이다.

그리고 마법도 있고 기적도 있다.

전설도 물론 있다.

하지만 이 세계에는 내가 이전에 살던 세상과 흡사한 점이 분명히 존재한다.

내가 사는 곳은 중세 판타지틱한 유럽과 비슷한 지역이고.

신성 구스텐 제국이라는, 신성 로마 제국 짭 같은 것도 존재하며.

안할트와 빌렌도르프는 일곱 선제후 중 둘이다.

그리고 안할트와 빌렌도르프는 북방 유목민족의 침략에 골머리를 썩고 있다.

대초원이 펼쳐진 그곳은 집약 농업이 어려우며 목축에는 적합하지만 그뿐.

정착하기 어려운 건조한 지대다.

그래서 떠오른다.

설마.

그래서 물었다.

"그 유목국가는 기마민족 국가라고 해석해도 되겠습니까?"

"기마민족 국가. 그렇게 부를 수도 있습니다. 유목기마민족 국가. 노인부터 청년까지 말을 잘 다루는 유목민족 국가. 하지만 그것만이 아닙니다. 그자들은 기동전만이 특기가 아니라 요새 도시를 공략하는 방법을 보유했습니다. 저희는 손쓸 수도 없이 무너졌죠."

쓸모없는 질문이었다.

단어를 바꿨을 뿐 내가 묻고 싶은 것과는 차이가 났지만, 알고 싶은 정보는 정확하게 돌아왔다.

진정해라, 파우스트 폰 폴리도로.

정보를 조금 얻은 걸 기반으로 보아 얻은 설령 이 세계에서.

적으로 상대하는 건 상상조차 하고 싶지 않은 몽골 제국.

그 비슷한 국가가 존재한다고 해도.

서쪽으로 진출한다는 보장도 없고, 온다고 해도 몇십 년 뒤다.

아니, 그렇게 단정하는 건 어리석은 판단이다.

나는 판단할 수 없다.

정보가 필요해.

나보다 더 똑똑한 사람에게, 권력자에게 보고하기 위한 정보가.

리젠로테 여왕, 아나스타시아 제1왕녀, 아스타테 공작에게 보고할 정보가.

하지만 여기서 유에 님에게 멸망한 나라의 왕조 이름을 들어봤자 이름이 다를 테지.

전생의 세계사에서 금왕조가 굴복하고 몽골 제국이 독일과 폴란드를 침공할 때까지 몇 년이 걸렸더라?

아니, 그걸 떠올려봤자 이번 생에서는 도움이 안 되겠지.

어떻게 할까.

다만 그 전에 한 가지 묻고 싶다.

니나 양에게 물었다.

"이건 화평 교섭 성립을 기념하는, 즉 선물인 건가? 카타리나 여왕에게서 무언가 지시가?"

"저는 대답할 수 없습니다."

그 말은 대답이나 마찬가지다.

카타리나 여왕이 유목기마민족 국가가 침공했을 때를 위한 동맹 제안.

나와 유에 님을 레켄베르 저택에서 만나게 한 건 그 준비를 위한 전단계.

지금 위협은 코앞까지 다가온 상태일지도 모른다.

그 정보 융통.

아마 내가 몰랐을 뿐, 신성 구스텐 제국은 머나먼 실크로드 저편의 정보를 손에 넣었겠지.

그리고 선제후인 안할트에도 빌렌도르프에도 그 정보를 전달했을 것이다.

하지만 멸망한 왕조에서 무장이 넘어왔다는 걸 안할트는 모른다.

위협이 생생하게 전해지지 않는다.

그걸 직언할 수 있는 내가 전달하라는 건가.

거기까지는 이해할 수 있다.

"폴리도로 경. 만약 안할트의 대응에 불만이 있다면 언제든 빌렌도르프에 오십시오. 당신과 함께라면 싸울 수 있습니다."

유에 님의 말.

안할트가 대책에 미적거린다면 버리고 망명해오라는 뜻.

카타리나 여왕은 그렇게 권유하고 있다.

영지를 버리고 도망칠 수 있을 리는 없지만.

"호의만 받아들이겠습니다. 기마민족 국가 이야기를 자세히 들려주십시오."

"좋습니다."

갑자기 불어오는 바람에 유에 님의 긴 머리카락이 살랑거렸다.

과연 어디까지 정보를 얻을 수 있을까.

그리고 그 정보가 도움이 될지도 알 수 없다.

하지만 전부 전달해야만 한다.

지금쯤 안할트의 권력자 삼인방은 뭘 하고 있을지.

어차피 곧 귀환한다.

쓸데없는 짓은 하지 말자.

그런 것보다 한 명 더, 여기서 이야기를 들어야 하는 인간이 있다.

"발리에르 님은?"

"별채에 안내해드렸는데 아직 밖으로 나오지 않으신 것 같습니다."

"모셔 올 테니 발리에르 님과 함께 꼭 이야기를 듣고 싶습니다."

나는 니나 양에게 그렇게 말했다.

"그분이 무언가 도움이 됩니까? 교섭에서는 광대 노릇만 하셨는데요."

니나 양은 발리에르 님의 능력에 다소 회의적인 모양이었다.

광대는 내가 시킨 거고.

죄송합니다, 발리에르 님.

"필요합니다. 적어도 리젠로테 여왕님께 함께 보고해야만 하니다. 저는 영지민이 300명밖에 안되는 약소 영주 기사니까요."

나는 제2왕녀 상담역으로서 리젠로테 여왕에게 직언할 수 있는 입장이지만.

그건 발리에르 님 옆에 있을 때뿐.

발리에르 님이 그 자리에 없다면, 혹은 리젠로테 여왕 본인의 허락이 없다면 직언도 할 수 없다.

"안할트는 거추장스럽군요. 그래서 싫다니까요. 빌렌도르프에선 폴리도로 경만큼 무공을 세운 사람이라면 평민이라고 해도 왕가에 직언할 수 있는데요."

"국가의 문화가 다른 겁니다."

각 나라마다 좋은 점도 있고 나쁜 점도 있다.

나는 초인이니까 빌렌도르프가 더 살기 쉬웠겠지만.

모든 게 뜻대로 흘러가는 인생도 그건 그거대로 재미없지.

나는 그런 생각을 하면서 니나 님의 안내를 받으며 함께 별채로 걸어갔다.

발리에르 님은 지금 뭘 하고 계실까.

그런 생각을 했는데.

"명령. 자비네를 린치해."

레켄베르 가 별채의 정원.

발리에르 님은 친위대 전원에게 자비네 님의 린치를 명령했다.

"억울합니다! 제가 무슨 잘못을 했다는 거죠?"

"네가 파우스트와 결혼하라는 이해할 수 없는 소릴 하니까 그렇지! 심지어 널 둘째 부인으로 삼으라니 뭔 소리야!"

"이해할 수 없는 소리가 아닙니다. 합리적입니다. 이건 합리적으로 생각해서 내린 판단."

대체 무슨 이야기를 하고 있던 거야.

아무튼 니나 양과 유에 님 눈앞에서 보이기에는 망신살이니까 막으려고 했는데.

"그 판단 끝에 저는 그저 경애하는 발리에르 님과 폴리도로 경 셋이 함께 침대 위에서 쾌락을 향유하고 싶었던 것뿐입니다."

내버려 두자.

뭔가 린치당할만한 발언을 한 모양이다.

그 첫 출진을 거쳤는데도 자비네 님은 아직 침팬지인 건가.

자비네 님의 평가를 조금 하향 조정하자.

하지만 자비네 님은 로켓 가슴이므로 나의 평가 기준은 여전히 관대하다.

안할트 왕성 내에 있는 한 회의실.

그 거대한 테이블 주위에는 십수 명의 법복 귀족.

중요한 이 자리에는 선택받은 관료 귀족들이 앉아 내 눈앞에 있는 수정구의 보고를 지켜보고 있다.

마법의 수정구이자 여러 개의 수정구를 중계해서 원거리 통신 중이었다.

통신 상대는 리젠로테 여왕의 딸, 발리에르 제2왕녀가 아니다.

적인 빌렌도르프의 군무 대신이다.

쉰 목소리에, 100살이 넘었다는 소문까지 도는 노파였다.

이 리젠로테의 어린 시절 기억을 살펴보면 벌서 20년도 더 전부터 노파였다.

"그럼 화평 교섭은 무사히 성립되었다는 말인가."

"네, 조건은 반드시 지켜주셔야 하지만요. 당부 차원에서 말씀드리죠. 조건은 꼭 지키셔야 합니다. 그리고 파우스트 폰 폴리도로 경에게 2년이 지나도 아내가 없는 경우에는 빌렌도르프에서 신부를 보내겠습니다. 이건 '계약'입니다."

빌렌도르프에서 말하는 '계약'.

그것은 죽음보다 무겁다.

빌렌도르프는 죽는다고 해도 계약만큼은 중시한다.

죽음으로도 계약을 어기는 건 허락되지 않는 문화가 있다.

그러니 빌렌도르프가 계약이라는 이름을 꺼낸 이상 이 화평 교섭은 반드시 지켜질 것이다.

안할트 쪽이 그 계약을 엄수하는 한 빌렌도르프의 국경선에서 병사를 물려도 아무 문제가 없다.

그건 좋지만, 문제는 계약 내용이었다.

나는 안할트의 여왕으로서 생각했다.

파우스트 폰 폴리도로는 제 정조를 내걸어 빌렌도르프의 화평 교섭을 얻어냈다.

그게 가장 문제다.

"이것으로 통신을 마칩니다. 수정구에 주입한 마법력도 무한하지는 않으니까요."

"그래, 계약은 안할트 왕국 리젠로테 여왕의 이름으로 엄수하지."

통신을 끝냈다.

폴리도로 경이 몸을 팔게 되었다.

아나스타시아와 아스타테는 격노할 것이다.

솔직히 나도 유쾌하지 않다.

공인이라는 입장으로도, 개인적 입장으로도.

도저히 기꺼운 이야기가 아니다.

파우스트에게 어떻게 보상해야 할까.

카타리나 여왕의 마음을 베라고는 했으나 설마 이렇게까지 마음을 사로잡을 줄은 몰랐다.

냉혈 여왕 카타리나의 마음을 뒤덮은 얼음을 훌륭히 녹여, 가능하다면 국서로 맞고 싶다고 바라게 만들 줄이야.

거기까지는 예상하지 못했다.

내 실수다.

"수정구를 거두어라."

"알겠습니다."

폴리도로 경의 플루티드 아머 제작에도 협력했던 궁정 마법사가 수정구를 천으로 덮었다.

그 후 두 손으로 조심스럽게 든 뒤 문 너머로 사라졌다.

실책을 후회해도 소용없다.

이건 폴리도로 경의 책임이 아니다.

전부 정사인 발리에르, 그리고 사자로 명령한 아나스타시아, 나아가 여왕인 내 책임이다.

폴리도로 경에게 일방적으로 부담을 떠넘긴 셈이 되고 말았다.

그 공헌에 보상을 주어야만 한다.

하지만 파우스트의 신부로 누구를 지명해야 한다는 말인가.

파우스트가 안할트에서 신부를 찾지 못하고 빌렌도르프에서 신부를 들이는 것만은 죽어도 용서할 수 없다.

우리나라가 구국의 영웅인 파우스트 폰 폴리도로에게 적합한 신부조차 마련해주지 못하고 빌렌도르프가 마련해준 신부와 결혼.

심지어 본래대로라면 빌렌도르프의 국서에 걸맞은 인물이지만 어쩔 수 없으니 안할트를 배려해서 넘어가 주겠다는 식으로.

거듭 반복하지만, 그것만큼은 죽어도 용서할 수 없다.

안할트 왕국의 수치다.

"잘된 일이 아닙니까."

옆에서 날아온 목소리.

젊은 여자였다.

신입.

그래, 가주 상속을 위해 얼마 전에 알현 신청을 받았고, 상속을 승인해준 여자다.

"이로써 우리나라는 아무런 손실도 없이 화평 교섭을 맺었습니다. 이야, 정말 잘 됐군요."

너는 얼간이인가.

아무런 손실도 없이?

결렬된 것보다는 훨씬 낫다.

하지만 손실은 막대하다.

거듭 말하지만, 파우스트에게 전부 떠넘기고 말았다.

왕가가, 그 모든 부담을 구국의 영웅이자 영지민이 고작 300명밖에 안 되는 약소 영주 기사에 불과한 파우스트에게 떠넘겼다.

이해력 있는 법복 귀족이라면 당연하고, 왕가와 계약을 맺은 제후도 그렇게 본다.

그 불신을 어떻게 불식하라는 말인가.

앞으로 파우스트에게 어떤 보상을 내릴 생각인지.

전원이 주시하고 있다.

이 정도는 침팬지, 아니, 제2왕녀 친위대라고 해도 알 수 있는 일이다.

너는 무슨 소릴 하는 거냐.

아니, 애초에 이 녀석은…….

"파우스트 폰 폴리도로도 참 잘해주었지요. 뭐 그 추남은 빌렌도르프에서는 인기가 많다고 하니, 그도 행복하지 않겠습니까."

신입을 제외하고 이 자리에 있는 모든 관료 귀족이 눈썹을 찡그렸다.

이 녀석은 진짜로 얼간이인가.

부모에게 가주를 상속받을 때, 왕성에 오기 전에 아무런 말도 듣지 못했단 말인가.

아니, 못 들었다고 해도 가주 상속자인 장녀쯤 되면 알고 있어야 하는 일이다.

폴리도로 경은 아나스타시아 제1왕녀와 아스타테 공작의 정부로 내정되어있다는 것을.

그 두 사람에게 연모의 대상임을 알고 있어야 하며, 어지간히 둔한 여자가 아니라면 쉽게 이해할 수 있는 일이다.

적어도 이 중요한 자리에 참석이 허락되는 관료 귀족이라면.

그 정도는 당연히 알아야 한다.

아니, 애초에.

왜 이번 화평 교섭에서 공적을 세운 폴리도로 경을 이렇게까지 멸시할 수 있지?

추남이라니.

이 여자, 폴리도로 경을 추남이라고 했잖아.

아니, 분명 네 부모는. 네가 여기에 참석할 수 있도록 가주를 상속받은 이유가 애초에…….

전원이 기가 막혀 하는 가운데.

나는 재빠르게 여왕으로서 오늘 이 자리에서 무엇을 해야 하는지 이해했다.

"네 어미는 본래 빌렌도르프의 교섭을 담당했었지. 그리고 너는 대신 화평 교섭을 맡은 폴리도로 경을 추남이라고 불렀다."

미소 지으며 폴리도로 경을 추남이라고 부른 여자에게 말을 걸었다.

그 자리에 있는 귀족 전원의 얼굴이 뻣뻣해졌다.

벽 앞에 서 있던 여왕 친위대는 이미 왕명을 받을 필요도 없이 여자의 등 뒤로 이동했다.

아니, 왕명은 이미 떨어졌다.

이 리젠로테의 미소라는 형태로.

"네, 왜 그러시죠? 잘된 일이 아닙니까. 그 추남과 맞바꿔 화평 교섭이 체결되었으니까요. 그 근육질은 영——."

"왜 그러냐? 왜 그러냐고? 게다가 한 번 더."

내 미소가 한층 짙어졌다.

평소 나는 표정을 거의 바꾸지 않는다.

표정이 무너져서 당황했던 건 최근은 폴리도로 경이 바닥에 머리를 찧으며 간청했던 사건 정도.

이 자리에 있는 관료 귀족들은 내 미소의 의미를 이해하고 있을 터.

이 리젠로테의 미소는.

"한 번 더, 추남이라고 했구나."

분노의 표현이다.

진정으로 격노했을 때만 표정에 현저히 드러난다.

안할트 왕궁에 출입권을 지닌 자라면 그게 무엇보다 무시무시한 사태임을 이해하고 있을 것이다.

나는 의도적으로, 이따금 몹시 감정적으로 굴면서 이렇게 여왕으로서 의무를 다해왔다.

이해하지 못한 건,

"무, 무슨!"

여왕 친위대원 두 명에게 양쪽 팔을 붙잡혀 테이블에 얼굴을 박은 신입 여자뿐.

이 자리를 위해 새로 맞추었을 여자의 예복에 코피가 튀었다.

"이것이 우리나라의 현황인가. 법복 귀족, 관료 귀족조차 신입은 이런 형국이란 말이지. 구국의 영웅 파우스트 폰 폴리도로의 공적을 인정하지 않고 그 외모만을 기준 삼아 멸시하고, 타국에 몸을 판 것을 잘했다며 손뼉을 치고 웃는 형국이라니."

내 미소가 점점 짙어졌다.

여왕 친위대는 그 의미를 넘치도록 이해하고 있었다.

18년 전 첫 출진 시절부터 함께 했던 사이다.

친위대는 여자의 얼굴을 테이블에 거듭 처박았다.

여자의 입에서 비명이 터졌다.

"입을 다물게 해라. 귀에 거슬린다."

"네."

친위대가 테이블보를 입에 쑤셔 넣었다.

그리고 여자의 얼굴을 테이블에 박는 작업을 재개했다.

나는 미소 지은 채 같은 테이블에 앉은 다른 관료 귀족을 둘러보았다.

한 바퀴 시선을 돌린 뒤 한 귀족의 얼굴에서 딱 멈췄다.

어떻게 된 일이지?

나는 말이 아니라 시선만으로 물었다.

귀족은 대답했다.

날벼락이라는 마음의 비명이 들린 듯했지만 무시했다.

"그 여자는 신입이기에 아나스타시아 제1왕녀님과 아스타테 공작님께서 폴리도로 경에게 호의가 있다는 사실을 이해하지 못했습니다."

"이해하지 못한 것도 문제지만, 그것만은 아니지."

"네, 제 기억이 정확하다면. 이 신입이 이 자리에 있는 이유는 이 자의 모친이 빌렌도르프와 화평 교섭에 실패한 책임을 지고 가주 자리에서 물러났기 때문입니다."

그래.

이 신입이 이런 중요한 자리에 참석할 수 있었던 이유는 오직하나.

어머니가 실패한 교섭이 어떻게 되었는지 지켜보고 싶을 것이라는 배려 때문이었다.

제 어머니가 실패한 일을 폴리도로 경이 몸을 팔아서 성공시켰다, 아아 잘 됐다, 이제 다 해결됐다?

무슨 헛소리를 하는 건지.

우선은 무작정 폴리도로 경을 칭송하고 그 공적에 보답하기 위한 보수를 내려야 한다며 나에게 아뢰어도 이상하지 않은 상황이거늘.

추남이라고 부른다고?

정말로 머리가 망가진 건가?

내 마음은 이 미소와는 정반대로 어지러웠다.

"묻겠다. 전원에게 묻겠다. 젊은 세대에서 폴리도로 경을 멸시하는 풍조가 이리도 처참한 것인가? 아니면 내가 기대가 지나쳤는가? 그 정도로 다들 어리석단 말인가? 너희들에게는 여기 모여서 살아있을 자격은 필요 없었나?"

"아닙니다! ——아니, 아닙니다. 제 가문에서는 딸들에게 폴리도로 경을 빌렌도르프에서 나라를 지킨 구국의 영웅이라 잘 가르치고 있습니다. 만약 딸이 폴리도로 경을 업신여긴다면 그 자리에서 목을 치셔도 여왕 폐하를 원망치 않습니다. 아니, 제가 여왕 폐하보다 먼저 솔선하여 목을 치겠습니다!"

"그럼 왜 이러한 상황이 일어났지."

이건 진지한 의문이다.

거짓말로 모면하는 건 용서하지 않는다.

미소를 지으며 계속 압박을 가했다.

"하지, 하지만—— 그렇지만. 저 신입처럼 왜 그런 추남이 영웅이냐며 업신여기는 목소리도 적잖이 존재한다는 것이 실상입니다."

"그건 법복 귀족만인가?"

"그, 그럴 것입니다. 안할트와 영지 보호 계약을 맺은 봉건 영주는 다들 폴리도로 경의 대우에 불만이 있을 것으로 봅니다……."

불만을 품는 게 이런 어리석은 자가 눈앞에서 어슬렁거리는 것보다 그나마 낫다.

친위대에게 시선을 주었다.

테이블에 얼굴을 박는 소리가 멈췄다.

테이블보에는 선혈이 튀었고, 깨진 이빨 조각도 굴러다녔다.

"이 녀석의 어머니는 유능했는가?"

"네. 아나스타시아 제1왕녀님께 빌렌도르프를 상대하는 사자로 뽑힐 만큼 교섭술도 능하고 무예도 갖춘 훌륭한 여자였습니다. 스스로 화평 교섭에 실패한 책임을 지겠다며 역할을 완수하지 못한 수치심에 가주 자리에서도 물러난 것으로 보아도 명백합니다."

"그럼 단순히 이 신입이 어미의 말도 이해하지 못할 만큼 어리석은 것뿐인가. 가문까지 모조리 멸문시킬까 했거늘. 이 얼굴은 이제 보고 싶지 않다. 끌고 가라."

얼굴이 피로 새빨개진 채 고통스러워서 기절한 여자를 두 명의 친위대가 짊어졌다.

"가주를 다시 상속하라고 전달해라. 저 어리석은 여자의 얼굴은 다시는 보고 싶지 않다는 말과 함께. 또 이런 일이 반복되면 네 가문은 그날 내로 가족 모두가 불타 사라져버릴 것이라 가르쳐주도록."

"알겠습니다."

친위대가 밖으로 걸어 나가는 가운데.

나는 그 자리에 있는 전원에게 선고했다.

미소는 여전히 지우지 않았다.

"다시금 폴리도로 경은 구국의 영웅이자 이번 화평 교섭의 주역임을 철저히 주지시키도록. 다음에 모욕하는 자는 어떠한 가문이 보낸 시동이라 한들 그 자리에서 목을 쳐도 좋다."

"알겠습니다."

자리에 있는 귀족 모두가 떨었다.

설마 자기 주변에 저런 어리석은 자는 없겠지만.

만약의 사태를 대비해 친족과 수양 자식 모두에게 철저히 당부해야 한다.

휘말려서 가문이 망하는 건 사양이다.

그런 두려움이 전해지는 걸 보면 우선 지금 상황에서는 적절한 행동이었다.

나는 미소를 거두고 평소처럼 덤덤한 얼굴로 돌아왔다.

"하지만 리젠로테 여왕 폐하."

"말해라."

한 귀족이 충언이라도 하듯 발언했다.

나이가 많은 중진 중 한 명이었다.

"폴리도로 경에게 어떤 보상을 하시렵니까. 이미 어지간한 보수로는 제후도, 법복 귀족도, 제대로 된 지성을 지닌 사람일수록 수긍하지 못할 겁니다. 어설픈 귀족의 딸을 폴리도로 경의 신부로 보내는 건 허용되지 않습니다. 폴리도로 경 본인의 감정도 고려해야 하고요."

"알고 있다."

여기서부터는 전환해야 한다.

우선 맨 처음 떠오른 사람은.

"발리에르."

그 이름을 작게 중얼거렸다.

누구나, 그야말로 아무리 멍청한 사람이라고 해도 가장 먼저 떠올릴 이름이다.

발리에르에게 왕위계승권을 포기하게 만드는 건 이전부터 확정된 노선.

수도원에 넣고 싶어 하는 제1왕녀파도 있는 모양이지만, 그건 나도 아나스타시아도 원하지 않는다.

발리에르는 귀여운 딸이고, 아나스타시아도 동생임을 자각한 모양이다.

왕령에서 작은 영지를 잘라주고 그곳에서 조용히 여생을 보내게 할 생각이었다.

가끔 아이의 얼굴이라도 보여주러 온다면 좋다.

그것으로 충분할 터였다.

"좋은 생각이십니다."

늙은 귀족이 내가 중얼거린 한 마디에 반응해 모든 것을 이해했다.

발리에르를 폴리도로 경과 결혼시킨다.

파우스트와 '귀천상혼'을 하여 발리에르 폰 폴리도로 경으로서 새로운 인생을 보내게 한다.

하지만.

아나스타시아와 아스타테가 그걸 받아들일지 의문이다.

게다가.

신분이 낮은 귀족이 왕가에 편입했다.

그런 시각이 강해진다.

아나스타시아와 아스타테의 정부로 삼는다는 당초 계획에도 무리가 많았다.

파우스트 폰 폴리도로는 빌렌도르프 전쟁에서 나라를 구한 영웅이다.

그렇기에 억지로 밀어붙여 아나스타시아가 여왕이 된 뒤에도 정부라면 아슬아슬하게 가능하다고 생각했는데.

이번에는 빌렌도르프와 화평 교섭으로 국가에 공적을 세웠다고는 하나 왕가와 귀천상혼은 지나친 무리수가 아닐까.

솔직히 고민된다.

무엇보다.

"발리에르에게만은 주고 싶지 않군."

"네?"

"아무것도 아니다."

발리에르는 귀여운 딸이다.

귀여운 딸이지만 어린 시절에는 나와 죽은 남편, 로베르트가 침대에서 오붓하게 잠들려고 하는 와중에.

침대에 슬그머니 기어들어 와서는 로베르트에게 매달려 잠들던 아이다.

나는 질투했다.

귀여운 딸이라고 해도 왜 내가 아닌 네가 로베르트를 껴안고 잔다는 말인가.

그리고 폴리도로 경은 로베르트를 닮았다.

두 번이나 빼앗기는 건가.

"발언을 정정하지. 조금 생각할 시간이 필요하다."

뭐, 좋다. 지금 정할 필요는 없다.

무엇보다 발리에르의 의사도 고려해야만 한다.

게다가 파우스트의 의사도 확인해야지.

선조 대대로 이어받은 핏줄에 왕가의 피가 섞여서, 파우스트에게는 사랑하는 어머니인 마리안느 시절에 단절되고 말았던 귀족 사회와 연고를 되찾는 것.

그 이득을 고려한다면 거절할 것 같지 않지만.

일단은.

그렇게 스스로에게 변명하며 리젠로테 여왕은 결론을 미뤘다.

레켄베르 저택.

그 정원 바닥에 혈흔이 살짝 남아있는 걸 무시하고 가든 테이블에 착석한 네 명.

나 파우스트, 발리에르 님, 유에 님, 그리고 니나 양.

손수건으로 피를 닦기는 했지만 얼굴이 타박상으로 부은 자비네를 등 뒤에 세워놓은 발리에르 전하가 물었다.

"다시 확인하는데, 그 유목기마민족 국가라는 녀석들이 정말로 쳐들어온다고?"

"아직 이름조차 정해지지 않은 그 국가의 욕망은 끝이 없습니다. 저희 왕조를 멸망시킨 것만으로는 만족하지 않을 테죠."

"네가 섬기던 왕조를 멸망시키고 정복해서 욕구가 충족되었을 가능성은?"

발리에르 전하가 냉정하게 대답했다.

나 파우스트는 어머니 마리안느에게서 기사 교육을 받았지만, 그렇게 얻은 건 초인 기사의 힘과 300명 규모인 지방 영지의 영주로서 배워야 하는 군사기술 및 통치.

왕족으로서 고등 교육을 받은 발리에르 님의 지식에는 못 미친다.

발리에르 전하가 말을 이었다.

"예전에 복합활과 뛰어난 기마술로 전통적인 기마 궁수 전술을 사용해 패권을 구축한 민족은 과거에도 있었어."

전생에서 말하는 훈족이 이 세계에도 존재했던 걸까.

"인간의 형상이긴 했지만, 야수처럼 사나운 자들이라고 했지. 그녀들의 재림이라는 거야?"

발리에르 님은 생각을 이어가며 자비네에게 차 리필을 요구했다.

그 태도는 위풍당당하다.

왕족으로서 고등 교육을 받았다는 부분만은 나보다 뛰어나다.

그 지식으로 자신감 있게 임하는 중이다.

항상 이러면 제2왕녀 상담역으로서 고마울 텐데.

범재 공주라고 불린다고 해도 절대 무능한 건 아니다.

뭐, 카타리나 여왕 앞에서 광대로 만들어버린 내가 해도 될 말은 아닌지도 모르지만.

"저는 그 서국(西國)에 대해 잘 모릅니다. 하지만 적어도 그보다 더 끔찍하다 말씀드릴 수 있습니다."

유에 님이 대답했다.

그 얼굴은 고뇌로 가득했다.

"지성은 있습니다. 그렇지 않다면 고원을 통일하지 못합니다."

"고원을 통일? 아직 안할트와 빌렌도르프의 북방을 약탈하는 유목민족은 통일되지 않았어."

"빌렌도르프 인근지대에서는 제 어머니가 절멸시켰습니다. 또 잡초처럼 어딘가에서 튀어나오겠지만요. 나약한 안할트와 똑같다고 생각하지 마세요."

니나 양의 쓴소리.

그녀에게 어머니 클라우디아 폰 레켄베르가 툭하면 약탈하는 북방의 유목민족을 여럿 절멸시킨 건 자부심 중 하나일 것이다.

"미안해."

그래서 발리에르 님도 반론하지 않았다.

실제로 맞는 말이기도 하고.

"말을 계속해도 되겠습니까?"

유에 님이 분위기를 가르듯이 발언했다.

"잘 부탁해. 고원을 통일했다고 말했는데, 안할트 북방의 유목민족과는 또 별개인 거야?"

"아닙니다. 실크로드의 동쪽, 멸망한 저희 왕조의 북쪽에 있는 대초원. 그녀는 그 고원을 통일했습니다."

유에 님이 두 손으로 얼굴을 덮었다.

나도 그 말을 듣고 몽골이 떠올라 머리를 붙잡고 싶어졌지만 가까스로 참았다.

"저희의 역사도 생각해 보면 북방의 유목민족이 저지르는 약탈에 고통받은 역사였습니다. 하지만 그 민족들이 단결할 줄은 몰랐죠. 수원을 두고 영원한 싸움을 반복하고, 폭설, 저온, 강풍, 사료 고갈, 온갖 간난신고를 겪으며 이승에서도 저승에서도 지옥에 떨어지는 유목민족. 그리 생각했습니다. 아무리 그자들이 강하다 하나 토지환경만큼은 어떻게 할 수 없다고."

문화란 무엇인가.

갑작스럽지만 머릿속에 그 문장이 떠올랐다.

전생의 독일어로는 '경작'이라는 의미도 있다는 이 단어.

파고들면 사람들의 배를 채우는 식량을 어떻게 확보하는가로 이어진다고 생각한다.

인구수 300명 정도인 영지의 지배자이자, 그들의 배를 어떻게 불릴지 항상 생각해야 하는 나 나름의 고찰.

요컨대 약소 영주의 막무가내 이론이라는 건 이해하지만.

언어, 종교, 음악, 음식, 회화, 철학, 문학, 복식, 법률.

그 모든 건 규율을 유지하고 질서를 수호하며 각자 책임을 다한다.

육체적으로도 정신적으로도 굶주림을 채우기 위한 것.

그런 게 아닐까.

그렇다면 식량에 굶주리고 물까지 부족해서 가축의 젖으로 목을 축이는 유목민족의 문화란 무엇일까.

농경민족 이상의 절대적 강함이 가장 큰 특징이다.

전부 거기로 귀결된다.

순수하리만치 힘을 추구한다.

농경민족으로부터 약탈하여 배를 채운다.

적어도 이 세계에서 일어나는 유목민족의 약탈이란 생존경쟁 그 자체였다.

실패하면 겨울까지 아사 또는 동사고, 부족 간의 수탈이자 동족상잔을 의미한다.

그래서 파우스트 폰 폴리도로라는 서방 농경민족의 일개 약소 영주에겐 유목민족이 두려웠다.

전생에서는 도저히 이해하지 못했던 공포다.

"하지만 그녀들은 단결했습니다. 한 명의 초인이 출현함으로써."

유에 님은 눈을 감고 대답했다.

이름 없는 유목기마민족 국가.

유목민족의 왕, 그녀 안에서는 그 나라의 이름이 이미 나와 있을 것이다.

하지만 우리는 동양의 왕조가 멸망한 상황임에도 아직 그 이름을 모른다.

까득.

내 손이 가든 테이블을 문지르며 투박한 소리를 냈다.

전생의 몽골 제국은 약탈왕 칭기즈 카안.

한 초월적 영웅 유닛이 출현하여 이루어졌다.

이 세상도 마찬가지일 테지.

초인과 마법과 기적.

정생과 이 세계의 차이점.

그게 무엇을 불러올까?

만약 약탈왕 칭기즈 카안이 초인이라면.

아니, 그 양반은 전생 세계에서도 초인이었던 것 같다.

인류사상 최고의 종마라는 설이 있었던 것 같은데.

아니, 그건 부산물이고 주요 의제가 아니다.

다시 생각해 보자, 파우스트 폰 폴리도로.

무언가 전생에서 유익한 지식은 없을까?

"이름은 토크토아. 호칭과 합치면 토크토아 카안입니다."

역시 몽골이냐.

카안이라는 이름을 들은 순간 내 등을 타고 차가운 것이 내달렸다.

살려줘.

'칸'이라면 그나마 낫지만 '카안'*만큼은 안 된다.

완전히 몽골 제국 최고지도자만 쓰는 이름이잖아!

머리를 부여잡고 그렇게 신음하고 싶어졌지만 그럴 수 없다.

안할트의 영웅으로서, 폴리도로 령의 체면을 수호하는 영주 기사로서 그건 안 된다.

가까스로 참았다.

내가 아나스타시아 제1왕녀에게 받은 플루티드 아머. 마지막 기사 갑옷이라고도 불리는 '그것'이 완성된 게 전생에서는 16세기 초.

이미 몽골 제국은 내부 분열로 망해가는 시기일 텐데.

왜 이제 나타난 거지?

유목민족의 절멸을 이룩한 클라우디아 폰 레켄베르도 그렇고 나도 그렇고.

지금 시대는 초인이 많이 나오는 시대인가?

이건 불손한 생각은 아니라고 본다.

그렇다면 내가 할 일은 무엇인가.

뭘 할 수 있을지 필사적으로 머리를 굴렸다.

그런 생각을 무시하듯 유에 님이 발리에르 님에게 말했다.

"그녀는 약탈자이지만 명확하게 지금까지와는 달랐습니다. 지금까지 그랬듯 단순한 약탈로 끝나는 일이 없었습니다. 정보전까

---

*몽골 제국의 지도자는 카안과 칸으로 분류되며, 카안이 칸을 거느리는 구조이므로 일종의 황제와 왕 비슷한 관계이다.

지 걸어왔죠. 사전에 도시에 초인이 있는지 파악하고, 적지 시찰 및 교란. 제게도 토크토아 카안의 사자가 찾아와 저를 권유하기도 했습니다. 저는 그 사자의 권유를 거절하고 정중히 돌려보냈지만요. 지금 생각해 보면 그 자리에서 목을 쳐야 했습니다."

그러니까 유에 님 제발.

내 몽골 제국 지식과 이쪽 세계의 현실을 일체화시키려고 하지 말아줘.

니나 양이 끼어들었다.

"유에 님, 당신이 지휘하는 군대조차 졌습니까? 저는 그게 도저히 믿어지지 않습니다."

"저는 지지 않았습니다. 제가 살던 도시에서 일어난 국지전에서는 승리했죠. 저는 하루 밤낮에 걸쳐 수백의 적을 활로 쏴 죽였습니다. 녀석들은 순순히 철수했죠."

역시 초인이다.

근데 왜 졌지?

이유는 상상이 가지만.

"하지만 싸우지 않으니 어떻게 할 수가 없었습니다. 토크토아 카안이 이끄는 유목민족은 저 같은 초인이 있는 도시를 무시하고 노도와 같이 대지를 가르며 침략했습니다."

국지전에서 못 이긴다면 다른 곳으로.

전체적으로 이기면 승리.

그래, 합리적이군.

"성채도시는 기동력이 무기인 유목민족 앞에 절대적인 방패가 되어 가로섰습니다. 우리 농경민족을 지켰습니다. 하지만 토크토아 카안에게는 통하지 않았습니다. 성채도시를 공략하는 방법이 있었습니다."

"그게 뭔데? 유목민족에게 성채도시를 공략하는 방법이 있을 리 없잖아?"

발리에르 님이 당연한 질문을 던졌다.

그야 그렇겠지.

나도 전생의 지식이 없었다면 그랬을걸.

"배신자가 있었습니다."

유에 님이 가든 테이블을 세게 두드렸다.

어느 세계든 있단 말이지.

"제가 속해있던 나라, 페이롱이라고 하는데요. 아, 이 나라 전설에도 나오는 비룡, 하늘을 나는 용이라는 뜻입니다."

이 세계에선 비룡이 한 마리쯤은 진짜 있을 가능성이 있겠군.

중세 판타지니까.

뭐, 살아생전 내 눈으로 목격할 기회는 없을 테지만.

"페이롱의 기술자가 토크토아 카안의 권유를 따라 그쪽으로 넘어갔습니다. 투석기 기술자 중에는 페이롱만이 아니라 파르사라고 불리는 다른 나라의 기술자도 있던 모양입니다."

그거 그냥 페르시아잖아.

트레뷰셋을 쓰는 건가.

상상은 악몽의 영역에 도달했다.

신성 구스텐 왕국에 누구 여기에 대항할 만한, 나처럼 무력에 편중된 초인이 아니라 지력에 편중된 초인이 태어나지는 않았을까.

살려줘 아르키메데스.

나는 머릿속으로 전생에서 배운 고대의 초인 수학자에게 도와 달라 외쳤다.

신은 아무런 대답도 돌려주지 않았다.

만약 나를 이 미친 세계에 환생시킨 신이 있다면.

조금쯤 서비스를 해줄 수도 있는 거 아니냐.

너는 신이니까 천벌을 내릴 상대도 없잖아.

간절하다.

"한 달간 공방이 이뤄졌습니다. 요새는 무너지고 도망치는 시민들은 포로로 잡혀 남자는 묶인 아내의 눈앞에서 겁탈당하고, 남자도 여자도 살해당했습니다. 시민들은 일방적으로 학살당했습니다. 왕가는 굴복했지만, 왕족에 속한 모든 이가 살해당했습니다. 그렇게 왕조가 멸망했습니다."

그야 죽이겠지.

나중에 귀찮아지는 왕족만이 아니라, 딱히 의미도 없이 전투와 상관없는 시민도 누구 한 명 남기지 않고 몰살.

학살은 유목기마민족만이 아니라 국가가 국가를 멸망시킬 때의 상투 수단이다.

그리 참혹하다고 할 수도 없다.

"제가 거주하던 도시도 왕가의 굴복과 함께 항복했습니다. 저는 그 굴복과 동시에 도시에서 도망쳤습니다. 수백이나 되는 적을 죽인 저를 살려놓을 거라는 생각은 도저히 들지 않았으니까요. 특히 눈에 띄는 장식을 한 적 장군을 노려서 죽였고요."

유에 님, 역시 궁술 실력이 대단하잖아.

적 장군을 노려서 죽일 수 있는 사람은 별로 없다.

"처음에는 친족 모두 도망치게 하려고 했습니다. 하지만 이미 도시가 적군에 둘러싸여 모두 도망칠 수 있는 상황이 아니었습니다. 친족 일동이 말하더군요. 우리는 마지막까지 싸우겠다, 죽을 때까지 저항하겠다. 하지만 너는 우리 일족의 영웅이다. 너만이라면 도망칠 수 있다. 우리 일족의 피가 끊어지지 않도록 살아남아달라고, 다들."

유에 님이 테이블 위에 올린 손.

그 손이 더는 견딜 수 없다는 듯 강하게 주먹을 쥐고는 내려쳤다.

초인의 힘에 가든 테이블이 삐걱거렸다.

"저는 친족 일동을 버리고 토크토아 카안이 포위한 도시에서 가까스로 도망쳤습니다. 애마 설오가 없었다면 그조차 불가능했을 테지만요."

용케 도망쳤구나.

아니, 나라에서 이 초인에게 내려준 애마의 각력에는 기마민족이라고 해도 따라잡지 못한 걸까.

"실크로드, 그 길은 아직도 소수의 상인이 오가고 있었습니다. 그리고 여행길에서 상인에게 들었습니다. 서양에는 설령 동방인이라고 해도 역량만 보여준다면 군사 계급까지 올라갈 수 있는 나라가 있다고."

그게 빌렌도르프인가.

"기나긴 여정이었습니다. 그 끝에 도착하여, 이 활 솜씨를 위병에게 보여주고 심사를 거쳐 카타리나 여왕님을 만나 뵐 수 있게 되었습니다. 그리고 유목기마민족 국가의 위협을 호소했습니다."

정말 잘 해줬다.

그렇지 않았다면 적어도 영지민 300명짜리 약소 영지의 영주 기사, 이 파우스트 폰 폴리도로의 귀에는 정보가 들어오지 않았겠지.

리젠로테 여왕은 각 지방 영주에게 위협을 전달하는 게 아니라 숨겨서 민심을 안정시키는 걸 우선했을 테니까.

뭐, 현명한 분이다.

아무런 대비도 하지 않을 리는 없다고 보지만.

"안할트 왕국의 발리에르 제2왕녀 전하. 부디 전하도 안할트 왕국에 이 위협을 전해주세요. 녀석들은 옵니다. 나라의 재산, 시민의 목숨, 그 모든 걸 약탈하기 위해."

"이해했어."

발리에르 님이 고개를 끄덕였다.

그리고 나를 보았다.

"유에 님의 이야기를 그대로 어머니께 전달해드리려고 하는데, 파우스트는 어떻게 생각해?"

"정답입니다. 저도 돕겠습니다."

"파우스트가? 넌 정치에는 끼어들고 싶어 하지 않잖아."

상황이 허락해주지 않거든.

솔직히 정치에는 참가하고 싶지 않다고.

하지만 정말로 알 수 없다.

한참을 고민해도 유목기마민족 국가가 서쪽으로 원정을 올까?

오지 않을까?

그것조차 판단할 수 없다.

전생과 현생은 비슷한 점이 있지만 완전히 동일하지는 않다.

부주의한 발언을 할 수는 없다.

하지만 반드시 대비해야 한다.

"필요하다면 이 목숨을 내던져서라도 유목기마민족 국가에 맞설 생각입니다."

"그렇게까지?"

그렇게까지 해야 해.

이 세계, 유럽이라는 개념조차 아직 없는 서방국가군.

아직도 봉건 제도가 통하는, 중앙집권화도 미성숙한 국가.

그게 단단해지지 않으면 유목기마민족 국가에겐 절대 못 이긴다.

최소한 안할트와 빌렌도르프의 연대만은 강고하게 다져 놔야 한다.

아니, 그것만으로는 한참 부족하겠지만.

내 영지가, 폴리도로 령의 영지민이 유목기마민족 국가에 짓밟혀서 역사의 이슬로 사라지는 것만은 피하고 싶다.

내 어머니의 묘지가 기마에 짓밟혀서 역사의 파도에 쓸려가 흔적도 찾지 못하게 되는 것만큼은 용서할 수 없다.

이 파우스트 폰 폴리도로는 그저 약소 영주라는 입장에서, 그리고 환생자라는 입장에서.

가상 몽골이 서역을 정벌하러 오는 걸 두려워하고 있었다.

빌렌도르프 왕성의 알현실.

나는 무릎을 꿇고 카타리나 여왕에게 예를 갖췄다.

"벌써 돌아가는 건가? 아직 더 있지 그러냐. 화평 교섭 내용은 통신기를 연계해서 이미 안할트 왕국에 전달해놓았거늘."

카타리나 여왕의 말.

솔직히 푹 쉬고 싶은 마음도 들지만.

"영지민을 빨리 영지에 돌려주고 싶습니다. 그리고 그 문제가."

댁이 선물로 던져준 폭탄을 한시라도 빨리 리젠로테 여왕에게 토스하고 싶다고.

어차피 유에 님 이야기는 안 했을 거 아냐.

신성 구스텐 제국이 실크로드 저편에 있는 왕조가 멸망했다는 정도의 정보는 안할트 왕국에도 전달했겠지만, 그 위협까지 전해지진 않았을 거다.

300명의 영지민을 둔 약소 영주 기사에게는 감당하기 힘든 정보다.

"하고 싶은 이야기는 산더미처럼 많다. 네가 어떻게 자랐는지, 어떻게 살아왔는지. 그것을 알고 싶구나. 동시에 나에 대해서도 알려주고 싶다. 내가 어떻게 자랐는지, 어떻게 살아왔는지. 그것은 죄일까?"

카타리나 여왕이 무언가를 조르는 고양이처럼 고개를 옆으로 갸우뚱 기울였다.

알현실에는 진한 다마스크 장미향이 감돌고 있다.

대량의 장미꽃으로 장식해놓았기 때문이다.

어제 돌아간다고 밝혔는데 이만한 장미를 모으다니.

역시 선제후. 재력이 다르다.

아니, 빌렌도르프는 안할트 왕국보다 중앙집권적이란 말이지.

그만큼 제후들이 왕가에 요구하는 힘도 강하지만.

별로 중요하지 않은 생각이다.

그런 것보다 카타리나 여왕의 말에 대답해야 한다.

"저도 카타리나 여왕 폐하의 인생과 제 인생을 공유하고 싶습니다. 하지만 저희나라에 위기가 처한 상태입니다. 리젠로테 여왕님과 직접 대화해야만 합니다. 카타리나 여왕님도 너무하십니다."

"유에의 이야기를 말하는 건가. 솔직히 말하겠다. 파우스트 폰 폴리도로. 나는 너를 홀대하는 어리석은 안할트가 상황을 알아봤자 제대로 대응할 거라는 생각은 하지 않는다. 빌렌도르프에서는 우리 나름의 생각을 이미 신성 구스텐 제국에 전달했고 유사시의 원조 요청도 해놓았지만."

"카타리나 여왕 폐하, 그래도."

그래도 부족하다, 카타리나 여왕.

당신이 유능하고 이미 해야 할 일을 하고 있다는 것도 이해한다.

하지만 안이하다.

"그래도 부족합니다. 빌렌도르프와 안할트가 연대하여 맞서 싸우고 신성 구스텐 제국에서 원조해주어도 부족합니다."

"국가 존망의 위기 사태쯤 된다면 빌렌도르프는 2만의 군대를 편성할 수 있다. 안할트도 마찬가지겠지. 그 4만에 신성 구스텐 제국의 지원군을 추가한다고 해도?"

"부족합니다. 미약한 제 예상으로는 그렇습니다."

정보가 부족하다.

왜 신은 나에게 무력만 주고 지혜의 열매는 내려주지 않은 거야.

빌렌도르프도 안할트도, 그야 마음만 먹는다면 합쳐서 4만의 병사를 동원할 수 있겠지.

농병을 억지로 동원하면 그 이상도 가능하다.

하지만 그 군대는 뛰어난 병사와 약한 병사가 혼재한 형태다.

아무리 장군이 유능해도 병사의 질이 떨어지면 연대를 어지럽힌다.

반면 가상 몽골의 병사는 전투 경험이 풍부한 기마민족의 병사.

무엇보다 기동력이 너무 차이 난다.

평지에서라면 승부가 되지 않는다.

기동력을 발휘하지 못하는 숲이나 늪지로 끌어들여야 한다.

하지만 대군이 부딪쳐서 승패를 가르고, 그것도 시민에게 피해를 내지 않으려고 한다면 아무래도 평지에서 부딪치게 된다.

떠올려라.

전생의 지식을 쥐어짜듯 머리를 눌렀다.

유럽이 패배했던 발슈타트 전투의 간단한 전말이라면 잘 기억하고 있다.

당시 유럽에서 기사의 전술은 적의 중심으로 파고드는 맹공격이었다.

몽골은 그 돌격을 깔끔하게 회피한 뒤 후퇴시킨 척했던 경장기병을 양익으로 배치해 화살 세례, 요컨대 즉살공간이나 유사 교차사격이라고 불러야 할 진형을 평지에 구축하여 독일·폴란드 연합군을 혼란에 빠뜨렸다.

다음으로 기사단의 뒤쪽에 불을 피워 후방에 있는 보병과 분단시킨다.

마지막에는 몽골의 중장기병이 혼란에 빠진 병사들을 쓸어버리면 끝.

요약하면 참으로 간단한 내용이니까.

잘 기억한다.

그런 몽골 최강의 패턴이 완전히 먹혀들어간 전개에서 죽는 건 사양이다.

이 세계에는 마법도 기적도 전설도 있지만, 가상 몽골전을 뒤집을 만한 어떠한 열쇠가 현재는 모이지 않는다.

그렇다면.

"모든 게 다 부족합니다. 유목기마민족의 파르티안 샷은 소수라면 대응할 수 있습니다. 클라우디아 폰 레켄베르 님이 북방 유목민족을 절멸로 몰아넣었던 것처럼요. 하지만."

"적도 수가 많아지면 초인 몇 명이 전장을 좌우할 수는 없다는 건가."

"네. 물론 초인은 필요하지만요."

초인 몇 명이 전황을 뒤집을 수 있는 수준의 싸움이 아니다.

수만 단위가 격돌하는 대규모 전쟁이다.

지금 뭐가 부족하지?

급조한 몇만의 군대를 통솔할 수 있을 법한 강렬한 카리스마를 지닌 지도자?

지금까지 치렀던 전쟁의 개념을 뒤집을 만한, 상대가 이런 전법을 사용하리라고는 예측도 할 수 없을 법한 전술을 고안하는 전술가?

지휘관 몇 명이 전장에서 쓰러져도 다른 사람이 바로 그 자리를 대신하여 전장에서 혼란에 빠지지 않는 연계 시스템?

혹은 절대 끊어지지 않는 병참?

아니면 다채로운 전술을 가능케 하는 병과 종류?

토크토아 카안은 전부 갖고 있다.

가상 몽골이라면 전부 갖추고 있다.

지금 이 파우스트 폰 폴리도로는 무엇 하나 갖고 있지 않은 것들이다.

나에게는 선조 대대로 물려받은 그레이트 소드와 레켄베르 가에서 빌린 롱 보우.

그리고 어머니가 낳아주고 키워준 이 초인의 몸뚱이.

지켜야 하는 영지민 300명과 약한 지위.

고작 그뿐이다.

그것만으로 몽골에 맞서는 걸 대비해야만 한다.

물론 무모하다.

그래서 우선 상부에 위협을 전달한다.

그게 지금 가장 우선시해야 하는 일이다.

"돌아가겠습니다. 돌아가서 이 위협을 전하겠습니다."

"그런가. 나도 네 말을 무겁게 받아들이고 생각해 보겠다. 네 어용상인, 이름이 무엇이라 했지?"

"잉그리드입니다. 잉그리드 상회."

잉그리드 상회.

이번에 파우스트 폰 폴리도로의 어용상인으로서 좋은 홍보 거리를 얻었다며 신이 나 있었다.

냉혈 여왕 카타리나의 '마음을 녹이는 장미' 운송이라는 의뢰를 훌륭히 완수했다.

안할트 왕궁에서 훔쳐 온 장물이긴 하지만.

화평 약정이 이어지는 한 빌렌도르프에서 활개를 치며 장사할 수 있겠지.

뭐, 그 정도의 수혜는 당연히 받아야 할 테고.

"앞으로 잉그리드 상회에 연락을 부탁하겠다. 그자는 믿을 수 있는 사람이겠지?"

"선대 이전부터 이용해왔던 곳이니 틀림없습니다."

"너도 유에에게서 들었을 테지만 토크토아 카안은 첩보전에 능하다. 아마도 나보다 훨씬."

카타리나 여왕은 턱을 매만지며 말했다.

"우선 틀림없이 실크로드의 상인으로부터 이쪽의 정보를 얻고 있겠지. 파르사의 상인은 특히 의심스럽다."

"그렇겠죠."

페르시아인이나 아랍인 같은 이슬람 교도.

그 이슬람 상인이 몽골 제국의 번성에 관여했다.

때에 따라 가톨릭도 관여했었다.

결국 인간이니 자신을 우대해준다면 어디에든 소속될 수 있다.

"그렇다고 한들 유통을 막을 수도 없지. 그렇다면 나도 정보를 훔치겠다."

"카타리나 여왕님께서?"

나는 의아한 표정을 지었다.

그렇게 해준다면 고맙긴 한데.

"실크로드와 상인 유통은 없다만. 사람은 넘어오지. 유에 같은 인간이 여럿 있다. 토크토아 카안에게 복수만을 맹세한 자들이."

"내통자일 가능성도 있습니다. 인선에는 조심하십시오."

카타리나 여왕이라면 그 정도는 간파할 수 있을 것 같지만.

그리고 지금도 옆에 있는 군무 대신 노파도.

"내가 그걸 간파하지 못한다고 생각하나? 굳이 따지라면 안할트 왕국을 의심하도록."

"저희 리젠로테 여왕님도 아나스타시아 제1왕녀님도 영명한 군주이십니다."

"그건 의심하지 않는다. 나는 너를, 영웅을 경시하는 그 신하들이 내통자가 되지 않을지 의심하고 있지. 멍청이는 어디까지나 멍청하기에 멍청이인 것이다."

명언이다.

아무런 기술도 없는 내통자를 토크토아 카안이 전후에 우대할 것 같지는 않지만.

멍청이는 어디까지나 멍청하기에 멍청이다.

"조심해라, 파우스트 폰 폴리도로."

"알겠습니다."

멍청이는 베어버리자.

충고를 하려고 했는데 오히려 충고를 받고 말았군.

안할트 왕국에 내통자가 있을지도 모른다는 걱정을 지금부터
해놔야만 한다.

"그러면 마지막 의식을 치를까."

"의식?"

"화평 교섭의 계약. 2년 뒤에 내어줄 것을 일부 선불로 받도록
하지."

카타리나 여왕은 살짝 얼굴을 붉히더니 손을 고양이처럼 까딱
거리며 나를 불렀다.

"?"

나는 의아한 얼굴로 '실례합니다'라고 짧게 말하며 일어났다.

선불이라니 뭔데?

"나에게 입 맞춰라, 파우스트 폰 폴리도로."

"어째서죠?"

"내가 해 보고 싶으니까."

카타리나 여왕은 솔직했다.

스트레이트 강속구. 고양이가 우다다 뛰는 것 같다.

아무래도 이 사람의 행동은 가끔 고양이 같은 느낌이 든단 말

이지.

외모는 육감적 글래머 미녀지만.

"저는 아직 첫 키스를 해 보지 못했습니다."

"나도 마찬가지다. 서로 처음이니 마침 좋지 않은가."

어쩐다.

전생에서도 키스해본 적이 없다.

나는 연애허접쓰레기다.

"키스하는 방법을 모릅니다. 이가 부딪칠지도 모릅니다."

"이 정도는 잘 간수하도록. 가족과 하는 키스도 못 해 본 거냐. 나는 어린 시절 레켄베르가 매일 뺨에 키스해주었는데."

"어머니가 뺨에 몇 번. 그것만은 기억합니다."

다가간다.

아무도 막지 않는다.

나는 앞에 있던 발리에르 님, 그 옆에서 무언가 아주 떨떠름한 얼굴인 자비네 님을 지나쳐.

오고자 앞, 카타리나 여왕 앞에 우뚝 멈췄다.

그걸 보고 카타리나 여왕이 일어나 이쪽으로 걸어왔다.

"이것은 계약이다. 파우스트 폰 폴리도로. 2년 뒤에는 내 배 속에 반드시 네 아이를 임신시켜라."

"노력하겠습니다."

그건 싫지 않단 말이지.

싫지 않다고.

나는 가슴사랑맨이다.

가슴 열광자다.

카타리나 여왕은 가슴이 크다. 즉 정의다.

따라서 절대 싫지 않다.

문제는.

연애허접쓰레기인 내가 키스 한 번에 카타리나 여왕에게 K.O. 당하지 않을까.

반해버릴지도 모른다.

카타리나 여왕 사이에 존재하는 이건 연애가 아니라.

같은 상처를 지닌 사람끼리 상처를 위로해주는 행위.

절대 연애 감정은 아닐 텐데.

"1분 기다렸다."

"아직 마음의 준비가."

"더는 못 기다리겠군. 숙여라. 너는 키가 크다."

나는 2m가 넘는 내 거구를 지면을 향해 수그렸다.

그리고 카타리나 여왕에게서 입맞춤을 받았다.

첫 키스다.

서로 방법 같은 건 모른다.

혀가 엉킨다.

촉수처럼, 아, 이게 키스라는 거구나.

처음으로 이해한 듯 구강 안에서 혀가 뒤얽혔다.

미지근한 숨이 얼굴에 닿으며 카타리나 여왕의 눈동자와 눈이 마주쳤다.

눈동자가 아름답다.

진심으로 그렇게 느꼈다.

서로 말은 없다.

몇 분이 지났을까.

이윽고 카타리나 여왕이 얼굴을 뗐다.

"머리가 어지럽군."

나도 그래.

카타리나 여왕의 얼굴은 새빨갛게 물들어 있었지만 나도 마찬가지일 것이다.

잘 생각해 보면 여기는 관료 귀족이며 제후가 잔뜩 모여있는 자리였다.

얼결에 해버리긴 했지만 이래도 되는 거였나.

아니, 무엇보다.

나는 역시 연애허접쓰레기다.

카타리나 여왕에게 정을 느끼고 말았다.

키스 한 번으로 사랑을 느끼고 말았다.

원래부터 계약을 저버릴 마음은 없었지만 이젠 무슨 일이 있어도 그녀를, 카타리나를 배신하지 못한다.

"계약 선불이 이루어졌다! 이것으로 안할트 · 빌렌도르프의 화평 교섭이 진정으로 성립되었다!"

빌렌도르프의 노파, 군무 대신이 큰 소리로 선언했다.

노파답지 않은 커다란 목소리에 환희와 들뜸이 섞여 있었다.

분위기와 여운이 엉망이다.

나는 입술을 훔쳤다.

입 안에 카타리나 여왕의 타액이 남아있다.

하지만 불쾌하지 않다.

키스란 정말 기묘하다.

누군가가 털썩 쓰러지는 소리가 들렸다.

갑작스러운 소리에 돌아보자 어째서인지 자비네 님이 울면서 바닥에 주저앉아 있었다.

여기는 빌렌도르프의 알현실인데.

카타리나 여왕에게 실례 아닌가.

뭐, 아무도 신경 쓰지 않는 것 같지만.

"파우스트, 내년이다. 내년. 반드시 얼굴을 보러 오도록. 편지도 매달 보내고. 나도 보내겠다."

옥좌로 돌아가 앉은 카타리나 여왕이 얼굴을 붉게 물들인 채 당부했다.

"네."

나는 그 말에 짧게 대답했다.

카타리나 여왕에게 등을 돌리고 알현실의 붉은 양탄자를 밟고 걸어가 자비네 님이 시체처럼 쓰러져서 안절부절 동요한 발리에르 님에게 유감을 느끼며.

자비네 님을 둘러메고 알현실 문으로 향했다.

"파우스트 폰 폴리도로."

등 뒤에서 목소리가 날아왔다.

카타리나 여왕의 목소리다.

"질투가 심하고 불쌍한 여자로 보는 건 싫다. 그러니 그대로 돌아보지 말고 가도록. 이게 정말로 마지막 말이다. 또 만나자, 파우스트."

"네, 카타리나 님. 다시 뵙겠습니다."

나는 돌아보지 않았다.

카타리나 여왕이 그렇게 말했기 때문이 아니다.

돌아보았다간 한 번 더 키스하고 싶어질 것 같은 느낌이 들었기 때문이다.

한 걸음, 한 걸음, 붉은 양탄자를 밟으며 옆에서 걸어가는 발리에르 님과 함께.

그대로 빌렌도르프를 뒤로했다.

지옥에 떨어져도 상관없다고 생각하며 살아왔다.

손에 유분이 확 사라지고 말았다.

버석버석한 손을 허공으로 뻗으며 생각했다.

이제 곧 나는 죽을 테지.

본래 허약해서 금방 병에 걸리는 몸뚱이었다.

그리 오래 살지는 못하리라 생각했고, 실제로 그렇게 되었다.

35살의 나이에 나는 죽을 테지.

잘 버틴 편이다.

아무런 후회는 없다.

마음대로 대로 살아온 나에게는.

"나쁜 일만 했구나."

폴리도로 령은, 이 마리안느 폰 폴리도로가 살아온 영지는 작은 마을에 불과하다.

영지민이 고작 300명 정도 살고 있으며, 최근에는 드디어 식량을 수출할 수 있게 되면서 외부에서 돈을 벌어오게 되었다.

도저히 유복하다고 할 수 없는 가난한 땅이었다.

그래도 최근에는 나아진 편이다.

다들 제대로 배를 채울 수 있게 되었다.

내가 어릴 때는 정말로 가난했다.

아아, 파우스트를 낳았을 때도 그랬지.

촌장이 신이 나서 마을의 식량창고를 개방하고 다들 기뻐했
지만.

아이들은 파우스트가 태어난 걸 기뻐하는 건지, 배부르게 먹은
것을 기뻐하는 건지.

어느 쪽인지 알 수 없는 수준이었다.

물론 아이에게 그런 판단을 요구해봤자 의미 없는 일이지만.

벌써 20년이나 지난 옛날 일이다.

파우스트는 20살이 되었으니까.

"아아."

침대에 누워있던 상체를 천천히 일으켜보려고 했다.

하지만 실패했다.

몸에 힘이 들어가지 않는다.

어쩔 수 없이 가느다란 손을 들었다.

헬가에게 뒤를 물려준 옛 종사장이 몸을 부축해주었다.

"밖을 보고 싶어."

이어서 목제 미늘창을 열어달라고 했다.

빛은 눈부시다.

야트막한 언덕에 세워진 영주관에서는 영지 내의 밭이 보였다.

황금색 밀밭.

풍요롭다.

풍요로워졌다.

이젠 영지민이 굶주림을 두려워하지 않게 되었다.

내가 평생에 걸쳐서 이룩한, 작은 성과 중 하나다.

시야가 흐려진다.

눈물이 맺혔기 때문이 아니다.

단순히, 이젠 죽음이 가까워서다.

"미안해, 아무것도 보이지 않아."

나는 죽을 것이다.

곧 죽을 것이다.

생과 사의 울타리가 이미 애매모호해진 것 같다.

살짝만 발을 움직이면 이 의식은 어딘가 먼 속으로 날아가 버릴 것 같았다.

"마리안느 님! 파우스트 님을 바로 모셔 오겠습니다!!"

"아직 방에 들이지 마."

이대로 죽어도 괜찮다.

진심이었다.

나는 파우스트의 얼굴을 보지 않는 게 낫지 않을까.

그렇게 생각했으니까.

이대로 시체를 관에 넣어 매장해도 좋다.

파우스트도 내 얼굴 같은 건 보고 싶지 않을 테니까.

볼 면목도 없다.

적어도 이 의식을 놓기 전까지는 얼굴을 보고 싶지 않다.

나는 속죄가 부족하다.

설령 지옥에 떨어진다고 해도, 이제 죽는다고 해도 하다못해 후회하지 않으면.

죽기 직전에 내 아이의 얼굴을 볼 면목조차 없다.

"이제 됐어. 눕혀줘."

손도 이젠 올라가지 않는다.

미늘창은 열어놓았지만 상반신이 천천히 침대로 돌아갔다.

졸리다.

이제 끝나겠지.

하지만 아직 의식은 이어지고 있다.

남편이 죽은 건 파우스트가 5살 때였다.

정말 난감했다.

남편은 돈을 받고 팔려 온 입장이긴 했으나 정말로 좋은 사람
이었다.

나를 사랑했고, 그 사실만으로 나도 사랑할 수 있었다.

하지만 도무지 파우스트 말고 다른 아이가 태어나지 않았다.

남편의 몸이 약해서 그런지, 내 몸이 약해서 그런지 알 수 없다.

어쨌거나 아이가 태어나지 않은 채 남편은 폐병으로 죽고 말
았다.

정말 난감했다.

딸이 없으면 이 폴리도로 령을 이어받을 사람이 없어진다.

세상에 남자 영주는 거의 없다. 적어도 나는 들어본 적이 없다.

장녀 없이 영지는 존속할 수 없다.

그래서 정말 난감했다.

촌장이나 종사장은 상황을 알고 있으니 계속 탄원하러 왔다.

다음 남편을 들이라고.

전부 옳은 말이다.

그건 귀족의 의무다.

하지만 나는 받아들이지 않았다.

지옥에 떨어질 이유 그 첫 번째다.

"파우스트. 검을 들으렴."

"네."

처음에는 기분전환이었다.

호신술 정도는 필요할 테니 파우스트에게 작은 목검을 쥐여주고서.

이 어린 아들을 어떻게 대해야 하는지 도통 알지 못했던 내가 놀이의 일환으로 시작한 일이었다.

파우스트는 의기양양하게 도전했다.

이렇게 어린 나이이니 목검을 두 손으로 잡아봤자 들어 올리는 게 고작일 것이다.

그런 내 예상을 저버리고 한 손으로 목검을 힘차게 휘둘렀다.

나는 눈을 부릅떴다.

"잠깐! 파우스트!"

"방심한 어머니 잘못이에요!"

어떻게든 흘리려고 했다가 늑골에 강한 일격이 들어왔다.

파우스트는 5살이다.

병약하다고는 해도 아직 기사로서 능력이 부족한 건 아니라고 자부하던 20살의 내가 졌다.

물론 완전히 방심했었다고 하나 패배는 패배다.

전장이었다면 죽었다.

그때 나는 이해했다.

이 세상에 초인이라 불리는 존재는 흔하지 않다.

그런 사람은 어머니에게 영지를 물려받을 때 만나 뵀었던 안할트의 여왕 폐하 리젠로테 정도밖엔 본 적이 없었고, 그조차 실력을 본 적은 없다.

하지만 있다.

힘 조절을 모르고 일격을 날린 것에는 아무런 생각도 하지 않고 이겼다며 크게 기뻐하는 파우스트.

나는 늑골에 금이 간 것 같은 격통을 느끼며 바닥에 한쪽 무릎을 꿇으면서도.

어떻게든 기합으로 버티며 칭찬했다.

"잘했어, 파우스트."

가까스로 통증을 참으며 웃었던 것 같다.

나는 그때 정말로 기뻤다.

이 병약한 나와 죽어버린 남편의 외동아들.

그 아이는 틀림없는 천재였다.

그게 문제였다.

물론 파우스트가 잘못한 건 하나도 없다.

내가 문제였다.

"미안해. 내가 다 잘못한 거야."

사과를 뱉었다.

내 침대 옆에 서 있는, 한때 전장을 함께 달렸던 종사장.

그리고 영지 경영을 함께 해준 촌장.

그 두 사람에게 사과했다.

"마리안느 님. 파우스트 님께서는 훌륭하게 군역을 수행하고 계십니다. 마리안느 님께서 키워내신 파우스트 님께서 이끌게 된 뒤로 군역으로 인한 사망자는 없어졌습니다."

"영지 경영도, 영지민은 만족하고 있습니다. 파우스트 님의 능력은 전부 마리안느 님 덕분입니다. 심지어 마리안느 님께선 저희 영지민이 굶주리지 않도록 농경지를 정비해주셨잖습니까."

두 사람은 위로해주었지만 역시 나는 잘못했다.

당시 다들 반대했다.

당연하다.

거듭 말하지만, 남자 영주 같은 건 세상에 거의 없다. 적어도 나는 들어본 적이 없다.

그런 남자 영주를 만들려는 것이다.

하나뿐인 자식, 파우스트가 천재라서 이 아이에게 모든 것을 맡기려고 한다.

무슨 헛소리를.

전부 다 변명에 불과하다.

네가 새 남편을 들이고 싶지 않았던 것뿐이 아닌가.

전부 내 이기심을, 남자인 파우스트에게 떠넘겼다.

이 아이는 천재니까 내 모든 것을 이 아이에게 주고 싶다고, 내 감정을 강요했다.

"――."

죽고 싶다.

아니, 곧 죽을 수 있나.

그래, 지옥에 떨어질 수 있게 된다.

첫 번째 참회는 끝났다.

귀족으로서 영지민에게 귀족의 의무를 다하지 않았던 것에 대한 참회.

지옥에 떨어질 이유 그 두 번째를 생각했다.

역시 선조 대대로 조금씩 조금씩 쌓아왔던 폴리도로 령의 신뢰.

그걸 잃어버린 것이겠지.

폴리도로 령을 아무도 상대하지 않게 되었다.

아들에게 검술을 가르치며 괴롭히는 '미치광이 마리안느'의 악명을 다들 알고 있다.

영지 내에서는 괜찮다.

영지를 착실히 경영하고, 군역도 꼬박꼬박 수행하며 불만이 나오지 않도록 했다.

하지만 귀족 사회에서는 그렇게 되지 않았다.

아무리 좋게 보려고 해도 내 행동은 광기라고밖에 말할 수 없다.

누가 이런 나와 교류하고 싶을까.

귀족으로서 연을 맺고 싶을까.

군역을 수행하러 각지에 갈 때마다, 왕가에서 받은 통행권을 봉건 영주에게 보여줄 때마다 다들 얼굴을 찌푸렸다.

이 여자가 '미치광이 마리안느'구나 하며.

귀족이기에 대놓고 입에 담지는 않지만, 그 멸시는 시선으로 이해할 수 있다.

뒤에서 비웃는다는 걸 이해할 수 있었다.

나를 업신여기는 건 상관없다.

당연하다.

하지만 선조가 모욕당하는 건 괴로웠다.

하물며 이 귀족 관계는 내가 죽는다고 끝나지 않는다.

파우스트 시대에도 이어진다.

부모의 죄는 자식의 죄. 세대가 바뀌었다고 해서 쉽게 전부 사라지는 건 아니다.

귀족 사회에서는 가주가 바뀌면서 용서받을 수 있는 일과 용서받을 수 없는 일이 있다.

그 미치광이의 자식이라며 멸시당하는 건 피할 수 없었다.

피.

목에서 응고된 핏덩어리 같은 것이 치밀어 오르는 게 느껴졌다.

토하지 않고 삼켰다.

이 괴로움은 내가 받는 벌이라고 느꼈다.

두 번째 참회를 마쳤다.

귀족으로서 선조가 축적해 온 것을 잃어버린 것.

그걸 파우스트에게 물려주고 말았다는 참회.

"마리안느 님. 저는 더 이상 견딜 수 없습니다. 당장 파우스트 님을 모셔 올 테니 제발 그때까지 버텨주십시오……."

옛 종사장이 떨리는 목소리를 쥐어짰다.

그대로 방에서 나가려고 했다.

멈춰.

그렇게 말하고 싶었지만 도저히 목소리가 나오지 않았다.

비겁한 미련인지도 모른다.

나는 아마도 마음속 어딘가에서 죽기 직전에는 파우스트를 만나고 싶어 한다.

그런 권리는 없는데도.

이제 나에겐 시간이 없다.

지옥에 떨어질 이유 그 세 번째를 생각한다.

파우스트에게 저지른 모든 것들.

"어머니."

내 아이.

안할트의 일반적인 남성과는 다르게 검은 머리카락을 짧게 깎았다.

붉은 눈동자는 날카롭다기보다는 어딘가 부드러움이 느껴진다.

이목구비는 남편이 아니라 나를 닮아서 조금 기뻤다.

하지만 몸은 남편도 나도 닮지 않았다.

너무 컸다.

키는 2m가 넘어갔고, 몸무게는 130kg을 넘었다.

전부 나 때문인 건 아니겠지.

초인으로서 타고난 소질도 있었겠지.

하지만 낳은 사람은 틀림없는 나다. 이런 근육질의 체격으로 키워낸 것도 틀림없는 나다.

엄하게 단련했다.

누구에게도 지지 않도록, 그야말로 안할트 최강의 기사가 될 수 있도록.

검술과 창술을 가르쳤다.

모든 게 다 부족한 영토에서 책을 긁어모으고 믿을 수 있는 교회 종파에 교양을 부탁하며 조금이라도 부족함을 채우려고 했다.

그 모든 것을 물처럼 흡수하며 하나를 알면 열을 깨닫는 파우스트는 틀림없는 내 걸작이었다.

누구의 손에도 닿지 않는 경지에 도달하게 만들었다.

내 모든 것을 주었다.

그러니 이제 누구에게도 지지 않는다.

지지 않을 뿐이다. 이 멍청이가!

그런 게 파우스트에게 무슨 행복이 된다는 말이냐!

너는, 이 마리안느는 무슨 생각으로 이런 짓을 했지?

나에게는 이 아이보다 더 뛰어난 남자는 이 세상 어디를 찾아도 없다고 단언할 수 있다.

하지만 이 안할트라는 나라에서는 못생긴 남자일 뿐이다.

영지민이 300명뿐이라고 해도 영주이니, 어떻게든 귀족의 삼녀 정도라면 결혼할 수 있을지도 모르지만.

나 때문에 귀족 관계는 끝나버렸고, 게다가 파우스트는 강하다.

자신보다 강한 남자를 좋아하는 여자는 잘 없다.

나는 파우스트가 완성되었을 때 그런 당연한 사실에 간신히 생각이 미쳤다.

파우스트가 내 침대 옆에 섰다.

잘 보면 그 몸에는 내가 옛날에 가검으로 벤 흔적까지 희미하게 남아있다.

나는.

나는 어찌할 수 없을 만큼 어리석었다.

내가 해야 할 일은, 파우스트를 위해 해야 했던 일은.

장녀를 낳고, 조금이라도 좋은 혼처를 찾을 수 있도록 귀족 관계를 다지며 파우스트를 남자로서 제대로 키워낸다.

그런 귀족으로서 당연한 일이었다.

창을 쥐여주고, 검술을 가르치고.

아들의 피부에 여기저기 베인 상처를 남기는 게 아니었다.

세 번째 참회를 마쳤다.

이 세 가지를 생각하면 내가 지옥에 떨어지는 건 당연하다 할 수 있다.

찾으면 더 있을까?

이젠 시간이 허락해주지 않는다.

"파우스트."

이름을 불렀다.

맹렬하게, 이 아이의 이름을 부르고 싶었다.

그러자 파우스트는 내 얼굴을 부드럽게 쓰다듬었다.

울퉁불퉁한, 검과 창을 만지며 생긴 굳은살로 가득한, 다정하고 커다란 손.

"파우스트. 손을."

파우스트가 그 손을 내 가슴께로 옮겼다.

나는 그 손을 두 손으로 살며시 붙잡았다.

떨림이 멈추지 않지만, 이건 나만의 떨림이 아니다.

파우스트도 떨고 있다.

나는 그 떨림을 멎게 해주려고, 무언가.

무언가 말을 하려다가. 이미 나 때문에 엉망으로 거칠어진 손이, 남자의 손이라고 부를 수 없는 그 손이 서글퍼서 작게 중얼거렸다.

"미안하다, 파우스트."

드디어 사과했다.

나는 지금까지 잘못을 인정하지도 못했다.

이 아이에게는 더 좋은 미래가 있었다.

내가 전부 다 망쳤다.

그것을 이해했다.

이미 나에겐 사과하는 것밖에 허락되지 않는다.

어떠한 비난을 들어도 당연한 결과였다.

"＿＿＿."

흐윽, 하고.

옥죄인 듯한, 갓난아기 같은.

아아, 이 목소리를 딱 한 번 들은 적이 있다.

파우스트가 태어날 때 들은 적이 있는 울음소리였다.

유분이 날아가 건조해진 손에 물방울이 떨어졌다.

이미 눈은 보이지 않는다.

하지만 이해할 수 있었다.

파우스트가 울고 있다.

아기처럼 울며 내 손에 눈물을 흘리고 있다.

뭐야.

이 아이도 참, 날 위해 울어주는 거니.

그렇게 심한 짓을 했는데.

한 번으로는 부족하다.

한 번 더 사과해야지.

"——."

입을 열었지만 더는 아무런 목소리가 나오지 않았다.

나는.

나는.

이 아이를 위해서라면 지옥에 떨어져도 상관없다.

이 아이가 죽기 직전, 내 손에 눈물 한 방울을 흘렸다는 사실만으로도 나는 웃으며 지옥에 떨어질 수 있다.

그것조차 과분하다.

그저 이 아이만은 행복해지기를!

이 아이, 파우스트 폰 폴리도로는 맹세코 자신의 정의나 기사도를 저버리는 짓은 하지 않습니다.

악마와도 같은 나와 다르게, 실패투성이인 나와 다르게, 정말로 착한 아이입니다.

그러니까 신이시여. 부디 이 아이를——.

의식이 점점 가늘어지더니, 끊어졌다.

이 파우스트가 처음으로 입맞춤을 나눈 상대는 빌렌도르프의 여왕, 이나카타리나 마리아 빌렌도르프다.

진심으로 사랑해버린 사람이 그때 화평 교섭을 위해 만났던 적국의 여왕이다.

빌렌도르프와 화평 교섭을 무사히 성공한 보수로서 리젠로테 여왕 폐하가 나에게 고액의 사례금을 준 건 정말로 감사히 생각한다.

훗날 왕위를 이어받은 아나스타시아 님, 또 아스타테 공작은 영지에 지원도 많이 해주었으니, 적어도 내가 지금까지 필사적으로 공헌했던 보람은 있었다고 말할 수 있다.

그건 고마운 일이다.

이 파우스트는 어머니를 사랑하기에 영지와 영지민을 위해 모든 것을 바치겠다고 맹세했고, 안할트 왕국을 배신할 마음은 조금도 없다.

하지만, 그렇지만.

그래도 내 마음은 빌렌도르프의 여왕을 향했다.

"파우스트, 네 목소리가 듣고 싶다. 네 혀를 핥고 싶다. 네 살결이 그립다. 네가 계속 곁에 있어 주면 좋겠거늘. 이 냉혈 여왕은 이미 네 열기를 느끼지 못하면 살아갈 수 없다. 그 레켄베르와 네가 카타리나라는 속이 빈 조각상에 사랑으로 펄펄 끓는 쇳물을 채워주었다. 책임져라.”

매달 카타리나에게서 직접적이고 정열적인 편지를 받을 때는 나도 그에 맞는 답장을 보내야만 하지만.

부끄럽게도 나는 여성에게 편지를 받는 것도 답장을 쓰는 것도 처음이라 이쪽 관련 능력이 없다.

하지만 카타리나가 진심으로 나를 마음에 품고 있다는 건 이해할 수 있었다.

그렇다면 적어도 카타리나가 불쾌하지 않도록 필사적으로 내 어설픈 매너와 문학적 정서를 탈탈 털어서 답장을 보내고, 그렇게 편지를 주고받는 사이에.

나도 점점 진심이 되었다.

러브레터를 쓴다는 행위는 일종의 마법과도 같았다.

사람을 상대에게 반하게 만드는 계약서에 가까운 악마적 행위다.

“……길이 막힌 사랑에 빠지고 말았군. 아니, 정말 그런가?”

딱히 그게 기사로서 무언가 오점이 되는 건 아니다.

주종 계약을 맺은 안할트 왕가의 가상적국 빌렌도르프의 여왕, 카타리나와 친하게 지내는 건 딱히 나쁜 일이 아니다.

주군과 기사의 주종 계약은 ‘충신불사이군(忠臣不事二君)’ 같은 딱딱한 관계가 아니고, 대놓고 말해서 여러 국가에 작위를 보유한 기사는 여기저기 있다.

우수한 주군을 찾아 각국을 방랑하는 건 기사로서 악행이 아니다.

한평생 두 임금을 섬기지 않기는커녕 두 국가에 귀속되어 두 군주를 동시에 섬기는 영주도 드물지 않다.

경우에 따라서는 그자가 양측의 전쟁에 가담하지 않고 교섭을 맡아 사이를 중재하기도 한다.

그러니 폴리도로 가 영주 파우스트가 안할트 여왕 리젠로테, 빌렌도르프 여왕 카타리나 쌍방과 주종 계약을 맺는다고 해도 딱히 죄가 되지 않는다.

법복도 관료도 아닌 기사에게 국가에 충성심을 기대하는 게 이상한 소리다.

봉건 영주에게 가장 중요한 건 자신의 영지다. 다른 모든 건 이익 관계에 불과하다.

그걸 비난하는 사람은 상식을 모르는 얼간이뿐이다.

"……그녀는 나와 정식으로 결혼하지 못한다고 해도 받아들인다고 했지만."

이 세계에서는 남녀의 관계조차 아무 문제도 없다는 건 이해하고 있다.

정조 가치가 역전되었으며, 남자는 여성이 공유하는 존재이기 때문이다.

여러 명의 여성에게 안기는 게 허락되는 건 물론이고 애초에 빌렌도르프와 맺은 화평 교섭에서 나라는 초인의 피를 카타리나가 낳는 아이에게 물려주는 게 조건이었다.

무엇 하나 손가락질받을 이유는 없다.

양쪽 왕가의 핏줄이 결혼을 원한다면 순수하게 기뻐해야 할 일이지, 누군가가 폴리도로 가를 비난할 리가 없다.

비난한다면 양쪽 왕가에게 살해당할 테니까.

"따라서 무엇 하나 문제가 없다는 건 알아. 세간에서 '여기까지 는'이라고 선을 긋겠지만. 아무리 그래도 정식으로 결혼했다간 빌렌도르프 측에 기울게 되겠지."

안다.

알고는 있지만.

서로 입장을, 심경을, 애정을 글귀에 담으며 서로를 계속 생각 하다 보니.

마침내 내 마음이 '두근'거린 것이 문제다.

안할트 왕국에 지켜야 할 의리는 있다.

하지만 이미 내가 안할트 측에 서서 빌렌도르프에게, 카타리나 에게 칼을 들이댈 일은 평생 없을 것이다.

확실하게 말해버리자.

나는 이나카타리나 마리아 빌렌도르프라는 여성을 진심으로 사랑한다.

그렇기에 나는 카타리나에게 정식으로 결혼을 신청하려고 한다.

안할트와 맺은 주종 계약을 파기하지는 않지만, 명확하게 카타 리나의 배우자로서 빌렌도르프의 편을 들어도 괜찮다고 생각한다.

왕족의 증표인, 명주실 같은 붉은 머리카락.

몹시 인형 같은―― 피그말리온 같은.

그리스 신화에 나오는, 상아로 만든 조각상처럼 아름다운 피 부에.

외모는 물론이고 그녀가 마침내 손에 넣은 '장미 봉오리'에, 클라우디아 폰 레켄베르크라는 여걸이 쏟은 애정을 손에 넣고 아이처럼 울음을 터트린 그녀에게.

나는 마음을 빼앗기고 말았다.

이 내가 마음에 품은 애정이라는 이름의 빛은 그녀가 비추고 말았다.

카타리나 말고는 아무도 없었다.

"나는 앞으로 어떻게 해야 할까. 그것만이 문제구나."

사랑하는 사람이 따로 있다고 해서 안할트를 배신하는 건 싫었다.

하지만 안할트도 나에게 의리를 지키지 않았으니까 이건 배신이 아니라고도 할 수 있다.

그래.

안할트 왕국은 아직도 내게 정식 약혼자를 마련해주지 못했잖아.

"맞아, 이건 배신이 아니야. 결국 안할트가 나에게 약혼자를 마련해주지 못한 건 명확한 멸시지."

스스로를 타이르듯 중얼거렸다.

내 카타리나가 전에 그랬잖아.

'나라의 영웅에게 적합한 신부 한 명도 알선하지 못하다니. 심지어 영웅을 국민과 귀족이 냉대한다? 안할트 왕국은 왜 그 모양인 거지? 솔직히 의문이군.'이라고.

그래, 맞아.

그렇다. 안할트 왕국은 결국 나에게 약혼자를 마련해주지 않았다.

물론 리젠로테 여왕 폐하가 아무것도 해주지 않은 건 아니고, 제대로 약혼자를 알선하려고 노력했으리라는 건 틀림없다.

하지만 결국 2m의 장신과 130kg의 근육질로 꽉 들어찬 못생긴 남기사의 상대는 찾지 못했다.

그야말로 지위가 높은 안할트 귀족일수록 파우스트 폰 폴리도로와 결혼을 거부했다.

이유는 안다.

폴리도로 가와 자칫 연을 맺었다간 무슨 재앙을 부를지 알 수 없으니까.

한 번 결혼이라는 인연을 맺으면 내 환경에 휘말리는 걸 피할 수 없다.

나 대신 가난하고 영지민도 300명뿐인 변경령의 영주가 되어 일해야만 한다. 그것만이라면 그나마 희망자도 있을 테지만 상황이 허락하지 않았다.

아직 예측할 수 없는 휴전 상태인 안할트와 빌렌도르프 사이에 끼어 그야말로 내 아내로서 카타리나와도 상담해야만 하고, 반대로 리젠로테 여왕 폐하나 아나스타시아 전하가 부르면 전투에 참전해서 안할트에 대한 충성심도 흔들리지 않음을 세간에 보여주어야만 한다.

가난한 생활에 지옥 같은 박쥐 노릇을 해가며, 추가로 나 같은 추남이 남편이 된다. 안할트 귀족의 혼인제도에서 가장 악질적인 현실은 한번 결혼하면 사실상 이혼조차 허용되지 않고, 일족을 통째로 끌어들이게 된다는 점이다.

귀족의 결혼이란 남자와 여자의 결혼이 아니다.

리젠로테 여왕 폐하와 상담하여 명확하게 나눈 혼약을 파기한다는 건 말도 안 되는 짓이며, 연좌제로 친족과 주종 관계자를 모조리 끌어들이는 대규모 사건이다.

당사자끼리 서로 좋아하면 충분하지 않냐는 얼빠진 헛소리가 끼어들 여지는 없다.

부모만이 아니라 친척, 씨족은 물론이고 사용인인 정원사에게 조차 수군거림 정도의 발언권이 있다.

그 혼인이 원인이 되어 왕족에게 반감을 산다면 일족을 넘어 주종 계약을 맺은 사용인까지 모조리 몰살될 테니 당연했다.

막상 결혼이라는 단계에서 내 얼굴을 보고 '이런 추남과 결혼하는 건 싫습니다. 이 혼인을 없었던 것으로 하고 싶습니다' 하면서 파혼했다간 안할트 왕가를 모욕하는 행위이며 반대로 왕가가 그걸 허락했다간 폴리도로 가를 모욕하는 행위다.

약혼하는 자리에서 자기 가문에 걸맞지 않은 상대였다는 식으로 우리 가문을 업신여긴다면 귀족으로서 상대를 죽여야만 한다.

두 가문 중 하나는 죽어야 한다.

다행히 둘 다 내키지 않을 경우라고 해도 체면을 유지하기 위해 몇 명은 죽어야 끝나는 싸움은 일어날 것이다.

따라서 나와 결혼해도 좋다는 약혼자는── 딸을 어르고 달래서 억지로 나에게 보내려는 귀족은 안할트에는 없었다.

그러니까, 그러니까 말이다.

"……."

리젠로테 여왕 폐하에게는 감사하고 있다.

마지막까지 사람들 앞에서 내 장점을 칭찬하고 위로의 말을 건넸고.

끝에 가서는 '아니면 나와 재혼하겠는가. 나는 너라면 거부하지 않겠다' 같은 농담까지 입에 담았다.

나는 아나스타시아 전하의 분노를 사면서까지, 옥좌에서 추한 매도와 주먹질을 날리면서까지 그런 위로의 농담을 건네준 그 사람을 싫어할 수 없다.

그러니 리젠로테 여왕 폐하를 배신하고 안할트와 주종 계약을 해지할 마음은 터럭만큼도 없다.

하지만, 그렇지만.

"……결국 안할트 왕국이 내 약혼자를 알선해주지 못했다는 건, 리젠로테 여왕 폐하가 파우스트 폰 폴리도로에게 적합한 약혼자를 마련해주지 않았다는 사실은 변함이 없지."

그렇다면 이 파우스트가 빌렌도르프에 살짝 기울어도 어쩔 수 없지 않은가.

리젠로테 여왕 폐하를 수긍하게 만들 이유는 갖춰져 있다.

마음은 조금 무겁지만.

그래, 그렇다고 해도.

나는 이나카타리나 마리아 빌렌도르프의 정식 배우자가 되는 것을 오늘 이 자리에서 결심했다.

※

그로부터 5년이 지났다.

빌렌도르프의 왕성에서 사랑하는 카타리나에게 심문을 받게
되었다.

그녀의 외모는 27살을 넘기자 처음 만났을 때보다 한층 요염해
졌다.

"파우스트, 조금 묻고 싶은 게 있다."

비난하는 듯한 목소리였다.

나는 번뇌하며 대답했다.

"뭐지? 사랑하는 카타리나."

"아무리 그래도 너는 지나치게 다음(多淫)한 것 아닌가? 다음이
무슨 뜻인지는 알지? 성적 욕망이 왕성하다, 성행위가 과도하다
는 뜻이다."

그런 말을 할 줄 예상했다.

예상은 했지만, 실제로 사랑하는 여자에게 그 부분을 지적받는
건 괴롭다.

그런 말을 해도 어쩔 수 없다고는 생각하지만.

"너는 내게 고백해서 정식으로 빌렌도르프 왕족의 배우자가 되
어주었지. 그건 나에게도 각별히 좋은 일이며 리젠로테 녀석도
받아들였으니 이제 와서 항의하지도 않아. 그래. 지금 상황은 나
에게 참으로 기꺼운 일이며 딱히 불만도 없다."

그 후 나는 국서로서 빌렌도르프의 백성, 귀족에게 만세라는 환호와 함께 만장일치로 환영받았다.

폴리도로 령도 제대로 운영하고 있으며, 빌렌도르프에서 뛰어난 지방관도 파견해주었기에 솔직히 내가 운영할 때보다 더 발전했다.

아직 폴리도로 가의 후계자 문제는 남아있지만 이미 카타리나와 오붓하게 생활하는 사이에 빌렌도르프를 물려받을 아이도 태어났다.

앞으로 차녀나 삼녀가 태어날 가능성도 적지 않다.

그중 누군가가 상속해준다면 되니 이것도 아무 문제가 없다.

"문제는 너도 파악하고 있을 테지. 빌렌도르프에서 보이는 행동이다. 나에게 사랑한다고 말해주었지. 세상에서 가장, 이 카타리나를 사랑한다고 말했지. 나는 이렇게 대답했다. 다른 누구에게 안기든, 누구를 좋아하게 되든 마지막에 죽을 때 내 곁에서 손을 잡아준다면 나는 만족한다고."

그래.

나는 카타리나를 사랑한다.

이미 클라우디아라는 외동딸도 태어났다.

언젠가 그녀가 빌렌도르프를 이어받아 머리에 왕관을 쓰는 날도 올 것이다.

"너는 나를 사랑해주었다. 이보다 더할 수는 없을 정도로 사랑해주고 있지. 그건 침실에서 불평 하나 나오지 않을 만큼 열정적인 봉사를 받으면서 제대로 이해했다. 나는 널 진심으로 사랑해."

카타리나.

나는 아내의 이름을 짧게 부르며 그렇게까지 말해준다면 지금부터라도 침대에.

가능하면 혼나는 건 싫으니까 그렇게 해달라고.

권유했지만.

"그건 그렇다고 해도, 내 동생인 니나 폰 레켄베르와 객장(客將)인 유에에게 손을 댄 건 별개의 문제지. 나는 조금 전에 그 이야기를 들었다."

응, 그 이야기구나.

확실히 나는 두 사람에게 손을 댔다.

먼저 니나 양 말인데, 그녀는 벌써 17살이 되었다.

어머니인 클라우디아 폰 레켄베르 경과 마찬가지로 그 소녀의 똘망똘망하던 눈도 어느새 가늘어져 '키다리'에 실눈 소녀로 성장했다.

빌렌도르프의 모든 사람이 그녀를 본 순간 완전히 어머니와 판박이라며 눈물을 흘리고 기뻐할 정도다.

아무래도 거기에 강렬한 콤플렉스를 느낀 모양이었다.

정신적으로 불안정한 부분을 보이고 있었는데, 지난번에 같이 멀리 외출했을 때 나한테 울면서 매달렸다.

그리고 자빠트렸다.

나를 안고 어머니 레켄베르를 뛰어넘겠다고.

뭔가 그 승리 방법은 잘못된 느낌이 들었지만, 음, 그게, 뭐냐.

질 수 없다며 나는 응전했다.

문제는 승부 방식이었다.

"니나가 임신했으니까 아이의 아버지가 파우스트라는 걸 제대로 인지해달라고 탄원하더군."

계속 승리하는 나에게 일주일에 한 번꼴로 니나 양이 찾아와 재도전을 요청했다.

그게 어떤 때, 어떤 장소, 어떤 상황이라고 해도.

빌렌도르프 기사의 일대일 대결에서 도망치지 않는다.

그렇게 맹세했으니 뭐, 어쩔 수 없는 측면도 있다고 생각해줬으면 하는데.

가슴을 펴고 그렇게 대답했다.

"단순히 나보다 10살이나 어린 여자가 매주 만나자고 조르는 게 내심 흐뭇했기 때문이 아닌가?"

그래, 확실히 그런 불순한 마음이 이 파우스트에게 없었다고는 하지 못한다.

이 파우스트는 거짓말을 하지 않는다.

실눈 '키다리' 소녀가 행위를 요구한다는 성벽 정중앙에 꽂히는 시추에이션에 이 파우스트는 확실히 흥분했다.

아주 흥분했다.

하지만 세상에서 제일 사랑하는 사람이 카타리나라는 건 변함이 없고, 자발적으로 니나 양에게 손을 댄 것도 아니다.

그렇게 변명했다.

"그래, 니나는 그렇다고 치자. 어쨌거나 레켄베르의 딸이니, 그렇다면 내 동생이다. 괜한 남자가 접근하게 둘 바에야 파우스트의 씨를 나눠주는 게 좋지. 용서하마."

나는 용서받았다!

"그런데 유에에게 손을 댄 건 어찌 된 일이지? 이것도 사정에 따라서는 용서하겠다."

빌렌도르프의 객장인 유에 님.

이쪽도 유에 님의 불안정한 정신상태가 원인이었다.

토크토아 카안은, 유목기마민족 국가는 서쪽으로 진출하지 않았다.

원인이 무엇인지는 전혀 알 수 없지만, 그런 일이 전혀 일어나지 않았다.

모든 것은 이것으로 귀결된다.

일족 모두를 잃고, 자신의 가문명마저 버리고, 자신의 존재 모든 것을 쥐어짜고 채찍질하며.

이루고자 했던 복수를 잃어버리는 바람에 유에 님의 정신은 불안정해졌다.

어느 날 밤, 혼자 몰래 빌렌도르프를 떠나 고향으로 돌아가 자결이나 마찬가지인 돌격을 저지르려는 유에 님을 못 본 척할 수는 없었다.

나는 그녀를 끌어안고 행복해지길 바란다고 했다.

이제는 전부 다 잊고 이 빌렌도르프라는 새 환경에서 자식을 키우며 가문명을 대고 새로운 일족을 만들라고.

성심성의껏 설득했다.

그러자 유에 님은 울면서 부르르 떤 뒤 내 품속에서 작게 고개를 끄덕여주었다.

"그래서?"

음, 뭐, 그게 좋게 풀렸다고 해야 할지 좋지 않았다고 해야 할지.

유에 님이 기운을 되찾아 이 빌렌도르프에서 새롭게 일족을 부흥시킬 마음이 든 건 잘된 일이지만.

유에 님은 일족을 부흥시키려면 좋은 남자의 피가 필요하다고 말했다.

그 좋은 피를 찾으려면 빌렌도르프의 모든 곳을 뒤져도 파우스트보다 더 좋은 남자는 없다고.

내가 자신의 죽음을 거부했으니, 그렇다면 나는 책임을 지고 자신의 배에 아이를 깃들게 할 의무가 있다고.

확실히 그녀의 자결과도 같은 무모한 계획을 막은 직후에 이렇게까지 강한 요구를 들으면 책임감도 느껴졌다.

나는 그녀 사이에서 아이를 만들었고, 당연하게도 카타리나의 귀에 들어갔다.

"그래, 파우스트니까 그 부분은 변명임을 이해한다."

물론 동방인의 낮은 코에 풍만한 몸매를 지닌 유에 님이 싫었던 건 아니다.

오히려 취향이었다.

사실 파우스트는 허벅지가 두툼하고 가슴이 큰 미인을 아주 좋아한다.

코가 낮은 미인이라는, 살짝 신선한 장르를 의도적으로 더한 요소도 아주아주 좋아하는 부분이다.

고백하자면 책임감보다는 기꺼이 손을 댔다는 걸 완전히 부정할 수 없다.

솔직히 말해 럭키 이벤트라고 생각했습니다.

용서해주세요.

"파우스트가 솔직하게 말한 건 인정하마. 사랑하는 사람 사이에 거짓말은 불필요하니까."

나는 용서받──.

"그건 그렇다고 해도 여러모로 문제이니 혼내겠다. 왜 너는 그렇게 성욕이 과한 거지? 성욕의 괴물 아니냐…….."

"네. 그렇네요."

앉으라고 해서 앉았다.

"거기까지가 빌렌도르프 내부다. 그 외에도 고백할 것이 있겠지?"

"……안할트에서도, 음."

그것도 어쩔 수 없었다고 하고 싶다.

리젠로테 여왕 폐하가, 아나스타시아 전하가, 아스타테 공작이.

다들 폴리도로 가의 진심을 의심한다.

몇 세대나 이어졌던 폴리도로 가의 진심을 그녀들이 의심했다.

"그래, 빌렌도르프 측에 기우는 건 어쩔 수 없지. 하지만 우리도 네가 배신하지 않는다는 진심이 필요하다. 그래, 진심. 진심이라는 단어의 의미는 알고 있겠지? 거짓 없이 참되게 만사를 대하는 마음. 그 성의를 보여다오."

우회적으로 압박을 가하는 것도 아니고 단도직입적으로 그렇게 말했다.

사적인 공간에서 단둘이 만나 세 사람 모두 같은 소리를 했다.

처음에는 무슨 말을 하는 건지 이해하지 못했지만, 남자인 내가 그것을 증명하는 건 몸을 파는 것 말고는 없지 않냐며 자빠트려졌다.

왜 이런 추남의 몸을 요구하는 거냐는 생각도 들긴 했지만, 확실히 응했다.

나는 부들부들 떨며 폴리도로 가를 위해 내 몸을———.

"거짓말이겠지. 네가 다음하다는 건 정식으로 혼약을 맺은 후에 침대에서 질리도록 겪었다. 너는 무엇 하나 싫어하지 않고 아주 기뻐하며 응했겠지. 지난번 안할트에 갔을 때 궁정에서 어린아이 세 명이 뛰어놀고 있더구나. 너를 무척 닮았던데."

카타리나에게서 숨기는 건 무리였다.

그래, 그야 기뻐하면서 받아들였지!

그런 미유와 폭유 미인 세 명이 들이대는데 거절할 수 있다면 그건 내가 아니었다.

안할트와 빌렌도르프의 역학관계 같은 건 머리에서 싹 날아가고 말았다.

럭키 이벤트다.

가슴신께서 신앙심 깊은 나에게 은총을 내려주기 위해 나를 하늘에서 굽어보고 계셨다.

그런 식으로 이해해주십사.

그렇게 말했다.

"굽혀라. 얼굴을 세게 때리겠다."

"네."

나는 무릎을 꿇고 긍지 높은 훌륭한 기사의 자세라기보다는 주군께 혼나는 가신처럼 수훈식 같은 자세를 잡았다.

"다만 맞기 전에 한마디만 하게 해줘, 카타리나."

"무슨 말을 하고 싶은 거지? 파우스트."

왕궁의 정원을 보았다.

그곳에는 일을 내던진 군무 대신, 100살은 족히 넘었을 노파가 우리의 딸인 클라우디아를 번쩍 들어서 비행기를 태우고 있었다.

빌렌도르프의 장래를 이끌어갈, 나와 카타리나의 사랑의 결정체다.

군무 대신은 드디어 죽을 수 있다고 했지만 노화로 죽을 걱정은 하나도 없었다.

나와 카타리나의 아이.

눈이 부시는 걸 느끼며 그쪽을 본 뒤 나는 사랑을 입에 담았다.

"그래도 카타리나를 사랑하는 건 진짜야."

"그것만큼은 믿는다. 나는 네게 한번 말했지. 다른 누구에게 안기든, 누구를 좋아하게 되든, 마지막 죽을 때 내 곁에서 손을 잡아준다면 충분하다고."

카타리나는 평생 변하지 않을 사랑을 내 귓가에 속삭였다.

나는 그녀를 사랑하는 마음을 평생 품겠다고 맹세했다.

처음 입맞춤한 상대에게 무한의 사랑을 바치기를 바란다.

"그것과는 별개로 혼나야지. 너는 이론이나 논리 같은 부분으

로 평가하면 참으로 글러 먹은 남자다."

"응, 객관적으로 제시하면 아무런 반박도 못 하겠네."

확실히 좋냐 나쁘냐로 따지면 나쁜 일이다.

기사로서 하다못해 모두가 만족할 수 있도록, 이 파우스트는 전력을 다했다.

사랑을 담아서!

다만 한 가지, 잘못한 게 있다면.

"여기저기에 사랑을 너무 담은 게 원인이지."

하지만 그래서 다들 행복해진다면 괜찮지 않을까.

이건 이거대로 모두 행복한 결말을 맞이했다.

파우스트는, 그것만큼은 틀림없다고 확신했다.

후기

먼저 1권에 이어 2권도 구매해주신 독자 여러분께 거듭 감사 인사드립니다.

독자 여러분께서 사주신 덕분에 이렇게 2권도 나오게 되었습니다.

(솔직히 작가는 1권으로 끝날 가능성도 있다고 각오했었습니다.)

자 그럼, 이 작품에 좋은 일이 있었다는 걸 말씀드립니다.

'다음에 올 라이트 노벨 대상 2022'에서 대상은 놓쳤지만, 문고 부문에서 2위, 남성 독자 투표 1위를 받았습니다.

투표해주신 독자 여러분께 깊이 감사드립니다.

노미네이트된 작품 라인업을 본 시점에서 베스트 10에도 못 들어갈 거라고 전혀 기대하지 않았는데, 담당 편집자님에게 결과 연락을 받고 생각지 못한 기쁨을 느꼈습니다.

고맙다는 인사만 반복하고 있지만, 정말로 진심으로 감사드린다는 걸 전하고 싶습니다.

이만큼 써도 아직 부족하지만 이쯤에서 멈추겠습니다.

그럼 2권 내용에 대하여.

1권 후기에는 플롯 없이 시작했다는 이야기를 적었는데, Web판 기준 2장에 해당하는 이번 2권부터는 나름대로 전체 구성을 의식하며 쓰게 되었습니다.

하지만 그래도 치밀하지 못했다고 한탄하는 부분이 많이 있었습니다.

단행본으로 나오면서 Web판에서는 부족하다고 느꼈던 묘사를 보강하고, 도입부와 강조하고 싶은 요소도 추가한 뒤 여기에 '메론22' 선생님의 일러스트가 더해지면서 만족스럽게 완성되었습니다.

이번 가필 수정 과정에서 든든하게 상담해주신 편집자님에게는 정말로 신세 많이 졌습니다.

만약 3권이 나온다면 이번과 마찬가지로 Web판에서 만족하지 못한 부분과 묘사 부족, 지적받은 부분을 개선해서 공개하고 싶습니다.

그러니 만약 다음권이 발매된다면 사주시면 좋겠습니다. 단행본으로 시작하신 독자님도, Web판부터 읽어주신 독자님도 반드시 만족시켜드리겠습니다.

이번 권 띠지에도 적혀있지만 오버랩의 웹코믹 매체인 '코믹 갈드'에서 만화화가 예정되어 있습니다.

아직 이 2권 발매 시점에서는 연재가 시작하지 않았지만 콘티는 읽었는데, 정말로 실력 좋은 만화가분이 담당해주신다며 감격했습니다.

발리에르 전하의 귀여움이 강조되었으니 기대해주세요.

그럼 이만!

Virgin Knight who is the Frontier Lord in the Gender Switched World Vol.2

©2023 Mitizou
First published in Japan in 2023 by OVERLAP, Inc.
Korean translation rights reserved by Somy Media, Inc.
Under the license from OVERLAP, Inc., Tokyo JAPAN

정조 역전 세계의 동정 변경 영주 기사 2

2024년 3월 15일 1판 1쇄 발행

저　　　　자	미치조
일 러 스 트	메론22
옮 긴 이	현노을
발 행 인	유재옥
이　　　　사	조병권
출판본부장	박광운
담 당 편 집	정영길
편 집 1 팀	박광운 최서영
편 집 2 팀	정영길 조찬희 박치우 정지원
편 집 3 팀	오준영 이소의 권진영
디자인랩팀	김보라 박민솔
디지털사업팀	박상섭 김지연 윤희진
라이츠사업팀	김정미 맹미영 이윤서
영업마케팅팀	최원식 박수진
물 류 팀	허석용 백철기
경영지원팀	최정연
인쇄제작처	㈜코리아피엔피
발 행 처	㈜소미미디어
등　　　　록	제2015-000008호
주　　　　소	서울시 마포구 토정로222, 403호 (신수동, 한국출판콘텐츠센터)
판매 및 마케팅	(070) 8822-2301

ISBN 979-11-384-2583-4 04830
ISBN 979-11-384-2530-8 (세트)